U0608694

吾乡吾土

范诚／著

湖南师范大学出版社

内容简介

  《吾乡吾土》是作家范诚近几年撰写的一部文化散文集。全书分"乡村记忆""节日习俗""山乡风情""乡土美食""神秘文化"五个部分，共收集散文 100 余篇，20 多万字，从乡土文化的视角，全方位诠释湘西南地区的民俗风情，抒发对故乡的真情实感，是一部令人耳目一新的乡土之作，也是一部讴歌故乡的形象作品。

  作者文笔朴实生动，叙事娓娓道来，行文简练，情感真挚，是一本可读性较强的著作。

图书在版编目（CIP）数据

吾乡吾土 / 范诚著. —长沙：湖南师范大学出版社，2021.4
ISBN 978 - 7 - 5648 - 4132 - 4

Ⅰ.①吾⋯　Ⅱ.①范⋯　Ⅲ.①散文集—中国—当代　Ⅳ.①I267

中国版本图书馆 CIP 数据核字（2021）第 027129 号

吾乡吾土
Wuxiang Wutu

范诚　著

◇责任编辑：谭南冬
◇责任校对：谢晓宇
◇出版发行：湖南师范大学出版社
    地址：长沙岳麓区　邮编：410081
    电话：0731 - 88873070　88873071
    传真：0731 - 88872636
    网址：http://press.hunnu.edu.cn
◇经销：湖南省新华书店
◇印刷：永清县晔盛亚胶印有限公司
◇开本：710 mm × 1000 mm　1/16
◇印张：20.25
◇字数：328 千字
◇版次：2021 年 4 月第 1 版　2024 年 8 月第 2 次印刷
◇书号：ISBN 978 - 7 - 5648 - 4132 - 4
◇定价：68.00 元

如有印装质量问题，请与承印厂调换。

为故乡留影

　　每个人都有自己的故乡，对故乡的记忆是清晰而深刻的。只要谈起故乡，大都津津乐道、滔滔不绝。但要把对故乡的文化记忆书写出来，让大家都能分享，是一件并不容易的事。

　　我的故乡在湘西南邵阳的崀山，那是一块相对偏僻而封闭的地方。我是在故乡土生土长的，自呱呱落地开始，就在那块土地上摸爬滚打，在跌跌撞撞中成长起来。直到18岁，考上大学，离开家乡。

　　故乡在我的眼中总是魅力无穷的，不仅风光优美，物产丰富。生活在这块土地上的父老乡亲，也是那么勤劳朴实，真诚善良。那里的文化遗存，各种节日，生活习俗，民族风情，总是那么吸引我、感染我，令我陶醉，令我回味。

　　故乡的山川美景，已经得到世界的公认，那就是2010年，崀山牵头申报的"中国丹霞"，被列入世界自然遗产名录，成为我国第40项世界遗产。然而，故乡的地域文化，民俗风情，还很少为外界所知晓。

　　我是一个对故乡文化十分痴迷的人。总觉得一方水土养一方人，这一方水土无疑是丰厚而神奇的。一个人对于生养他的地方是爱恨交加的，哪怕是吃过很多苦，受过很多累，留下多么惨痛的记忆，时间越长，岁月冲淡了一切，唯有对故乡的怀念，越来越深沉，越来越迫切。

大学毕业后，我常年在外地工作，见过许多山外的世界，了解了许多地方的风俗民情。随着阅历的丰富，我常常不自觉地拿各地的地方文化、风土民情与故乡进行对比。一经对比，觉得故乡的地域文化很有特点，而这些东西不用文字记录下来，有失传的危险。因此，很有记录下来的必要，因而萌生出写故乡的一些想法。

故乡的文化概括起来，有这么几个特点：

一是历史文化悠久，人才辈出。故乡是一块古老的土地，早在4000多年前的新石器时代，就有先民们在这里繁衍生息。西汉元朔五年，即公元前124年，汉景帝之孙、长沙定王刘发之子刘义分封到这里，建立了夫夷侯国。新宁历史上人才辈出，北宋初年，就出了周仪祖孙三代三进士，时称"宋三周"，比眉山"三苏"要早数十年。南宋时，岳飞麾下的抗金名将杨再兴就是这里人。明朝时，出过两广总督李敏，以支持郑和下西洋、清正廉洁而闻名于世。明末和清末，这里发生了四次大规模的农民起义，威震朝廷。清朝末年，因为镇压太平天国农民起义，这里出了四品以上的将军240多人，仅封疆大吏总督提督就有江忠源、刘长佑、刘坤一、江忠义等多人。

民国以后，这里还出了曾任武汉大学代校长的国学大师刘永济，建筑史上与梁思成并称为"南刘北梁"的中科院院士、著名建筑学家刘敦桢，北京大学著名古典文学家陈贻焮等等。

二是边地文化，丰富多彩。故乡位于湘西南，南与广西桂林接壤，雪峰山脉与南岭山脉在这里交汇，形成一片相对封闭而独特的区域，也构成一种比较独特的边境文化。与周边其他地方既有相同之处，又有不一样的地方。

三是少数民族文化。故乡是一个多民族聚居地，尤其是旧时的"八峒"，现在的麻林、黄金瑶族乡一带，居住的基本上是瑶族，他们属于过山瑶的一支，世代居住大山之中，生活习惯和民风独特，很多古老的民俗保存完整。

此外，因为地处偏僻一隅，其农耕文化、狩猎文化、神秘文化也各具特色。这就引起了我的兴趣与关注，我要把这些东西慢慢地发掘整理出来。

我感到特别奇怪的是，随着自己年龄的增大，随着离故乡距离越来越远，离开故乡的时间越来越长，故乡的一山一水、一草一木、一砖一瓦，在我的头脑中，反而越来越清晰。旧时的记忆，越来越深刻。而对故乡的感情，也越来越浓烈。这就促使我拿起笔来，把这些感触记录出来、描画出来，从而为故乡留下一些鲜活的文字，留下一些珍贵的影子，也就是一些永久的记录。

《吾乡吾土》全书分"乡村记忆""节日习俗""山乡风情""乡土美食""神秘文化"五个部分，共收集散文100余篇，20万多字。其中"乡村记忆"中，有大红花被、蓑笠、棒槌、扁担、扦担等古旧的物件，有成长的记忆，能勾起人们记忆深处的东西，而令人有所回味；"节日习俗"则诠释民俗节日中传统而独特的东西；"山乡风情"记录像排古佬、放松油、挖蕨粑、八峒瑶山跳鼓堂等风情民俗；"乡土美食"顾名思义，则是记录地道的乡土美食特产；"神秘文化"主要记录乡村民间的一些传说，探寻名人的故居与墓葬，以及一些神秘文化等等。总之，是从乡土文化的视角，全方位诠释湘西南地区的民俗风情，抒发对故乡的真情实感。

这个时代，发展变化太快了。有些东西，我们所亲身经历的一些事物，不把它们记录下来，也许以后就没有了。有些即使留下来，也发生了变异。所以，我觉得，这种记录是有意义的，也是十分紧迫的。

故乡崀山正在成为旅游目的地，人们在崀山漫游，饱览自然风光的同时，大都有了解当地文化背景的需求，这本书可以说是介绍崀山文化背景的形象资料，很多是人们想看到和急于了解到的。

很多朋友喜欢我的湘西作品，认为那是"湘西深处的真诚心声"，而我对故乡的抒写，何尝不是发自内心深处的"心声"呢？游子之情，悠悠寸心，是很难用言语表达出来的。

感谢湖南省委宣传部副部长（兼）省文旅厅党组书记、厅长禹新荣，省委宣传部副部长、省文明办主任肖凌之，吉首大学原中文系主任、老教授刘敦纲，湖南大学文学院教授、博士生导师、著名文学评论家章罗生，以及乡兄罗德树、周晓波、邹树德等先生，给我的写作提出了很多指导意见。感谢湖南师范大学出版社总编辑黄林先生、编辑谭南冬女士，看了我的文稿后，偏爱、赞赏有加，使本书能够尽快出版。在此，一并致谢！

是为序。

范诚

2021 年 4 月于长沙月湖之滨

（本书图片均由作者拍摄）

目 录

乡村记忆

节日习俗

山乡风情

乡土美食

神秘文化

乡村记忆

Xiangcun Jiyi

流失在远山的火把

那是我幼小的时候。一个夜晚，我突发高烧。父亲背着我，在山路上步履匆匆，向医院奔去。寂静的山谷中，偶尔的一两声鸟叫，怪异，惊恐，让人不寒而栗。母亲在前面打着火把，照亮着长满茅草的小路。父亲背上的我，随着父亲脚步的高低，起伏沉浮着。只有那红红的火把，在我眼前晃来晃去，一时模糊，一时清晰……从此，那火把的影子，永远铭刻在我的记忆深处。

长大一点，我学会了打着火把，跟着哥哥姐姐照泥鳅。哥哥一手提着火笼，一手紧握着叉泥鳅的叉子，一双鹰一般的眼睛，在水田里巡视着。哪里水中冒个泡，或者突然之间水一浑，一叉子下去，准有一条活蹦乱跳的泥鳅被叉上来。

那火笼里燃烧的，是一种被称为"枞膏"的木材。山里的大松树，每年都要放松油。那松树上开挖的口子，凝聚着很多松脂，是最好的燃烧材料。我们就劈下那些枞膏柴，用来照泥鳅。有时也从那些松树的树蔸上找到一些从树上分泌出来的白色松脂，把它们溶成一坨坨黑色冰棒似的形状，那就是我们的火把。

山村里还有另一些照泥鳅的孩子们。于是，远处的山谷中，一个个火把点缀着，游移着，伴着一股燃烧的松香，伴着孩子们的欢声笑语，给死寂一般的山谷，增添无限的生机与活力。

再大一点，我们相约去看戏、看电影。

那时看热闹都要去公社或大队所在地，路程比较远，十里八里的。天早已经黑下来，伸手不见五指。乡下人是用不起手电筒的，因为电池很贵，5 毛钱一对，可以买几斤盐。我们就用向日葵杆做火把。

每家的屋前屋后，或自留地边，都种有向日葵，长大后有一人多高。等向日葵成熟后，将葵杆砍下，捆成一捆，泡在水塘里，用石头压住。一两个月后，取出来，葵杆里面白蛇一样的芯已泡出来了，抽掉后将葵杆清洗干净，晒干，然后把它们放在猪栏上面储存起来。每次看戏时，取出几根，用脚踏破，捆成一小把，火柴一点就燃了，成为照明的火把。通常情况下，可以"前照一，后照七"。即前面照亮一人，后面可照亮七人。因为看戏的人多，火把就成了乡村奇特的景观。

看戏前，四面八方山路上的火把，零星地向人民公社移动、集中，夹杂着阵阵狗叫、阵阵欢笑，十分热闹。

散戏后，一排排火把又向四周分散开去，像一条条流动的火龙，映红了周边，十分壮观。

就在这火把的照映中，我们的童年、少年走远了。

成年后，在湘西，我看过大规模的稻草火把活动。

湘西的乡下流行一种稻草龙，就是全部用稻草扎的龙。据当地人介绍，这种龙才是最正宗的龙。它们的历史，可追溯到古代的农耕时代，是老百姓对农作物生长免遭天灾人祸的一种祈求。旧时候舞龙时，还要杀猪宰羊。全村男女老少都要参加，人越多越好。

稻草龙舞动时，先进行祭祀仪式，接着燃放鞭炮。在震天动地的鞭炮声、锣鼓声中，人们手举稻草龙，开始舞动。然后，沿着村寨，田间地头，列队游行。周围的老百姓则手举稻草火把，跟着游动。火把将山里照得通亮，人们的欢笑、喧哗将山里变成热闹的街市、广场。

舞龙结束之后还要举行烧龙仪式，即将舞过的稻草龙烧掉。只见一行人行到小河边，将整个稻草龙堆放在一起，由主持祭祀者念一番咒语，意思是整个仪式结束了，大家一起送龙王升天。然后放起鞭炮，点燃大火，围观者将一把把稻草火把投进火堆中。众人拾柴火焰高，那火格外地旺，人们的情绪无限地高涨，稻草龙也在熊熊火焰中升空，预示着又一个丰收的年成……

有一年，我出差到云南。正值盛夏，农历六月中下旬。云南的公路两边，救兵粮就开始成熟了，红红的，缀满山头，煞是耀眼。我觉得奇怪，这不是冬天才有的吗？朋友说，这边季节早呀，云南叫这种救兵粮为"火把果"，红红的，灿烂得像火焰。每年的农历六月二十四日，火把果熟透时，云南的彝族等少数民族还专门举办"火把节"，进行大规模的庆典活动。

我有幸参加了他们的火把节。云南是多民族省份，入夜，各族男女青年点燃松木制成的火把，成群结队。长长的火龙，游行着到各个村寨，田间地头。最后集中在一起，举行盛大的篝火晚会。各族群众，纷至沓来，载歌载舞，彻夜狂欢，把火把节办得红红火火，高潮迭起……

如今，我坐在喧嚣的城市高楼中，临窗俯瞰，眼前已是万家灯火。

街市上，华灯如昼，车水马龙，十分繁华，早不见了寂静的乡村、远山的火把。

南望故乡，我心惆怅。

远眺骆驼峰

大红花被

　　参观李自健油画展，看到"红花被"系列油画，我被深深地吸引。而后，尘封的记忆一打开，那一床床大红花被扑面而来，久久地占据着大脑，挥之不去。

　　那画面太熟悉了。

　　大红的底色，典型的"中国红"。上面开着无数的牡丹花儿，有白色的、黄色的、粉红色的，被绿叶映衬着。有些还绘有凤凰，形成著名的"凤穿牡丹"图案，烘托出一种火红、热闹、祥和的氛围，看上去赏心悦目。睡在这样的被子里，更是温暖馨香。

　　我们那一代人，小时候，可以说是裹着大红花被长大的，谁敢说没有睡过那大红花被呢？

　　20 世纪六七十年代，是大红花被最流行的年代。条件稍微好一点的家庭，每家都有一两床大红花被。那被子，也许是母亲当年的嫁妆，也许是父母成家立业后新添置的家当，就那么静静地折叠在床上，成为家中最常见也是最亮丽的一道风景。

　　那时的被子是分被面和被里的。只有被面是大红的，镶在棉絮的上面。用白色的被里将棉絮和被面一起包裹着，缝起来，这就成了一床完整的被子了。

　　自呱呱落地开始，我们就在大红花被的包裹中长大了。

那时的棉布是从供销社一尺一尺买来的。父母们在买被面时，往往会多买一点，做成一床小小的包被，冬天用来包孩子。或者孩子在白天睡觉时，轻轻盖在身上。于是，这小红花被子就成了孩子们的温床。

曾记得母亲在河边洗涤大红花被的情景。

晴朗的天气里，母亲和村寨一些阿姨、姐姐们用背篓背着铺盖，来到河边清洗。她们在长长的码头上，各据一方，挥舞着棒槌，"啪啪啪"地捣着铺盖，响声此起彼伏，激起水花四溅，显得热闹而繁忙。

然后，她们赤脚站在水里，扯起铺盖的一边，在水里漂洗着。那红花被子在清凌凌的河水里翻滚着，就像水里翻滚着无数红色鲤鱼一样，让人眼花缭乱，目不暇接。

接着，她们要把清洗好的被子拧干。往往需要找一个帮手，两个人一人抓紧一头，向着不同方向使劲拧。那红花被面被拧成麻花状，拧出许多水，成丝成线地滴到地上。我长到五六岁时，就跟着母亲拧被子，因用力过猛，站不稳，在码头上直趔趄。然而，极尽新鲜刺激，充满着童年的欢乐。

最后，那些大红被面被挂在河边柳树林里。在两株柳树杆之间拉上一条绳子，将红花被面搭在绳子上。河岸的垂柳正长出嫩黄色的叶子，柳絮飞扬着。地面上，绿草如茵，一望无际。微风吹着，红花被面轻轻地飘着，这是江南的春天河畔最美丽的风景。

夜晚，母亲要将晒好的被子缝起来，我便成了最得力的帮手。母亲搬一床晒簟，铺在堂屋里，用抹布抹干净。我协助母亲，将被里子扯开，铺在晒簟上。被里比被面宽大很多，将棉絮铺在被里上面，将红花被面铺在棉絮上。接着，将被里反折过来，搭在红花被面的边上，将四只角有规律地斜折起来。这就可以缝被子了。

那时农村已经有了电灯，但大多灯光昏暗。母亲眼睛不好，穿针有困难，我则帮母亲穿好针线，递给母亲。然后，我可以趴在新晒干的棉絮和铺盖上，闻着那种太阳晒过的铺盖所特有的芳香，或者看着灯影下母亲缝被子的身影，可以展开无限丰富的想象，让心思在广漠的野外奔跑。待到铺盖缝好，折叠之前，我还不忘记要在上面翻两个跟斗。母亲则亲切地笑着，顺手在我屁股上拍两巴掌……

我曾多次见过新媳妇出嫁时的嫁妆。一般人家，得准备两铺两盖，即两套铺盖。这是娘家打发女儿最基本的礼物。好一点的家庭，得准备四铺四盖。

出嫁那天，嫁妆是请人抬着走的。那些常用的家具，如书桌、衣柜等，是分开来抬的。只有木箱子的上面，是放置大红花被的。将那大红花被折叠整齐，放在红色的木箱子上面，捆绑起来。大红木箱配上大红花被，显得更加夺目耀眼。轿夫们抬着嫁妆，晃悠悠地，从村寨前面招摇而过，鞭炮阵阵，唢呐声声，成为那寂静乡村一道流动的风景。

也曾见过那时新人结婚铺床的仪式。故乡民俗，新人结婚布置新房时，要请两个妇女铺床。铺床人必须是父母双全、夫妻和好、有儿有女且口齿伶俐的妇女。她们先将大红花被铺好，将事先准备好的枣子、桂圆、黄豆、花生等放在一边，这些有"早生贵子"和"发子发孙"之意。新婚之夜，一对新人被拥进洞房后，站在床的一旁。铺床人站另一边，掀开大红被子，做铺床动作，手里抓一把黄豆，一边撒一边唱："豆子撒四角，儿孙满大桌；豆子撒四方，儿孙挤满堂；豆子撒中央，生个胖崽坐中央……"

大红花被将一对新人的脸庞映得通红，将整个婚礼引向高潮。

我们上学也是背着大红花被去的。

记得上中学时，母亲为我准备了一床旧大红花被，我的一个同学家中为他准备了一床垫棉絮、一床垫单，我们合睡一个床铺，睡了好几年，直到我们同时考上不同的大学。

1981年，我考上大学后，母亲特意为我准备了一套铺盖，那被子就是大红花被面的，全新的，洗得干干净净，折得整整齐齐，用塑料薄膜包着。上学时，我是挑着一副担子跨进大学校园的，一边是一口樟木箱子，里面装的是衣服、书籍；一边是大红花被，外加铁桶等。挑起来一点也不沉，步子就更加轻快了，就像身披大红花当兵入伍一样。

这些年，社会在日新月异变化着，人们的日常生活用品也在不停地发展变化。先是一种包被出现了，只要将被面缝在棉絮上，用包被一下子统起来就行，从而简化了缝被子的复杂程序。那时还需要被面，大红花被面仍在使用，成为被子的印心，把被子装饰得更美。其后发明了整体的被套，将棉絮、盖被统进去就行，连被面都不用了。这时，红花被面便彻底退役了，再没有使用的平台。在农村，心灵手巧的老母亲还可以将红花被面改成小孩子的包被，让孙子、外孙们使用；在城市，红花被面则彻底退出了历史舞台。

前几年，我在搬家清理旧物时，从旧樟木箱子里翻出了那床曾经陪伴我多年的红花被面。虽然经过那些年无数次的水洗，但颜色依然鲜红，只是因为多年压在箱底不用，已经起了一些细小的斑点，有了一点潮潮的霉味。那时，80岁的母亲刚去世不久，想起当年母亲为我置办红花被面的往事，想起母亲在晒簟中为我缝着被子的情景，我不由得泪水模糊了双眼……

现在李自健的油画系列再一次勾起我那童年的往事。

憨实的娃儿，裹在吉祥、温暖的红花被子里；古老的民族，躺在热烈、斑斓的文化图腾里，他们在一起成长、进步。

生活就像大红花被所描绘的那样，红红火火，热热闹闹，充满着温馨和芳香……

诗意蓑笠

在一家非物质文化遗产馆，我看到一个头发花白的古稀老人，正在聚精会神地编织一件蓑衣。

一双长满老茧的粗糙的手，在不停地拨弄着粗大的钢针和棕绳，飞针走线地穿梭着。那蓑衣渐渐成型，像一只山鹰展开着翅膀。表面的经纬线纵横交错，绷得紧紧的，像古装戏里勇士的盔甲一样结实而耐用。

很多年没有看到这样的场景了。睹物思情，一时间，我浮想联翩，思绪飞向那远去的童年岁月。

蓑衣，是江南农村春夏天人们经常穿戴的一种防雨工具，也是我们儿时最常见、倍感亲切的一种物件。

蓑衣与斗笠似一对亲兄弟，它们总是形影不离，为农人们遮风挡雨，和谐地相伴在一起。

江南的春夏，总是阴雨绵绵。

在炊烟袅袅的早晨，或是暮雨潇潇的黄昏，我们都可以看到耕种的男女，他们头戴着斗笠，身披着蓑衣，穿行于密如蛛网的阡陌上，或耕耘于明镜般的农田中，共同编织着春天的梦幻。

那时候还没有发明塑料雨衣等，也没有别的防雨材料，这种蓑衣与斗笠就是最好的防雨工具了。在春寒料峭的雨季，它们既能遮风挡雨，还能避风防寒。同时，穿戴上它们又很舒适透气，所以，乡下老百姓都喜欢穿戴它们，每家都备有那么几套。

那时候还是出集体工，农民伯伯们赶着牛耕田。那牛似乎一点也不怕雨，在斜风细雨中拉着犁耙，可起劲了。伯伯们穿蓑戴笠，掌着犁铧，在雨中的水田里奔走着。在空荡荡的田野中，只看见他们矫健的身影，听见他们熟悉的吆喝声，烟雨迷蒙中，似一幅幅凝固的画，更像一首首流淌的诗。当他们收了工，回到家，脱下蓑衣时，那蓑衣里面还冒着热气。

穿蓑戴笠的人们在稻田里扯秧栽秧，远远看过去，像一群稻草人。他们时而弯下腰扯秧苗，弄得水哗哗作响；时而站立，用稻草捆扎秧苗。动作娴熟，像是舞蹈。插秧时，他们一起弯腰，连成一排，向后面退去，面前插下的一排排整齐的秧苗似一版版绿色的乐谱。

自幼，我们便为大人们守护着蓑衣斗笠。雨停时，他们把蓑笠脱下来，放在一边，让我们守候；暴雨来时，他们宁可自己不穿戴，也要将它们披戴在我们身上。时间过去了几十年，至今想来，感觉还是很温暖的。

那蓑衣使用时间长了，随着棕丝的脱落，会越来越小。母亲舍不得把它们丢弃，便用旧布把它们缝起来，让孩子们在放牛或进行其他劳动时使用。

记得一次在狂风暴雨中赶鸭子的情景。

时近黄昏，瓢泼大雨倾泻而下。电闪雷鸣中，鸭子已失去了方向，在水田里乱窜。我六七岁，戴着一个斗笠，披着小蓑衣。狂风袭来，把我的斗笠从头上掀下来，吹过了几坵稻田。我赤着脚，踏过泥水，拼命地去追赶。虽说是一个斗笠，但它就像战士的钢枪一样，我不能把它弄丢。我披着蓑衣，仍被淋成一个雨人，雨水和泪水交织在一起。好在有那蓑衣，我不至于受寒……

童年时生活总是忧伤的，回忆童年的往事时却是幸福而甜蜜的。

长大后，读了一点书，我猛然发现，蓑衣和斗笠竟然是所有农业生产工具中，最被文人墨客关注和吟唱，最有韵味、最具诗意的一种。

从历代的诗词中，我们可以发现它们的轨迹。

早在《诗经》里，就有它们清晰的身影。《诗·小雅·无羊》中，有："尔牧来思，何蓑何笠，或负其餱。"意思是你来这里放牧，披着蓑衣，戴着斗笠，背着干粮。于是，古老的放牧画面瞬间闪到脑际："天苍苍，野茫茫，风吹草低见牛羊。"天地之间，牛羊成群。放牧人披蓑戴笠，身背行囊，手持牧鞭，轻轻地挥舞着，动作潇洒，画面唯美。诗歌就是这样凝练，几句话，十几个字，一幅古人放牧的画面便被形象地勾勒出来，并给人无限的想象空间。

到了唐宋，那些文人雅士们赋诗填词，把蓑笠作为一种道具，赋予它们更多的鲜活场面、更多的诗情画意。

较早描绘它们的是张志和，他的《渔歌子》词是这样写的：

> 西塞山前白鹭飞，桃花流水鳜鱼肥。
> 青箬笠，绿蓑衣，斜风细雨不须归。

张志和是唐代最早填词并有较大影响的词人之一。他早年得志，中年因各种变故远离红尘，浪迹江湖。后来到湖州城西西塞山渔隐，自称"烟波钓徒"。

他泛舟于烟波浩渺的江面，或垂钓于绿杨垂岸的柳堤，每天一抬头，便看见西塞山前白鹭飞舞，畅意天空；低头，便见到桃花水中鱼翔浅底，任意西东。此情此景，也是醉了，就是遇到斜风细雨，也不想归去。疏淡的田园生活，宁静的山居环境，徜徉于心中的美好，因而写下这样绝美的词句。

其后，要数柳宗元的《江雪》：

> 千山鸟飞绝，万径人踪灭。
> 孤舟蓑笠翁，独钓寒江雪。

这是柳宗元被贬湖南永州时写下的一首千古名诗。

永州地域偏僻，出产异蛇，是唐宋时期达官贵人、文人墨客被流放最多的地方。

柳宗元从朝廷被贬到永州之野，精神上受到很大的刺激。他是十分孤独的。千山没有一只鸟，万径没有一个人的踪迹。大雪纷纷扬扬，铺天盖地。旷野朔风凛冽，寒气逼人。在漫天大雪、几乎没有任何生命的地方，却有一条孤单的小船。船上有一位孤独的渔翁，头戴斗笠，身披蓑衣，独自在白雪皑皑的江面上垂钓。他能钓到鱼吗？他是在独享满江风雪。

这个渔翁，自然是诗人自己。他借诗描写山水景物，借歌咏寒江独钓的渔翁，来寄托自己清高而孤傲的情感，抒发自己在政治上失意的郁闷和苦恼。

到了宋代，苏东坡也写蓑衣。他的《定风波》词是这样写的：

莫听穿林打叶声，何妨吟啸且徐行。
竹杖芒鞋轻胜马，谁怕？一蓑烟雨任平生……

这是苏轼在被贬黄州之后的一个春天遇雨而作。该词通过野外途中偶遇风雨这一生活中的小事，借雨中潇洒徐行，表现出虽处逆境、屡遭挫折而不畏惧、不颓丧的倔强个性，以及旷达超脱的胸怀。"一蓑烟雨任平生"，是一种淡定而积极的人生态度。

到了清初，杰出的诗人、文学家王士祯应朋友邀请为《秋江独钓图》题诗，根据画中的意境，巧妙地嵌入九个"一"，尤其是首句"一蓑一笠一扁舟"，写绝了秋江边渔人独钓的逍遥景象：

一蓑一笠一扁舟，一丈丝纶一寸钩；
一曲高歌一樽酒，一人独钓一江秋。

一个人是孤独的，但一蓑一笠一舟置身于山水之间，纵横于江湖之上，融入大自然，并拥有一江秋色，又是博大而丰富的。诗人，就要有这种开阔的胸襟、这种广博的情怀，其诗才能感动人，才能鼓舞人。

随着科技的进步，化纤产品出现了，用化纤产品制成的雨衣逐渐代替了蓑衣。这种化纤产品，造价低廉，轻盈耐用，防雨效果好，且穿着方便。因此，自20世纪70年代以来，蓑衣用得越来越少，慢慢退出了历史舞台。只是斗笠，因为方便，仍被人们使用着。

但在我的印象中，蓑笠仍不时地出现。不知道是武侠小说里还是古装的电影、电视剧里，那些绝世高手，往往是头戴斗笠、身披蓑衣的。他们常常坐在大路中间，守住来人的方向，把斗笠压得很低很低，让人看上去，有一种神秘的感觉，有一夫当关、万夫莫开的气场。

更多的时候，我常常回忆起江南老百姓披蓑戴笠、耕田插秧的情景。还有江边的老百姓，在江面捕鱼垂钓的场景。更有那山中猎人，披着蓑衣、带着猎狗、上山打猎的场面。那蓑衣既可以挡住山中厚重的露水，迷惑山中的动物，更像盔甲一样，是对抗野兽的重要防身工具。

在我的故乡湘西南，有"六月六，晒龙袍"的民俗。到了这一天，老百姓家里自然是没有"龙袍"可晒的，那就晒蓑衣吧。

一件件蓑衣挂在竹篙上，在火热的太阳下，蒸发着潮湿的水分，在地面留下厚重的投影，也是乡下一道奇妙的风景。

一点也不错，蓑衣就是老百姓的龙袍，是老百姓世世代代出征耕耘的战袍。虽然它们已经进入了民俗馆、博物馆，但作为服务于老百姓数千年的农耕图腾，老百姓永远不会忘记它们！

耙田

穿越时空的棒槌

曾有幸参加湘西一人家娶亲的婚礼，我发现在新媳妇的嫁妆中，有一个崭新的棒槌。

这是一个专门制作的棒槌。香柏木加工的，质地很细腻，上面有漂亮的木纹，甚至散发着柏木的芳香。手柄部分，木匠精心勾勒出圆形的边框。棒槌的上面，还精雕细刻一些花纹图案。说实话，我还没有见过如此精美的棒槌，不禁惊诧于湘西木匠工艺的细致以及人们对嫁妆的讲究。

看到棒槌，我便自觉不自觉地想起大河畔、小溪边妇女们洗衣服的情景。

在我们幼小的时候，洗衣服是要用棒槌的。

用脏的铺盖，或者穿脏的衣服，先在家中木盆里洗好，然后，再背着或提着到河码头去清洗。因为河边水大，清洗更方便。

很小的时候，我便经常跟着母亲到河边去。母亲提着衣物，行色匆匆。我则扛着棒槌，雄赳赳，气昂昂。那棒槌，是我的红缨枪，也是我的关公刀。

到了码头，早已有同寨子的婶婶嫂嫂们先来了。她们各据一方，把提篮或背篓摆放在旁边，将衣服取出来，摊开在码头上。先用手搓揉，"唰唰唰"；再放在水中清洗，"哗哗哗"；然后，手持棒槌，"啪啪啪"地敲起来。就像敲响震彻河谷的乡村打击乐,悦耳而动听……

故乡使用的棒槌,并不讲究。大都是木扁担挑断以后,把它们锯断开来,留下一尺五长左右,稍作加工,就成了棒槌。

这些棒槌多是杂木做成的,拿在手上,沉甸甸的。因为常年在水里浸泡,敲打衣物,那棒槌很干净、光滑,仔细看,可看出木材细细的纹路。我们有时把它们贴到自己脸上,摩挲着,感受它们的那份细腻。

同故乡相比,湘西的棒槌要讲究得多。

他们的棒槌一般是请木匠专门制作的,也有自己加工的。他们常常选择山中上等耐水浸泡的木材,精心加工。每个长一尺左右,上有 10 厘米长的手柄,下面是长方体的主体,有些还在上面雕花、刻字,就像书法作品钤印一样,既为美观大方,也作识别标志。尤其是闺女出嫁,在请木匠师傅做家具嫁妆时,一定要做一个漂亮的棒槌,以显示家中的讲究,更是对女儿做一个贤妻良母的期许。

棒槌是实用的。妇女们洗衣服,尤其是洗大一点的铺盖,一定要用棒槌。将衣物放在水中清洗后,捞上岸,叠在光滑的石板上,"啪啪啪"地敲打,把脏水挤出去。然后,再敲打,再清洗。如此几次以后,衣物就十分干净了。

棒槌敲打衣服也是有讲究的。古人穿的是布衣服,缝的是布扣子,无所谓。今人穿衣服,多是塑料扣子,这就要一只手捏着扣子敲打,不然会把扣子捣碎。妇女们都有一双灵巧的手,她们很会把握分寸,是不会捣烂扣子的。

在古代,人们很少提到棒槌,因为它们太普通了,似乎不值一提。倒是对用它们敲击衣物的动作,或发出的声音,念念不忘,那就是"捣衣"和"砧声"。甚至为此写出很多动人的诗句,来描绘它们、颂扬它们,给人们留下许多无穷的意境和无限的乡愁。

唐李白写下《子夜吴歌·秋歌》:

长安一片月,万户捣衣声。
秋风吹不尽,总是玉关情。
何日平胡虏,良人罢远征。

宋元以前，棉花的栽种在中国尚不普及，人们制衣的料子主要是丝和麻。丝织品当然是贵族专享的，寻常人家大多穿葛麻。葛麻织品最明显的缺点就是纤维太硬，穿着不舒服。所以在穿以前，要放在砧上，用棒槌把它们捣得柔软平整。当时妇女白天一般忙于操持家务，照料孩子，晚上才有空闲时间为家人捣衣。在一片皎洁的月光下，千家万户的捣衣声，似一场音乐的盛会，敲起了妇女对征夫的思念，扣动了游子对故乡的乡愁。

"诗圣"杜甫也多次写捣衣、砧声。他的"秋兴八首"之一，是这样写的：

> 玉露凋伤枫树林，巫山巫峡气萧森。
> 江间波浪兼天涌，塞上风云接地阴。
> 丛菊两开他日泪，孤舟一系故园心。
> 寒衣处处催刀尺，白帝城高急暮砧。

这是杜甫晚年出川、滞留巫峡时所作组诗之一。诗的结尾，诗人将浓郁乡情化为古典诗歌中极为常见的一组意象：寒衣刀尺，高城暮色，以及穿透暮色、逾越城垣的急促的砧声，以此表达诗人于霜红枫叶、丛菊盛开的秋天里忧心国事、思念故园的心情。

宋辛弃疾《生查子·和夏中玉》也写砧声："一天霜月明，几处砧声起。客梦已难成，秋色无边际。"元赵孟頫《闻捣衣》则是"露下碧梧秋满天，砧声不断思绵绵"。

可见，古代文人墨客对捣衣、砧声极为关注，留下许多不朽的诗篇，从而也使棒槌这个普通的物件成为诗歌中的幕后英雄。

数千年来，捣衣声穿透了历史时空，一直延续到现在。

春节时，湘西天朗气清，我漫步到郊外，听到河边码头上捣衣声声，便循声而去，看到江畔有两个妇女正在洗衣，旁边摆放着的棒槌，竟让我感到十分的亲切。我把它拍下来，发到朋友圈，遗憾的是，很多朋友竟然不认识，问是何物，令我大发感慨。

看来，棒槌这东西，在很多地方已经不用了。城市里，一些发达地区，人们都用上了洗衣机，自然就不用去河边洗衣裳了，更不需捣衣了。

  只有在湘西一些"落后"的地方，还在使用着。我在想，湘西之所以古老质朴，受人们青睐，除了自然风光外，还有就是棒槌这些古老的物件还在使用，另外像水车、石磨、拉拉渡等，如果哪一天这些东西都没有了，湘西也许就不是湘西了。

  社会在不停地变化着，古老的棒槌，千家万户的捣衣声，还能跟上时代的节奏吗？

捣衣图

扁　担

　　桑木扁担轻又轻，我挑担茶叶出山村。
　　船家问我哪来的客哟，湘江边上种茶人
　　……

　　这是老一辈歌唱家何纪光唱的著名湖南民歌《挑担茶叶上北京》。歌词的首句唱的就是一种劳动工具——扁担。

　　扁担是用来挑东西的一种最常用的劳动工具。在我们的生活中，特别是农村生活生产，许多东西需要肩挑背负，这肩挑就离不开扁担。

　　顾名思义，扁担是扁的，便于放在肩膀上承担东西。它长约一米多，扁形，中间粗，两头细些。之所以中间部分粗些，是因为这样放在肩膀上受力面积宽些，挑起东西来轻松些。如果是圆的，一则压在肩上很痛，再则会滚动，所以扁担的形状是经过老百姓数千年的摸索实践而后形成的。

　　扁担一般分木制的和竹制的两种。竹制的，就是将楠竹剖成两边，将其中的一边锯断，稍作加工，两头利用竹节各留一个"坎"，用于挡住箩筐绳索等不外滑就行。这种扁担加工简单，使用方便，但承载不了多大重量，最多就一百多斤，东西重了会把扁担压"爆"，即开裂绷断，所以这种扁担一般适合女性用。

男性壮年劳力喜欢用木扁担，而且要用上等的杂木扁担，这种扁担承载力大，可以挑两三百斤，而且比较软，挑起东西来晃悠悠的，人也感觉很轻松。

这种扁担加工要难一些，一般先到大山中去找上等的杂木，砍回来，削皮，放在火炕上面熏干。同样，楠竹砍下后，也最好放到火炕上熏一年左右，一则可以熏干水分，再则可以防虫蛀，最重要的是经过火炕熏的，结实耐用得多。这也是老百姓多年总结出来的经验。熏干后，再叫木匠加工。木扁担加工好后，要在两头钻眼，用熏过的竹子各钉一个"楂"，也就是竹钉，防止东西滑落。乡里有句俗话"扁担无楂，两头失塌"，就是说的这个，意思为做事不牢靠，两边滑落。

做扁担的材料，我们那里有"一掩杉，二枇杷，三苦桃，四栗花"之说，即四种杂木，木质坚韧而细腻，材质相对较轻，是加工扁担的最好材料，做出的扁担，重量适中，承载力大，又刚中带柔，软溜溜的，好用。

曾经有一首《黄杨扁担》的民歌："黄杨扁担软溜溜，挑担白米下酉州。人说酉州姑娘好，个个姑娘会梳头……"这是渝东南酉阳、秀山一带的土家族民歌，是一首充满着泥土芬芳的土家风情歌谣，曾被广为传唱，甚至唱到了中央电视台春节晚会上。

山中的树木，但凡生长期长的，木质都比较好，而那种速生的树木，木质相对差一些。前面说到黄杨木，长得最慢，有千年黄杨之说。还有一种小叶黄杨，又叫"千年矮"，长多少年都一样，我们那里形容孩子不长高，就说"长得像黄杨木一样"。小叶黄杨现在是园林中的景观植物。

大叶黄杨木硬扎柔韧，最适宜做成扁担挑载重物。用黄杨木做成的扁担，应该是最好的。刨光之后，呈金黄色，木质细腻，花纹好看，简直就是一件工艺品。在渝东南乡间的田埂或山道上，时常能够碰见一些用黄杨扁担挑着稻谷或几只猪崽的山民，沉重的担子经由黄杨扁担挑起来，一上一下地在肩上匀称地闪悠，很有一些音乐或者舞蹈的韵律。但黄杨扁担自身重量有点重，沉甸甸的。而桑木是一种速生树，木质轻，按说做扁担挑不起多重，好在它挑的是茶叶，而茶叶是很轻的，所以刚好派上用场。

我在上小学时，曾经学过一篇《朱德的扁担》的课文，讲述的是，1928 年，朱德、毛泽东率领红军在井冈山会师后，由于井冈山上出产粮食不多，常常要抽出一些人到山下去挑粮。朱德也跟着战士们一块儿去挑粮。他穿着草鞋，戴着斗笠，挑起一担粮食，跟大家一块儿爬山。白天挑粮，晚上还常常彻夜研究怎样跟敌人打仗。大家看了心疼，就把他那根扁担藏了起来。不料朱德又找来了一根扁担，写上"朱德扁担，不准乱拿"八个大字。大家见了，不好意思再藏他的扁担了，也越发敬爱朱德了。

一根扁担，成为部队指战员与普通战士联系的纽带，成为我党我军高级领导干部与群众同甘共苦、共渡艰难的典范。这确是一根不同寻常的扁担。

在我们的生活中，往往缺不了扁担。我想起《板凳绑扁担》的一段绕口令："板凳宽，扁担长，扁担绑在板凳上，板凳不让扁担绑在板凳上，扁担偏要绑在板凳上……"扁担这种工具，与我们常坐的板凳连在一起，被人编成绕口令，进入大众生活中，可见扁担是一种用途非常广泛的日常工具。

我的故乡位于湘西南的大山里，旧时代因为地广人稀，交通闭塞，便产生了一种专门挑脚的特殊职业，他们天天使用的，就是扁担。

挑脚的是指肩挑背负、搬运东西的人，简称挑夫或脚夫。挑脚是一种体力活，其实是卖苦力，只有那种家庭特别困难，又没有其他特长赚钱的人，才肯干。他们每天挑着上百斤的货物，奔走于湖南与广西边境，往往形成一个群体，也就是货运大军。

挑脚的经常挑担子来回奔走，锻炼出一身好力气、一脚好腿力，一般人是走不过他们的。我们乡里还有句俗话说"练武的把式，跑不过挑脚的腿子"，就是说的这个。

在湘西，我认识了一个叫吴伯的苗族拳师，他是旧军官出生，一身好武功。"文革"时，他受管制，只能做些小生意，挑担到附近赶场谋生。某一天，他正挑着担子去赶场，遇到十几个男青年手持扁担、木棒在追打三四个人，下手很重，那三四人无力招架，受伤严重。路见不平，怕出人命，老吴放下担子，提着扁担，前去劝解。他大喊"莫打了，有话好说"，那群人以为他是被打一方来帮忙的，挥动扁担、木棒就来打他。他眼明手快，扯起扁担就把那些木棒挑开了。那群人不服气，一起挥舞棒子向他袭来。他只得严阵以待，全力招架。只听得"噼噼啪啪"，一阵棍棒声音，不少人倒在地上，喊爹叫娘。老吴因为出手太重，对方十几个人中，前面的几个已经倒地，不能动弹，后面的渐渐招架不住，不得不停下来。

这时，有人将打群架的消息告到公社，武装部长带着枪赶了过来，一见这场合，将双方带到公社问话。问老吴是干什么的，围观的有人出来说，他是县城的吴拳师。这时，大家才明白过来：难怪他那么厉害。

老吴使用一根扁担，竟然使十几个操棒舞棍的人近不得身，原来他舞的是一套扁担拳法，这拳法类似于舞棍，为旧时挑脚人防身所用。所以千万别小看了挑脚人。

以前挑石灰、运肥料、送公粮等，都用扁担挑。偶尔休息时，大家就把扁担翻过来，搭在箩筐上面，当临时板凳坐，说说白话，讲讲故事。乡下还有一个不成文的规矩，就是女人们，特别是未婚女子，千万不能在男人用的扁担上坐或者跨过，说是男人用了这种扁担会倒霉什么的。这当然是无稽之谈，但乡下很信这个。

孩子们看到大人的扁担好看，有时喜欢拿来把玩。大人们就说："别小看这扁担小，可以担起两三百斤。你们要是能挑百斤担子了，就算长大了，也就能担当了。"

有时劳作休息，男人们喜欢打赌，看谁的扁担挑得重。有些不服气的，就互相比试，挑断了只有认输，赢了的自然高兴。

故乡还有一句俗语："穷人的扁担，富人的马。"对穷人来说，拥有一根心爱的扁担，就像富人拥有一匹好马一样，也像现在城里人拥有奔驰、宝马一样，是最值得骄傲和自豪的。当然，那是乡里人的一种骄傲。

上大学时，父亲就给我准备了一根扁担、一口樟木箱子，母亲给我准备了一大捆铺盖行李，我就用扁担挑着，坐汽车，爬火车，一路走来。

现在虽然不用扁担了，但肩膀上承担的似乎更多，总觉得有一根扁担在无形地支撑着。

扦　担

　　离开农村多年了，我至今对一种叫"扦担"的农具念念不忘，那是一种专门用来挑柴的工具。

　　"扦担"，也是用竹子或者木材加工而成的，有点类似于扁担，但又不同。乡下人概括得很好，"扁担有楂两头扁，扦担圆圆两头尖"，就是它们的区别。

　　扦担比扁担要长一些，两头是尖的，便于插进捆好的柴中，将柴挑回家。这里，"扦"，即插的意思；"担"，用肩膀挑的意思。

　　因为自幼跟着哥哥姐姐们上山砍柴，我很小就习惯了用扦担，并对这种工具情有独钟。

　　我出生于 20 世纪 60 年代初，我们那个时代南方出生的孩子，不论是城市的还是农村的，大都有过砍柴的经历。尤其是农村，这是绕不过去的一种农活。因为家家户户都要烧火做饭，而那时候是没有天然气什么的，煤也很少，这就需要去捡柴或砍柴，而挑柴则离不开扦担。

　　扦担一般分为两种：竹制扦担和木制扦担。

　　竹制扦担比较简单：从山中砍下一根男人手臂粗的竹子，锯成 1.5 米或 1.8 米长短，将两头削尖，再将中间竹节处削平一点，以免梗着肩膀，这就是一根扦担了。刚开始削的扦担有点毛糙，但因为使用频率高，用过一段时间后，会变得油光发亮，就是很好的扦担了。乡下人有时为了让扦担多用些年，还选择那种两年生左右的竹子，砍下后，锯断，放到火炕上面去熏，熏过一年以上，再削成扦担。这种扦担呈红色，既不会长虫子，也特别经久耐用，这就是最好的竹制扦担了。

木制扦担还要讲究一些，选择那种既结实耐用又木质比较轻的杂木为原材料，待它们熏干或自然干后，请木匠或自己动手，把他们加工成扦担形状。这其中，要用斧头砍，要用刨子刨。为了减轻扦担的重量，中间一段削成扁平的扁担形状，两头削成三角或四角的锥形，便于插入柴中而又不至于让柴滑落。肩上的那一段，尤其讲究，除了用刨子刨光外，那时候没有砂纸，就用打烂碗的瓷片在上面轻轻地刮擦，使它们表面更加细腻，挑起柴来才轻松惬意。

有道是穷人的孩子早当家。在乡里，孩子们长到七八岁，砍柴的活便自然落在他们头上。哥哥大我7岁，我自小便跟着哥哥放牛、砍柴，扦担也是哥哥为我量身定做的。不仅如此，小时候，待我把柴砍好，他还要为我捆柴，用扦担把柴扦好，提起来，放到我的肩膀上，让我走在前面，慢慢挑回家去。

那扦担其实还是一种好玩的工具。几个孩子扛着扦担，行走在山里，有时觉得无聊，便敲着竹制扦担作乐："梆梆梆，卖打糖；有钱的，称八两；没有钱的望光光……"

到了一些阴森恐怖的地方，为了驱赶毒蛇猛兽，给自己壮胆，也用柴刀猛敲扦担，发出"梆梆梆……梆梆梆……"的声音。那声音清脆、悦耳，敲的人多了，就汇成一种乡村打击乐。有时隔着远山，通过敲击扦担，可以互相招呼，传递信息，虽然远隔数里，但彼此心领神会。

在炎炎夏日里上山砍柴，常常找不到水喝，口渴得厉害。那时是没有矿泉水什么的，就是水壶也很少。哥哥会想办法，在竹制扦担的竹筒上钻上一个小眼，砍柴出发前，在路边水井里将竹筒里灌满井水，用塞子塞住，带到山中，待到口渴时，打开塞子，再喝。这真解决了很大的问题，虽然那水会变热，不好喝，但"动口三分力"，总比干渴要好呀。

砍了多年的柴，我一直认为"扦担"只是我们小地方的一种说法，难登大雅之堂，其他地方或者有更文雅好听的名字。其实不然，后来经了解，全国很多地方都是叫扦担的。有一次看花鼓戏《刘海砍樵》，里面的唱段里就多次提到"扦担"：

> 小刘海在茅棚别了娘亲
> 肩扦担往山林去走一程
> 家不幸老爹爹早年丧命
> 丢下了母子们苦度光阴……
> 放下扦担把柴砍
> 担起柴担转回程……

《刘海砍樵》的故事发源于湖南常德的武陵山中。刘海是一位靠砍柴谋生的青年，侍奉着寡居的老母。虽然家贫如洗，但他为人厚道，事母至孝。他经常上山砍柴，遇到山中狐仙幻化的村姑胡秀英，两人一见钟情，历经千辛万苦，最后成为夫妻。戏剧中，刘海是一个砍柴的樵夫，自然离不开扦担。随着剧情的发展，在刘海、胡秀英联手对付石罗汉和金蟾的激烈搏斗中，扦担和斧头作为戏剧道具都起到重要的作用。

后来，随着阅历的增加、眼界的开阔，我还知道湘西侗族地区有一种舞蹈，叫"扦担舞"。这是流传在湘西侗寨的男子群舞，是侗族人民在长期劳动生活中创造出来的、以扦担为打击乐器和表演道具的节奏型舞蹈，它不仅再现出侗族原始、质朴的生活场景，也展示了浓郁的民族风情。

不仅如此，在福建，还有一种叫"打扦担"的原始舞蹈。它最初是闽北山区村民上山砍柴时，用手中的柴刀和扦担击打发出有节奏的声音，彼此告知自己砍柴的所在地，以便有个照应。后演变出一种载歌载舞的表演方式，原汁原味，自然淳朴。

在我的故乡，至今还保留一种乔迁的习俗，也要用扦担。

2008年，为了给年迈的父母改善居住环境，我将原来破旧的老屋拆除，修建了一幢简朴的新居。乔迁时，按照故乡的习俗，父母准备好油盐柴米鱼等生活物资，搬进新居。这意味着住进新房子后，油盐柴米充足，鱼则表示年年有鱼（余）之意。除此之外，当农民的哥哥专门备有一担稻谷，用平常挑柴的"扦担"挑着进屋。为什么用"扦担"呢？"扦"音同"千"，用"扦担"挑谷，寓意为"千担谷"，因为旧时农村计算稻谷，是以"担"为单位的，计算稻田，也是以"担""亩"为单位的。"千担"稻谷进门，意味着乔迁新居以后会兴旺发达，五谷丰登。

我为老祖宗们奇思妙想的良好寓意而震撼，谁说老百姓没有文化？他们不仅有文化，而且把吉祥文化发挥到了极致。

我永远记住了这个民俗，也记住了扦担这个承载着千年薪火的古老工具。

挑着贺礼去贺梁

老石磨

　　看到朋友发的一幅石磨的照片，我一下子想起家中的老石磨来。

　　小时候，我家有一架石磨，至少用了上百年了。因为使用时间长，磨子的上扇已经磨得比较薄。父亲说，再用些年，太轻了，就不能用了，要换新的了。我听了很高兴，充满着期望：那新磨是什么样子的呢？

　　老石磨是一架青石凿成的磨。在故乡，磨子一般分为两种：一种是麻石的，一种是青石的。据说麻石比较硬，便于磨干粉。青石比较细腻，便于磨豆腐、米浆之类的食物。所以每到过年之前，经常有邻居来我家借石磨。

　　石磨是祖传下来的，就存放在我家过道的角落里，用一个木制的三脚架子固定住。平常不用时，用一顶斗笠将磨盘盖住。使用时，将斗笠挂起来，将磨盘内外清扫一遍，或者用水清洗一番。

　　那磨虽然好用，可是木手柄下面缺了一个口子，不能不说是一个缺陷。

　　有一次，我问父亲，那石磨怎么会有缺口呢？父亲说，是日本鬼子干的。1944年，日本鬼子打到我们家乡时，父亲不满十岁，跟着爷爷奶奶躲进屋后的大山里去了。

　　日本鬼子走后，一家人从山里回来，见家里杯盘狼藉，一片混乱，才知道家里住了鬼子。木屋前面的壁板上，好端端的，被鬼子凿了几个洞，用于拴马。再就是这磨子，跌在地上，缺了一个口子。奶奶心痛地说：该死的日本鬼子，把我家一副上好的磨打缺了。

从那时起，我就开始恨日本鬼子：连石磨也不放过，真是坏事做尽。

后来老家附近修建一个水电站，父亲从工地弄来一小包标号很高的水泥，把那缺口补起来了，才没有明显的痕迹。

磨子的用途自然是磨粉。那时候，机械的磨粉机还没有传到我们那地方，农家想吃粑粑什么的，就得自己磨粉，将小麦、荞麦、糯米等磨成粉，然后就可以做成我们爱吃的粑粑了。

家中偶尔吃一餐米粉肉，也要用磨子磨粉。先将稻米和鱼桂叶一起，放在锅子里炒得喷香，然后放到磨子上去磨。磨出米粉后，特别的香。用它们裹成米粉肉，蒸熟以后，香飘满屋，是我们吃过的最香的米粉肉。

还有一种叫稗子的植物米粒也要到磨子上去磨。这稗子是一种很粗的杂粮，故乡有一句俗话叫"不吃稗子粑不晓得粗细"，说的就是这种稗子特别粗糙，往往要磨两次才能磨细。

每次磨干粉时，磨子一推动起来像打雷一样，轰隆隆地响，过路人都知道：这家人一定做好吃的了。最高兴的当然是孩子们了。

除了磨干粉，磨子还可以磨米浆、豆腐等，称为推"水磨"。这要把粮食浸泡在水里一段时间，将它们泡软，淘洗干净。推磨时，用勺子将粮食和水一勺一勺灌进磨眼里，通过不停地转动磨盘，把它们磨成浆。推水磨声音要小一些，外面几乎听不到。要求更加细致，慢慢磨，一点不能心急。旧时有一个词，叫"水磨功夫"，就是指这个。

水磨磨的粑粑，我们称为"沉粑"。将浸泡过的米磨成米浆后，流在木盆子里，沉淀着。把一块干净的布覆盖在米浆上面。从柴火灶里铲一些草木灰覆在布上面，一会儿，那水分便被吸干了。揭开布，下面就是雪白的生粑粑。再经过反复揉捏，分成一小块，每一块配以芝麻馅，捏成一个个粑粑，蒸熟就可以吃了。

加工粑粑为什么要用水磨呢？因为水磨磨得更加细腻，吃了不上火。我们县城有名的年糕粑，都是这样做成的。

磨豆腐也是这样，只是浸泡的不是米，而是黄豆。那黄豆浸泡过后，磨起来有一股浓浓的生香。磨好后，就在自己家里，加工成豆腐。因为我们那里水质好，加工的新鲜豆腐鲜嫩无比，是一道很好的菜。那时候常听人说，水头的豆腐好吃，又白又嫩。看到人家姑娘长得白嫩，也形容说皮肤像水豆腐一样。

因为那时很少有物资交流，我不知道有什么安山豆腐、堡口豆腐。安山、堡口是我们县有名的出好豆腐的地方，我常年在外，是近几年才知道的。

每年春节前，每家每户都要打豆腐、做血粑。血粑就是邵阳有名的猪血丸子。从那时起，我家的磨子便没有停过，今天你家，明天他家，直到春节前几天才停止。那时候虽然困难，每家一两锅血粑是要做的，过年了，可以送城里亲戚，或远方的客人。血粑挂在火炕上熏着，保存时间长，还可以留到春耕时吃。

老石磨用久了，磨盘上的齿纹磨平了，便要请石匠上门"洗磨"，即用钢铁的凿子慢慢地将齿纹凿深，这样，便又可以用一两年。

我没有等到换上新石磨，打米机、磨粉机等开始涌入农村，这些活儿都用机械加工了，省时省力不说，磨出的粉浆比手工的还要细腻。那石磨便开始退役了，静静地躲在角落里，早已没有了昔日的荣光。

家中修了新房子，搬家时，父亲围着那石磨转来转去，心中有点不舍。我说：留着吧，自家用过的东西，好歹也是一个时代的见证，何况它身上还有日本鬼子破坏的痕迹。

那老石磨至今仍躺在我家的角落里。

老石磨

古老的水缸

在故乡一家寺庙里，我看见一个古老的水缸。它静静地躺在寺庙的一角，不仔细去看它，根本就不知道它是干什么的。

它是用一个巨大的鹅卵石凿成的。底部凿平，便于摆放。上面削平，便于开"眼"。根据石头的形状，在里面凿开一个圆 U 形的"眼"，用于盛水。它比一般乡村打糍粑的石臼要大，边框要薄，外面也没有像石臼一样的造型。它同乡村中碓的石臼也不一样，碓的石臼里面是 V 形的，比较小，而它里面却大得多。因而初看起来，真看不出是用来干什么的。问寺庙的老方丈，他告诉我，那是以前的老水缸。

很难想象，以前用的水缸竟然是石头做的。

人类从原始社会一路走来，学会了制作生产工具，自然也学会了制作包括水缸在内的一些生活用品。因为水是人们生活中必需的，人们一天也离不开它。水又是容易流走的东西，用什么来储存它，是一个重大而艰巨的工程。我想象着，最早的盛水工具，也许是竹筒。但竹筒太小，装不了多少，只能作为运输的工具。然后，人们发明了木桶。木桶虽然好用，但容易腐烂，用不了几年，便作废了。最后，人们便把目光盯在石头上，用石头做成的水缸，不说千年万年，用个百年数百年是不成问题的。这就是石头水缸的来历。

最早的石头水缸就是我眼前的这个模样。它显得很粗糙，从内到外一点也不光滑，甚至还保留着开凿的痕迹。但一点也不影响它盛水的功能，所以能够长期保存下来。

后来，我又看到一个稍微漂亮一点的石头水缸。它的外观有点像打糍粑的石臼，但石臼的外观一般是方形的，而它却是圆形的。石臼的"眼"比较小而且浅，它的"眼"却大而深。为了它的牢固，石匠在加工时，特意在它口子上留了一道边框，这样，看上去更加结实一些，也美观一些。

这石头水缸除了放在厨房或公共场所供人们饮用水外，还可以加工成一种大一点的消防水缸。

我曾参观过许多古建筑或名人的故居，大都是大宅深院，在里面，便经常看到这种消防用水缸。

前些年，在湖南洪江古商城的一条小巷里，我看到两个大型的水缸。这水缸长约1.2米，宽约0.8米，高约0.6米，由5块石板拼凑而成。因为太大，已经很难找到那么大的原石来开凿。再则，就是有那么大的原石，在以前的运输条件下，也搬运不了。而如果加工成品再来搬运，难度太大，虽然重量减轻了不少，但容易破损。所以古人以他们的聪明才智，在5块特大的石板上凿上榫子接口，再用一种他们发明的胶泥，将它们有机地粘合起来，这就是一个特大的水缸了。

我见到的这两个大石头水缸做得很漂亮。它们是用一种比较细腻的青石做成的。水缸外，雕刻有很多细致的花纹和图案，看上去美观大方。一个在侧面雕刻了许多美丽的花纹，周边刻的是"万"字纹，正中刻一圆形图案，上刻"寿"字，周围刻5只蝴蝶，衬以云彩，构成"五福捧寿"的吉祥图案。整个看起来，精雕细刻，很是用心。另一个则刻字和花纹，上面刻三块"鲤鱼跃龙门"花纹图案，下面正中刻"鱼龙变化"，左边刻"民国壬戌年仲夏月吉日"，右边刻"陈荣X堂置"，也显得精致漂亮。

有一年春节，我去武冈著名楹联古村浪石村采风，在一户人家的庭院里发现一个古老的石水缸。这是一个用整块石头凿成的水缸，长约1米，宽、高各0.6米，用当地一种十分坚硬的青石做成。侧面也刻有图案，正中是一个圆形的太极图，周边装饰以花纹。因为使用时间长，已磨得油光发亮。它的上方还凿有两个石耳，用于装木板盖子。这是大户人家使用的水缸无疑了。据当地老百姓说，他们村原来还有一个，比这个漂亮得多，前些年被人以一万元价格收购走了。在当时，一万元是一笔巨款。

石头水缸的消亡，也许是在陶瓷水缸发明之后。

中国早在商代，就已出现釉陶和初具瓷器性质的硬釉陶。陶器的发明是人类文明的重要进程——是人类第一次利用天然物，按照自己的意志创造出来的一种崭新的东西。但当时，陶器多为小型器件，因为大型器件不便于运输，很难进入寻常百姓家。直到后来有了车船等交通工具，那种特大型的陶制水缸才进入一些家庭。这样，石头水缸也就慢慢退出了历史舞台。

在湘西，我曾看见一个陶瓷水缸的外面套了一个木制的架子。这是专门请木匠加工而成的。它的外面呈菱形，有雕花，涂红色油漆，很是精致。上面正中开挖一个圆形的口子，陶制水缸刚好放在里面。这个木架主要是起着保护水缸的作用，同时还有装饰作用。可以看出，即便是乡下老百姓，也是很爱美的。

后来，有了水泥，人们可以自己加工水缸。再后来，有了塑料的水桶，既轻便又便宜，这就把其他水缸都淘汰了。再后来，家里用上自来水，似乎水缸这个物件也不用了。

石头水缸虽然早已不用，但人们仍舍不得将它们打碎，只是将它们放置在空地上，让人们怀念罢了。因为多年不使用，这些水缸有些已经开裂，有些原来用胶泥黏合的地方，胶泥已经脱落，露出原来的石缝来。还有些石头水缸，则已经躺在博物馆中，成为文物了。

从水缸的变迁，可以看出科技的进步和社会的发展变化。年纪稍大一点的人，在对水缸的回忆中，会产生一股淡淡的乡愁。一缕乡愁飘过，呈现在我们眼前的，是日新月异的生活。

连村水车

　　在我幼小的时候，一次经过县城北门的桥湾里，去江口桥的下马石，远远看到连村的夫夷江河畔有几架水车，大约有3架，连成一排，悠悠地旋转着，直看得我出神，驻足良久而不忍离去。

　　那是我第一次看到水车。那时开始有了抽水机，水车已经很少见了。我问大人那是什么，大人告诉我那是水车。干什么用的？车水用的，可以把大河里的水引到岸上的农田里。原来如此。

　　以前农村其实有几种水车：一种叫"龙篙车"，我们生产队就有几架。龙篙车是长条形的，头上有一个可以摇动的转盘，用于连接叶片，看上去像龙头一样，所以称"龙篙车"。农闲时放在我们生产队仓库楼上，摆成一排，非常好看。干旱时，每两个男人抬一架，抬到需要车水的地方，摆稳，将下面的一截伸进有水的田坝凼中，上面一截伸过上面田的田埂，两个人手拿木把手，奋力摇动旋转起来。只见水从下面的凼里经过水槽一格一格提上来，哗哗地流进上面的田中，这就是车水的过程。

　　还有一种脚踏的水车，其原理一样，只是用脚踩着转动的，就将下丘田的水车到上丘田中，扬程要低一些。这个在干旱地区要多一些。

连村的水车，其实应该叫"筒车"，因为它是圆的，远远地看去，就像现在城市游乐场的摩天轮，只是小了很多。记得小时候父亲给我出过一则谜语："远看蜘蛛网网，近看棍棍棒棒，二十四把铜壶倒酒，中间弹琴吹唱。"让我猜了好久，最终猜出来了，才觉得这个谜语制得真好，十分形象贴切。

稍大一点，又过连村，又见水车。为了看清这水车的真面目，我还专门沿着河堤来到水车旁，仔细地察看。原来这水车主要是木材做的，所以近看都是些棍棍棒棒，错落有致地固定在一起。只有在水车的圆盘外，每隔一点距离装上一个竹筒用来引水。然后通过旋转，将竹筒里的水扬起来灌进水槽中，这样，就把水引进了上面的田中。

我站在河岸，看到夫夷江清澈透明，静静地流淌，河岸几架水车，背靠着青山，汲饮着碧水，不停旋转，时而发出"吱呀……吱呀……"的声音，伴着哗哗的流水声，宛如一曲曲田园的小唱，婉转动听。阳光下的田园里，农民伯伯赶着牛，正在耕耘。小河里，一群打着赤膊或光屁股的孩子在游泳嬉水，或捕鱼捞虾，一幅鲜活恬静的田园风光图……

后来读书，我才知道，水车在中国由来已久，至少有两三千年的历史。当时我们的先人们在进行水稻耕种时，因为取水灌田，便发明了水车。可以说，水车也是劳动人民智慧的结晶。

水车在历史上曾发挥过重要作用，特别是在引水抗旱中，产生的作用更加明显。宋代著名宰相范仲淹曾作《水车赋》，盛赞它的功劳："扬清激浊，诚运转而有时；救患分灾，幸周旋于当世。""河水浼浼，得我而不滞不凝；原田每每，用我而无灾无害。"一朝宰相如此关注水车，并为它赋诗作词，可见水车在当时农业生产中的重要地位，另一方面也反映出作者"先天下之忧而忧，后天下之乐而乐"亲民的人生观。

参加工作后，我来到湘西，见过更多水车。尤其是吉首和花垣交界的大龙洞，约有50架水车，简直就是一个水车世界。到了油菜花开放的季节，漫山遍野的油菜花包围着，田园中突起一排排水车，不停地旋转着，直把油菜花的缤纷世界卷入人的梦幻里……

而这时候，故乡连村的水车已经废弃不用，很快消失了，成为永不回来的风景。

又到连村，又想水车。我真希望连村的水车能够再造起来，当然已不是为了单纯的灌溉，而是为了恢复旧时一道亮丽的风景、一个崀山人永远不能忘却的童话。

夷江烟雨

岩　鹰

一只鹰在天空中盘旋着。

蔚蓝色的天幕上，一个矫健的身影一会儿掀动翅膀，高高地飞翔，直上云霄；一会儿展开着双翼，不动，顺着高空的气流，作滑翔状，在天空划出一条美丽的弧线。

太阳从高处射来，那鹰显得更加夺目了。乡下把鹰的这个特定动作称为"岩鹰晒翅"。

我正看得出神，一旁的小伙伴立即喊叫起来："快叫，岩鹰，岩鹰来了！"

"岩鹰来了，快赶走它！"大人开始叫喊起来。

像发现鬼子进村一样，村里村外的人们顿时警觉起来。屋里的人听到消息后，赶忙从家里取来"响竹棍"，敲出"哗哗哗"的声音。野外作业的人，跟着"喔呵……喔呵……"地叫起来，声音汇成一股股声浪，向着天上的岩鹰飘去。

那岩鹰在天空巡视着，睁着锐利的双眼，向地面搜索着，还没有找到偷袭目标。听到地面叫喊的声音一浪一浪袭来，知道偷袭鸡鸭已经无望，只好很不情愿地飞走了。矫健的身影越过那绿色的山冈，瞬间消失了。

这是我们儿时驱赶岩鹰的情景。

岩鹰是我们南方的一种鹰，因筑窝在山顶的岩石中，我们那里叫它们"岩鹰"。

鹰本是鸟类的一科,属猛禽类。上嘴呈弯钩状,称为鹰钩。趾有钩爪,十分锐利,以捕捉小兽和其他鸟类为食。

20世纪六七十年代,经过大炼钢铁和开山造田,生态被严重破坏。山中找不到食物,岩鹰们便经常飞到我们村庄来,企图偷食老百姓喂养的鸡鸭等家禽。

就是在最艰难的岁月,山里人家一般都喂有鸡鸭。那岩鹰,专门打小鸡小鸭的主意。它们每天飞到天空偷窥着,一旦发现有单个的小鸡小鸭,没有母亲的保护,没有孩童的看守,瞄准时机,一瞬间俯冲下来,用尖利的鹰爪,抓起一只小动物,扇动着翅膀,直飞蓝天。待人们发现它时,它已经飞过山头,去人迹罕至的地方分享美食去了。

因此,父母在出工前都要给孩子交代一番:要守住鸡鸭,千万不能让岩鹰叼走。叼走了,过年过节就没有吃的了。

其实母鸡最会保护孩子。一只母鸡一窝能孵出十几只小鸡,母鸡常带着它们到屋前屋后觅食。每当遇到紧急情况时,母鸡一叫唤,小鸡一窝蜂地钻到母鸡翼下,母鸡便成为保护使者,傲然面对来犯的敌人。

每当岩鹰俯冲下来时,母鸡总是严阵以待,挺起脖子,斗志昂扬,而全然不顾自身能否取胜。其实岩鹰也就那么一招,趁着俯冲的惯性,用爪子抓住一只小鸡,一闪就飞走了。而现在小鸡全在母鸡的羽翼下,母鸡用翅膀将它们裹得紧紧的,岩鹰根本没有下手的机会。从母鸡身上,也可以看到母爱的力量。

这是我们小时候看到的岩鹰。因为它们凶猛,偷窃家禽,我们把它们当做敌人,必欲赶之而后快。

最早从书面文字上接触到"鹰",是在小学课文中。

那时正值"文革",阿尔巴尼亚一个诗人来到中国韶山,写下的一首《韶山颂》的诗歌被选入小学课本。其诗为:"山鹰展翅,高高飞翔,飞遍了世界各个地方。从地拉那飞到韶山呵,来到伟大领袖毛主席的家乡……"

在这首诗里,山鹰展开双翅,飞遍了世界很多地方,从欧洲飞到亚洲,最后飞到韶山。这不是一般的鹰,简直是神鸟。读完课文,我对它佩服得不得了。

后来听老师说，山鹰就是鹰的一种，同我们的岩鹰是一样的。于是，瞬间大跌眼镜，我对山鹰不再崇拜。

不知道为什么，随着我们长大，那岩鹰渐渐地少了，几至于绝迹了，我们差不多把它们忘记了。自然，家中的母鸡可以无忧无虑，轻松带孩子了。但天敌没有了，鸡瘟却多起来了。

后来再听到关于岩鹰的事，是在上大学以后。

那时我身在外地，经常关注故乡的新闻。我从报纸、电视上看到一种叫"岩鹰拳"的，觉得很新奇。

所谓"岩鹰拳"，是一种模仿岩鹰动作的拳术，由故乡新宁县的老拳师蒋兆鸿先生首创。

蒋先生是一个颇有传奇色彩的武林侠士。他出身于武林世家，其父蒋周卿曾是云南护国军蔡锷部下的一名军官，后任国民军师长。在父亲的熏陶下，他自幼习武，功夫了得。20世纪30年代，他曾在湖南国术馆担任首席教官。他是实战武术大师，也是第一个将拳击带到湖南的人。

他后来隐居故乡，特别关注岩鹰的生活习性及各种动作。经过长期的探索研究，在精通鹰拳、鹤拳、猴拳、燕拳、龙拳、虎拳、南拳等基础上，集各家之长，创立了两路24招的"岩鹰拳"。

岩鹰拳的风格特点同流行较广的鹰爪拳其形相似，其意相同，但岩鹰拳更注重的是贴身近战和短促发力，在突出叼、拿、锁、扣、分筋错骨手法外，以低位勾踢、近身盘打见长，展现岩鹰拳本色及南方拳系的技击特点。

蒋兆鸿年岁大后，将其武艺传授给得意弟子刘烈红。刘在师傅的指导下，又经多年实践与总结，将该拳进一步完善。该拳徒手套路发展有虎鹰归巢掌，岩鹰一、二路拳，共为三路。

岩鹰拳动作迅猛刚强，快如闪电，拳的跌、扑、滚、翻、纵、跳、起、落、撕、叼、抓、扣、拿、锁、离、合，一招一式，无不体现鹰的迅猛刚强和灵敏快捷。刘烈红将该拳练得炉火纯青，终于成为一代"岩鹰王"。

20世纪80年代，刘烈红参加了电影《武林志》、电视剧《乌龙山剿匪记》等影剧的拍摄，一时名声大噪。后来还随当时湖南省省长陈邦柱出访美国。他在美国表演的一套"岩鹰拳"，静如岩鹰伏山涧，猛如岩鹰斗灵蛇，缓如鹰翔九天，急如惊鸿奔雷，引起轰动，赢得赞誉。

由于生态的恶化，故乡已经见不到岩鹰。2013 年，我终于在西藏蔚蓝的天幕上见到了高高飞翔的鹰，一时间，激动之情，难以言表。

由岩鹰而创立发展为岩鹰拳，是一种由生活到武术的提炼，是人与动物相互依存、和谐相生的升华，完美体现了古人"天人合一"的思想理念。

螺蛳寨夕照

鹞　子

　　小时候生活在乡下，我们最佩服的猛禽是岩鹰，认为它们是最厉害的飞禽了。但有老人告诉我，还有一种比岩鹰更厉害的飞禽，那就是鹞子。

　　鹞子？鹞子是什么模样？真的比岩鹰还厉害吗？我有点不相信。

　　老人说，鹞子是比岩鹰形体小的飞禽，但它们速度比岩鹰快，它们敢于向岩鹰进攻，并能杀死岩鹰。它们战胜岩鹰的法宝是：先以其最快的速度出其不意啄瞎岩鹰的眼睛，使其受伤，再与岩鹰纠缠搏斗，直至把凶猛的岩鹰打败。

　　还有这么厉害的飞禽？真是闻所未闻。

　　那时候，我们正是好动的年纪。一有机会，就在平地上翻滚，什么翻筋斗、前空翻、后空翻都要试试。不敢前后空翻的，就学着侧翻，有一个著名的动作，叫"鹞子翻身"。双手伸直，先后着地，侧身从地面翻过去，然后站稳，直立。这就是鹞子翻身，很简单易学的动作，没想到，却原来与鹞子有关。

　　同"岩鹰晒翅"一样，鹞子也有一个标志性动作，就是"鹞子翻身"。它是指鹞子在飞翔过程中的一种动作。它们在空中飞翔时，可以随意翻转身子，不断地变换姿势。尤其是它们在捕捉、进攻其他飞禽时，频繁使用这种绝技出击，便于战胜对手。后来，它们的这套动作被引入到人类的武术、戏剧、杂技甚至航空等一系列动作中，也运用到一些地名中。

鹞子，学名雀鹰，属小型猛禽。栖息于针叶林、混交林、阔叶林等山地森林和林缘地带。它们喜欢单独生活，或飞翔于空中，或栖于树上。主要分布于欧亚大陆，如中国、日本、印度、缅甸、泰国等国家。

鹞子飞翔时，先两翅快速鼓动，飞翔一阵后，接着滑翔，两者交互进行。它们飞行有力而灵巧，能巧妙地在树丛间穿行飞翔。它们喜欢在栖息处或飞行中捕食。它们的飞行能力很强，速度极快，每小时可达数百公里。

鹞子主要以鸟、昆虫和鼠类等为食，也捕捉鸠鸽类和鹑鸡类等体形稍大的鸟类和野兔、蛇等。它们经常在高空飞行巡视，发现地面上的猎物后就疾飞直下，突然扑向猎物，用锐利的爪捕猎。然后再飞回栖息的树上，用爪按住猎获物，用嘴撕裂吞食。它们攻击鸡类等体形较大的猎物时，常采取反复进攻的手段。有时第一、二次仅能使猎物受到轻伤或散落一些羽毛，但在多次打击下，这些动物难免被击垮，失去抵抗能力，最后成为它们的"盘中餐"。据有关专家研究，在鹞子的食物中，有5%是昆虫，15%是鸟类，80%是鼠类，因此它堪称鹰类中的捕鼠能手。

20世纪90年代，我曾在湘西吉首见到这种鹞子。那时，在吉首市的峒河公园里有一个花鸟店，主要经营画眉、鹦鹉、八哥之类。有人在山中抓到一只小鹞子，原想到公园变卖。人们觉得那是保护动物，要吃肉食，又没有观赏价值，没人愿意购买。那人想，鹞子太小，不能自己捕食，带回去也无法养活，就在公园里悄悄放生了。

那小鹞子显然是营养不良，毛发一点不光滑，有点像落汤鸡一样，并不好看。但它一点不怕人，倒是喜欢跟着人走，鸣叫着索要食物。有人丢一块新鲜猪肉给它，它用一只爪踩在地上，用嘴去啄食。那嘴特别厉害，一口一口，将猪肉撕烂，旁若无人地吞食着，一会儿，便把一块小肉吃完了。可见这鹞子对肉食的酷爱。

鹞子敢于挑战岩鹰，是一种十分勇敢的动物。但它们也有不好的一面，那就是爱偷鸡、偷鸽子等家禽。

在湘西时，我还听说过一个真实的故事。

古丈县有一户农民在大山丛中养殖土猪、土鸡，大山几乎与世隔绝，水源好，饲料好，空气质量好，又能避免外面的疫情，按说是成功在望的。经过一年的辛苦，他的土猪养殖成功了，而土鸡养殖却失败了。为什么呢？就是因为鹞子。

那山中有几只鹞子，常年生长在山林中，以前靠捕捉野鸟、鼠类等为食。现在看到老百姓养鸡，是在山林中放养的，没有任何防护措施，简直是送上门的美食，太方便了。于是，就专门隐藏在山中，以捕食小鸡为食。那些小鸡也没长大，根本就不是它们的对手。

它们先把小鸡啄死，再选择在鸡翅膀下面的薄弱处啄开一个口子，将小鸡的肠肝肚肺吃掉，使小鸡的重量减轻。然后，奋力将小鸡的身体带到树上，备作干粮。它们简直太聪明了。

就这样，几天一只，养殖户只觉得小鸡数量在减少，就是不知道怎么少的。后来，养殖户经过跟踪观察，知道是鹞子捕食的，但对鹞子毫无办法。大半年下来，它们把养殖户的上百只土鸡偷吃得只剩下二三十只了。最后，该农民只得放弃饲养土鸡，专门养殖土猪。

鹞子还专门攻击家养鸽子，只要有鹞子出没的地方，饲养鸽子也是很难成功的。

在故乡飞仙桥，有个地方叫鹞子岭，远远看去，活像一只飞翔的鹞子。以前，这个地方以坡陡弯急、容易出翻车事故而闻名。

原来，新宁县城至水庙、麻林、黄金的公路从这里经过，因为山高岭峻，这里有一个长坡，坡下有一道几乎呈90度的急弯。汽车经过此处，因为坡长而陡，一些司机麻痹大意，车速过快，或者车辆刹车出现故障，经常出现翻车事故。所以提起鹞子岭，简直是"鬼见愁"。后来扩建公路时，将公路改直一些，坡度降缓一些，才减少了交通事故。

前几年路过才知道，抗日战争时期，这里还发生过一场血战。

1945年4月，日本侵略军68师团一部从东安、全州两路进犯新宁，县城沦陷。4月17日上午，国民革命军从武冈调遣的龙江部队一营兵力，在鹞子岭与日军展开血战，伺机收复县城。经过一天的殊死拼杀，终因兵力悬殊，国民革命军一百多名将士血溅阵地，壮烈牺牲。这是新宁抗战历史上有记载的最为惨烈的一次战斗。

2015 年 8 月，在抗日战争暨世界反法西斯战争胜利 70 周年之际，新宁县有关部门在鹞子岭山顶修建了抗日英雄纪念碑，以志纪念。

红色纪念碑巍然屹立，像鹞子的尖嘴一样，对着天空，仰天长鸣。

有一年，在游览西岳华山时，我竟然发现有个著名景点叫鹞子翻身，感到惊奇。

西岳华山为五岳之一，素有"奇险天下第一山"之称，在全国乃至世界享有很高的声誉。

鹞子翻身是从东峰下到博台（又称"下棋亭"）必经的一段绝壁险道，为华山著名的险道之一，也是当年解放军智取华山经过的一段路线。其路凿于东峰上凸下凹的倒坎悬崖上。这里以前是悬崖绝壁，根本没有路。后来，为了旅游的需要，在悬崖上开凿一段线路，借助于铁索攀岩，才能通过。从上往下看，只见寒索垂于凌空，根本不见路径。游人至此，须面壁挽索，以脚尖探寻石窝，交替而下。其中几步，须如鹞子一般，左右翻转身体才可通过，因而有鹞子翻身之称。其神奇险峻可想而知，其命名也是形象生动而十分贴切的。

随着生态的恶化，现在鹞子已越来越少了。故乡的山间已经没有它们的踪影，只有一些高山上还有少量的幸存者。2012 年，鹞子被列入"世界自然保护联盟"濒危物种红色名录。在我国，鹞子被列为国家二级保护动物。

对于这种珍稀濒危动物，我们要千万保护好才行。

放鸭子

"春江水暖鸭先知。"春天来了，杨柳吐絮了，小河被染得嫩绿嫩绿。小鸭下水了。一只只小鸭漂浮在水面，像一个个黄色的粉团，荡在绿色的梦幻中。

小鸭因春水而灵动出彩，春天因小鸭的装扮点缀而更加美丽妖娆。

每到春天，我们乡下人家，家家户户要养几只鸭子，孩子们则成了小鸭倌。每次家中买了小鸭回来，孩子们便围着看稀奇，指指点点，有时忍不住用手去抚摸。大人们就说，不要用手去摸它，要学会给它们喂食，把它们细心养大。

小鸭是从专孵鸭子的鸭棚买来的。小鸭的毛呈粉黄色，细绒绒的，摸在手中，十分光滑柔软。小鸭走路一颠一颠的，憨态可掬，特别惹孩子们喜爱。

家中的小狗似乎没见过小鸭，也来看稀奇，趁人们不注意时，去追赶小鸭，去玩弄它们，有时候竟忘记了，张口就去咬它，不小心就把小鸭咬死了。

这可不行，大人们一边骂着，一边张罗着，要砍小狗尾巴，说只有这样才能让小狗记住，以后不会再咬鸭子。于是，叫大一点的孩子擒住小狗，把它按在一块木板上，另一个人一手按住狗的尾巴，一手持菜刀，手起刀落，将小狗的尾巴砍下一小截，口中念念有词：看你还咬鸭子吗？小狗则

"嗷嗷"地叫着，挣脱着跑了，尾巴尚留有血迹。

说来真怪，以后小狗就会铁了心，再不咬小鸭了，而且慢慢它们还成了玩耍的伙伴。

初来乍到，小鸭有很强的依赖性，见到人特别亲热，人一进屋，便围住你的脚，用嘴叉你的裤脚，发出高兴的声音。而且最爱跟着人跑，你每走一步，它们也跟着慢慢地挪动着。有时不小心，人无意中会踩着鸭子，鸭子就会在地上翻滚，挣扎着爬不起来。遇到这种情况，大人们告诉我们一个法子：用一个搪瓷盆子将受伤的鸭子罩住，然后用筷子在搪瓷上面打鼓似的敲打着，发出"叮叮当当"的声音。据说这样便能将要断气的小鸭呼唤回来。有些受伤较轻的小鸭真的活过来了，而受伤严重的则没有办法。

小鸭爱吃白花花的米饭，得用水泡着喂。每次喂鸭子的盆子一端上来，小鸭们便围了上来，叫唤着要吃了。然后一窝蜂似的拥向盆子，有些趔趄着，竟掉进了盆子，其形态十分可爱。

小鸭最爱吃的是小蚯蚓。每天上学前后，我们到屋前屋后的阴暗潮湿处去挖蚯蚓，然后给小鸭吃。小鸭见到蚯蚓，显得无比兴奋，争着抢食。有时遇到长一点的蚯蚓，一口吞不下去，头一点一点的，脖子一扭一扭的，强行把蚯蚓吞吃掉。

小鸭慢慢长大了，食量惊人。那时人们吃饭都成问题，哪有多余的粮食喂它们？于是把它们赶到稻田中去，让它们去捉虫，去捕食。有时稻田要打农药，就把鸭子关在家里，去"闹"蚯蚓给鸭子食用。

小河边长了许多鬼柳树，鬼柳树是最好的"闹"蚯蚓的原料。砍下一枝枝柳枝，把叶子勒下来，捣烂，浸泡成绿色的水汁，然后洒在田埂上蚯蚓眼多的地方。一会儿，蚯蚓都出洞来了，吃了那水，一般都会被毒死或毒晕，只等人们用铁钳去夹。往往一夹就是半铁桶，够鸭子吃一天的了。

有时候，鸭子不小心吃了毒老鼠的谷粒或打过农药的虫子，重则口吐白沫，立即死亡，轻则摇头晃脑，站立不稳，像人喝醉酒一样。怎么办呢？农民的土办法是给鸭子喂肥皂水。用肥皂做成浓浓的肥皂水，抓住鸭子，把鸭嘴掰开，将肥皂水灌进去。这是给鸭子洗肠，鸭子被灌肥皂水后便会呕吐，将有毒物吐出来，一会就好了。有些严重的则无力回天了。

慢慢地，小鸭长大了。翅膀慢慢现形了，鸭毛由黄绒色变成了灰麻色，公鸭的声音变得沙哑起来，变成了我们平常说的"鸭公声音"。母鸭的声音则特别嘹亮，羽毛变得光滑水灵，像怀春少女般的美丽动人。

鸭子是天生的水上动物，不用调教，天生会游泳。很小的时候，把它们赶入水中，它们便会漂游着，只是因为太小，没有见过风浪，胆小害怕，到了激流处，则不敢游弋，赶紧划到岸边。鸭子也无需母鸭去带领，一群群就在水边长大了。

鸭子也是捕虫能手，把它们赶到稻田里，它们可以把害虫捕捉干净，当然，也会把蝌蚪、小青蛙吃掉一些。但稻子抽穗结谷子时不能放，因为它们会影响稻子抽穗，更会直接去偷食稻谷。所以这时，要将它们关一阵，待收割完了，再把它们赶下田去，将掉入稻田中的稻谷吃干净。

农村人家养鸭子，你一群我一群的，往往会混在一起，难以区分。农家人自有自己的办法。鸭子小时，把它们染上点颜色，在头部或背部、翅膀上染上赤橙黄绿各种颜色，让人一看就能区分。鸭子大一点了，就在鸭子某个部位剪下一点毛做标记。但鸭毛长得快，十天半月就长起来了。于是人们又在鸭脚板上做文章，在鸭子的璞上用剪刀剪一两个小口子，几天后就结成疤，永久不会消失。当有人为某只鸭争执时，只要说出这暗记，理亏的人则不敢再吭声。

鸭子也是很聪明的动物，每天清晨把它们赶下田去，天黑赶回家来，重复几次，它们便会自觉遵守作息时间，按时回家。

鸭子有土鸭和洋鸭之分，土鸭一般两三斤一只，颜色为黄麻色、白色，飞不了多高。洋鸭有五六斤一只，基本呈黑色，会飞很远。还有一种土鸭和洋鸭杂交的鸭子，我们叫它们为"半边子"，这是乡下人的发明，意思是土鸭洋鸭各一半。这种鸭子能长到五六斤一只，很像洋鸭，但又有区别。洋鸭是不怕蛇的，见到蛇来了，不慌不忙对蛇头呵几口气，蛇便慢慢死了。乡下男孩子有时龟头发炎水肿，捉洋鸭呵几口气，很快也会好了。

乡里还有一种专赶鸭子喂养的鸭客，我们叫他们为"鸭棚佬"。这是一种以放鸭子为生的农民。一般为两个人，用竹子编成一个很精致实用的棚子，可以遮风挡雨防太阳晒，这就是鸭棚，长期住鸭棚的人自然叫"鸭棚佬"了，其称呼就根据这个来的。白天，他们把鸭子赶到田里或河里捉虫，吃饱。晚上，将鸭子赶到河滩的沙洲上，用竹篱笆将鸭子们围住。他们放养的一般为蛋鸭，即产蛋的鸭，每群有数百只，轮流下蛋。每天早上，鸭子憩息的地方下满了蛋，将鸭子一赶走，"鸭棚佬"回头来拣蛋，要用大筲箕来装。望着沙滩白花花的鸭蛋，丰收的喜悦、成就感、自豪感洋溢在脸上，这也许是"鸭棚佬"最大的收获和快乐了。

秋收过后，"鸭棚佬"经常到我们田垅来放鸭子，因为他们看上了我们村前的一坝好田，加上一条小河，便于鸭子觅食、栖息。我们放学后到河边放牛，便同他们混熟了。他们走南闯北，见多识广，闲暇时，最爱给我们讲稀奇古怪的故事。

那些故事，连同那些鸭子，至今仍萦回心头……

小憩

放鹅记

当我高兴地接受放鹅的任务时，只是觉得很好玩，根本不知道还有骆宾王《咏鹅》，更不知道还有远方。

两只小鹅就站在我的面前，是母亲刚从城里买回来的。那鹅个子很小，每只不过二两。两只小脚，撑起椭圆形的身躯，步履蹒跚。身上长满黄色的绒毛，远远看去，像两团黄色的球。近看，才看清有脖子有眼，那头使劲向前伸展着，嘴里发出细细的声音，既像吃食的动作，也像在与人打招呼。

我问母亲："为什么只买两只?"母亲说："要钱买呀，先买两只，你要是养得好，以后再多买几只。"

我高兴了，我仿佛看到了好大一群鹅在池塘里游着，我拿着棍子，站在岸上，像挥舞红旗一样指挥着，那群鹅就是我的士兵，我是一个神气十足的将军。

其时，我五岁，还没有读书，农村里是没有幼儿园的，正是调皮的时候，让我与鹅做伴，倒是不错的选择：母亲既可以甩掉一根"尾巴"，也让我有了正事可做。

母亲教我喂鹅，用一点剩饭，拌一些细糠，放在盆子里，用水调匀，成粑粑状，然后放在地上，让小鹅去吃。

那小鹅十分爱吃，三下五除二就把食物吃完了，还嚷嚷着想吃。母亲告诉我，喂鹅只能喂五分饱，留下肚子让它们出去吃草。要是喂饱了，它们就不肯出去吃草了。

小鹅是最黏人的动物。母亲说，它们一出壳，第一眼看到的就是它最亲近的。那时还没有机器孵蛋，都是母鹅孵蛋，它们最先认识的，肯定是母鹅，一天到晚跟着母鹅玩耍、叫唤。稍微大一点，它们离开了母鹅，失去了依赖，自然认放养它们的人为亲人了。

不到一天，我们就熟悉了，它们认定了我。我从它们身边走过去，它们叫唤着，追着我的脚步。我稍一停顿，它们便围上来，站在我赤着的脚上，或者用嘴啄我的脚杆，弄得我脚上麻痒麻痒的。我只得轻轻地把它们撩开，去为它们取食物。

大人们出工了，哥哥姐姐们上学了，我也赶着鹅吃草去。

赶它们外出可好玩了，我原来专门准备了一根竹竿，赶鹅用的。赶到野外，它们有时不听招呼，母亲就告诉我，要我在前面走，一边走一边呼唤鹅"来来来……来来来……"那小鹅就跟上来了。

正是暮春三月，江南草长的季节。春风吹拂，河岸的小草才长出细嫩的芽儿，这是小鹅最喜欢吃的。

它们就站在小河边，在碧草如茵的草地上尽情地吃。只见它们张开嘴，将鲜嫩的草一根一根地吃进嘴里。吃一阵，又走到河边，喝几口水。然后上岸，在草地上坐下，歇一阵，晒晒太阳。也许是休息好了，它们又站起来，伸伸脖子，拉一点屎，接着又开始吃草。我则蹲在草地上，看地上的蚂蚁爬行，或抬头看天上的飞鸟，或摘几根柳枝，编织圆形的柳条帽子。

半天时间，那鹅吃饱了，可以看到它们脖子上明显地胀起来，那是吃饱食物的标志。于是，我赶着它们慢悠悠地走回家去。来的时候，因为它们没吃多少，步子迈得很轻快。回家时，一肚子食物，步子显得沉重起来，走起路来，一摇一摇，憨态可掬。

慢慢地，小鹅长大了。毛长粗了，由鹅黄变成白色。声音也变粗了，叫起来更引人注意了。遇见陌生人接近，它们开始有攻击性了。我家隔壁的一个小堂弟，每次来，那小鹅不待见，总是去攻击他。堂弟也装出要与鹅打架的样子，去驱赶它们。他们就这样，玩着互相争斗的游戏。

很快，那鹅长出了白色的羽毛，变得雪白雪白。公鹅头上长出一个红色的小"坨",像半个小球一样。尤其是它们从小河或者池塘里出来时，清洗掉了身上的污渍，弹去羽毛上的水珠，在阳光下，油光发亮，美丽动人。这就是"小天鹅"了，更可爱了。

小鹅跟着我长大，伴随我度过愉快的童年。在与它们的亲密接触中，我开始明白人与动物互相依赖、相亲相爱的道理。

我六岁上学读书以后，便很少放鹅了。

在书中，我才读到了唐朝诗人骆宾王的诗《咏鹅》：

> 鹅，鹅，鹅，曲项向天歌。
> 白毛浮绿水，红掌拨清波。

老师说，这首诗是骆宾王七岁时写的。一个七岁的孩子，却能写出这么动人的诗歌，让我对他佩服得不行。

我也放过鹅，却写不出诗歌。

我们的生活平淡无奇，没有诗意，却充满着欢乐。

放牛记

20 世纪六七十年代南方农村出生的孩子，大都有一段放牛的经历。其实那是一段阳光灿烂的日子。

那时候实行"大集体"，父母每天起早摸黑出工，农村是没有保姆的，所以小孩子一两岁时就跟着哥哥姐姐放牛了。牛儿在山上吃草，小孩子们就跟在后面撒野，玩泥巴，捉蛐蛐。哥哥姐姐高兴时，有时把你扶上牛背，小孩子骑着牛手舞足蹈，兴奋无比。也有不小心摔下来的，总是伤不了什么，小孩子哭哭啼啼爬起来，一把鼻涕一把泪，一不小心已变成小放牛娃一个了。

我是六岁开始单独放牛的。我放养的是一头黄牛，我们那地方叫骟牯，即是经过阉割的公牛。它个头高大，体魄健壮，是生产队一头当家的耕牛。

当时我已上学，农村里上课时间通常是上午九点半到下午三点左右，所以放牛时间是早上、下午各一次。早上一般六七点钟起床，把牛赶上山，让牛吃上早晨鲜嫩的露水草，吃饱后就赶回牛栏，抓紧时间刨几口饭，奔跑着去上学。下午放学后，又把牛放出去，直到天黑才回家。放一天牛，生产队记三分工，有时生产队组织对牛评膘，膘肥体壮的适当加点工分，膘瘦体弱的则减点工分。其实也是一种奖励机制，激励人把牛放养好。

春天、夏天是牛耕作的季节，所以一定要让牛吃饱，不然无法耕田。秋天、冬天属农闲季节，放牛相对要松懈些。下雪天因为青草被白雪覆盖，所以不用放牛，但要喂稻草，牛栏四周也要用稻草遮挡，不然怕把牛冻坏。

放牛最好玩的当属春夏天。春天早晨，把牛赶到向阳的山坡上，阳光洒遍满是露珠的草地，牛儿欢快地吃着草，孩子们在一旁打闹嬉戏，吹木叶竹叶，听鸟儿唱歌，无忧无虑，十分惬意。

夏天天气太热，一般把牛赶到水边放牧，村子前一条蜿蜒流淌的小河便成为我们放牛的天堂。河岸长满了各种青草，牛儿吃一阵草，便又到河里喝几口水，在水里泡一下。我们则抓住时机早跳进河里洗澡去了。玩累了时，躺在浅水处，望着蓝天白云。现在回想起来，总觉得那时的天空比现在要蓝些，云彩比现在要白些。

最热闹的要属牧归了，夕阳西下，天空呈血红色，大地也涂上了一层金黄和赤红。孩子们骑着牛背，趟过齐腰深的小河，溅起阵阵水花，鸡、鸭、鹅、羊一齐欢唱，奏成一曲田园交响诗……

牛是有野性的，最爱偷吃庄稼，所以必须好生看管。记得我七岁时，因为贪玩，下河游泳，结果牛跑上岸，到相邻生产队农田里偷吃了七十多株禾苗，被邻队的跛子队长强行牵走，后来赔了两升谷子才把牛牵回来。不过从那以后我再不敢贪玩了。

放牛最怕的就是斗牛。我放的是黄牛，又是阉割过的，便没有那种斗志，所以不曾发生斗牛的危险。要是放公牛，特别是水牯，斗起来可不得了。

我就曾见过两头水牯争斗的。本来两头牛相隔很远，各吃各的草，好好地，慢慢地通过叫声发现了对方，接着便你一声我一声叫唤起来，似乎是发出挑战信号。一会儿，两头牛开始奔跑着靠近，终于跑到一块，两头牛不分青红皂白埋头顶起来，牛角对着牛角，顶得嘭嘭地响。放牛娃追上来，用鞭子上前去驱赶，无奈怎么也赶不开，只得在旁干着急。那牛渐渐地斗红了眼，大口大口地喘着粗气，发出狂叫，争斗的力度也越来越大。这时附近已远远地围上一些围观的人。有两个大人试探着去赶，想把两头牛隔开，但斗红眼的牛跟疯了似的，回过头来就要顶人，吓得大人也不敢上前。约持续了二十分钟，两头牛都受了伤，头上、脖子上有些血印，但两头牛越斗越勇，看样子非斗个你死我活不可。这可急坏了放牛娃，大一点的飞跑着喊人去了，小一点的吓得面色铁青，急得哭起来。

过了一会，来了一个有经验的人。只见他手持一根长长的竹竿，前面挂一串红色的鞭炮，点燃后伸到两头牛中间，"噼里啪啦"炸起来。两头牛受到突如其来的惊吓，吓得回头便跑，跑开一段距离仍发出不服输的叫声。好在两头牛已被人隔开，围观的人也渐渐散去，这场斗牛才算结束。

和牛接触久了，牛也是通人性的，慢慢地便有些感情。骑牛其实是桩很难的事，特别是黄牛，要是不熟悉的话，人爬上去它便跑，非把人颠下来不可。但相处时间长了，它便让你骑，不颠也不跑，优哉游哉，让你在牛背上怡然自乐。牛有时候还充当英雄，记得有一次在河边放牛，我将牛赶到河岸的草丛中，突然发现了一条蛇，那蛇昂起头来，吐着信子，怒视着我们。我吓得头皮发麻，赶忙躲在牛后面。那牛在关键时刻，一点不怕，对着蛇也昂起头，拖长声音叫唤起来。那蛇看了一阵，掉过头溜走了。

我的放牛生涯到十一岁时便结束了，以后再没有放过牛，但我常常怀念那放牛的日子，怀念那无忧无虑的童年。

黄牛母子

打谷子

有一年的秋天，我和几个朋友到故乡的黄金瑶族乡采风。极目四望，只见葱茏的大山中梯田层层，稻谷成熟了，沉甸甸的，一片金黄，映照着一个个山谷，十分耀眼。农民们正在忙着收割，有几户人家还在用黄桶打谷子，一招一式，"咚……咚……"作响，那种原始的打稻子场景，勾起我儿时的记忆。

在我们小的时候，那时还没有打稻机，所有的稻谷是需要用黄桶来打的。

黄桶有些地方又叫板桶，是一种用来收割稻谷的工具。该桶呈四方形，上宽下窄，四面口宽约 150 厘米，高约 80 厘米。这桶子一般是用杉木做的，既轻巧又结实。每个角留有一个手柄，便于搬运。新的做好后上过桐油，油光发亮的，放在水中也不会浸水。

那时还是大集体，一个生产队有很多这样的黄桶。这黄桶并不重，每个约 40～50 千克，搬运时一般是一个人扛着，所以必须用一根木棒，横在桶的两角之间，起着支撑作用。然后把桶倒过来，用肩膀扛着木棒，两只手架住桶的两边，便这么扛着走了。人在扛桶时，是看不到人的模样的，只看得到人的下半身，两只脚在地上行走，一个大木桶在庄稼地里移动着。远看像一只小小的蚂蚁，撑着一个大东西在蠕动。

这桶子打稻子，一般是两个人，站对角。开始打稻时，手持稻穗的根部，一先一后，将稻穗部分猛击在黄桶的木板上，让谷粒脱落。稻谷打下来后，都落入桶中。而稻草，则放在旁边，一般打过三手稻穗后，再将稻草尖捆起来，呈三角形晒在田中间。那稻草就叫"草帽子"，我们把这个动作叫做锁草帽子。

因为经常打稻子，在稻穗的重击下，与稻子摩擦久了，木桶会慢慢变薄。这时，生产队可以请木匠用一两块新木板钉在上面，像叠补丁一样，又能用上好几年。时间使用太长了，这木板有时甚至会通眼，这时，这黄桶就该退役了。

黄桶除了被用来打稻子外，每年春耕播种时，浸泡谷种也需要。播种前，一般要将稻种放在黄桶中用水浸泡三天左右，让他们发出芽来，再撒到秧田中去。在泡谷种前，怕黄桶漏水，一般要将黄桶放在水塘中浸泡十天半月，灌满水，压上石头。这时候，孩子们会悄悄地将石头搬出来，把黄桶里的水舀出来，几个人爬到桶内，拿根竹竿撑船玩。那是最好玩的一种游戏，只是黄桶是方形的，在水塘里撑不动，在一边用力，只见旋转，玩久了，有时把人旋得昏天黑地，甚至把桶弄翻，倒盖在水面。人呢，自然跑开了。一般老百姓看到，只是看热闹，起哄。要是被生产队老队长看到，肯定一顿臭骂。当然，孩子们早就一哄而散了。

约到了 20 世纪 70 年代，出现了打稻机，黄桶渐渐用得少了。但在山冲里，因为都是梯田，打稻机不便上去，仍用黄桶。尤其是打糯谷，因为是高杆，也必须用黄桶。分田到户后，有些人家田少，置打稻机不合算，也仍然用黄桶。

打稻机是一种简单的农业机械，最早通过脚踩带动滚筒转动，滚筒上装有铁齿，稻穗一压到上面，就会把谷粒脱掉。打稻机比黄桶收割快多了，但搬运起来很麻烦。先要将打稻机拆下来，分成盖板、滚筒、机身三大块。机身必须两个人抬，虽然也有一个人能扛动的，但一头重一头轻，很难把握。那滚筒要一个人扛，因为上面有很多铁齿，要用稻草垫着才能扛上肩，也不方便。至于盖板，则需要一个人用粪箕挑。

打稻机踩起来，滚筒飞快地转动，发出"嗡嗡"的声音。稻穗一放在上面，经过翻转，很快谷粒就脱落了。操作的人一边用脚踩，一边用手握稻穗，双手不空，没有一刻休息。因此，只有男人才能去干。女人只能搞搞割稻子、递稻穗什么的，极少有上打稻机的。

这打稻机虽好，但对于个别稻种脱粒仍然很难。记得有一种叫粳稻的，学名叫"农垦58"，是一种很难脱粒的品种，要用加倍的时间和力气才能把稻谷打下来。有人将稻穗拾回家去喂鸡，鸡也啄不下来，老百姓戏称为"农垦五八，鸡鸭不恰（吃）"。

后来，出现了汽油机，有些人将汽油机装在打稻机上，通过动力带动，减轻了劳动负担，但打稻机更重了。

近些年来，又用上了收割机。以前我在老电影新闻纪录片中看到收割机收割麦子，觉得很神奇，问大人："为什么我们这里不用收割机呢？"大人无法回答，就说："麦子是种在旱地上的，收割机能去。我们这是水稻，长在水里的，收割机不能下水田。"就这也把我们懵住了，觉得有理。其实是当时水稻收割机技术没有过关而已。

现在的水稻收割机，不仅收割得干净，速度也相当快。一大片农田，半天就收割完了，极大地节省了劳动力。然而，那些高山岭上仍然开不上去，老百姓收割仍然要用黄桶。

听到山谷中传来"咚……咚……"的打稻声，我仿佛听见了远古时的鼓点。数千年沧海桑田，人类的文明进步就是踩着这鼓点传递着。

碾米用的擂子、箩筐

碾米的历程

老百姓种出的稻谷，怎么个吃法呢？

据说开始是吃生米的。后来发生山火，不经意把生米焖熟了，变成了饭，特别好吃，于是人们开始生火吃米饭。

吃米饭的前提是稻谷要去壳，怎么去呢？一开始，我们的祖先是在石板上用石杵捣或者碾压去壳的，后来就发明了"槽子"，通过槽子推动旋转，把谷壳去掉，流出白花花的米粒来。但这种米外面还包裹着一层皮，叫做糙米，煮饭不好吃，所以还要加工。

怎么再加工呢？于是古人发明了碓。这碓的前方是一个石臼，大石头上凿开一个圆形口子，上宽下窄，固定在地上，利于放糙米等。然后用杠杆原理，做成一个用脚踏驱动的倾斜的锤子，模样有点像狗脑袋。脚踏时，锤子高高翘起；脚放下时，锤子重重落下去，砸在石臼中，去掉糙米的皮。这种办法，就叫做"舂米"，也叫"舂碓"，其实原理和我们过年打糍粑是一样的。所以"舂碓"还可以"舂"粑粑、辣椒粉等。

这用碓舂米太麻烦，也需要力气，于是我们的祖先又发明了碾子。这碾子分两种：一种是人工碾子，就是利用牛拉动碾子来碾米；一种是水碾，利用水的冲击力带动碾盘，用来碾米。其原理是一样的，只是水碾必须靠近小溪或小河，才有足够的水源。

碾米的地方叫碾坊。碾坊中，在一块大的地方固定碾槽，这碾槽是石头做的，中间凿有一条槽，连缀起来，成一个圆形的槽，用于放置碾子推出来的糙米，然后通过碾盘的滚动碾压这些糙米。几十分钟后就碾好了，糙米和皮分离，成为熟米。这时，只要用手摇风车将谷壳和米皮去掉，就只剩下油光发亮的米了。

水碾比碓进步一些，所以慢慢替代了碓。但碓就安置在屋前屋后，方便一些，所以许多地方还继续使用着。

后来，就发明了打米机。打米机传到我们乡下，是20世纪60年代末的事。我是60年代初出生，小时候还经常跑到碾坊去玩。到我读书时，碾坊不用了，改成了学校，我最早读书就在那里。

最初时，打米机是用柴油机来带动的。那柴油机声音很大，轰隆隆地响。用皮带带动打米机，又"啪嗒啪嗒"地响，实在是一种难听的噪音。柴油机污染也严重，浓烟滚滚，还有一种刺鼻的气味。然而，因为打米机打米很快，又能将谷壳碾碎成糠，所以很受欢迎。

当时，一个村就那么一台打米机，山里的人要将稻谷挑下山来，很麻烦，那时候又没有私人办打米机的，不过，相对水碾来说，还是进步多了。

后来通电了，柴油机改成电动机，声音小了许多，没有什么污染，打米速度也更快了。但这时的打米机还是不成熟，因为打米过后，米里面还有一些谷子，要用米筛去筛，把谷子筛出来，或者要人工去选，很麻烦的。

再后来，分田到户了，人口多一点的地方都办了打米厂，老百姓打米更方便了。

现在，差不多每家每户都有打米机了，足不出户就能加工打米。打米机的技术也更先进了，也再不用米筛了。

从打米机的发展来看，科技进步不仅大大减少了农民的劳动强度，也带给老百姓极大的方便。

赶野猪

寒冬的夜晚，孩子们围坐在火炉边，一边烤着木炭火，一边听大人们讲故事。故事内容丰富多彩，千奇百怪，其中一些妖魔鬼怪的故事令人毛骨悚然，吓得孩子们不敢单独上厕所。而打野猪的故事比较实在，令我至今记忆犹新。

故乡那地方属于山区，以前森林遍布，野兽出没，山里人都有上山打猎的传统。最早还听说有老虎、狗熊，后来渐渐绝迹了，只有野猪和狐狸之类。猎人们每到冬闲，就相邀上山去打野猪。

打野猪的猎人都会养狗，这就是猎狗，也称赶山狗，在故乡则称之为"pang 山狗"。一般一家养一条，条件好的也有养两三条的。这些猎狗个子高大，十分凶猛，是追逐野兽的猛将，常常在追赶猎物中立下汗马功劳，所以深得赶山人的喜爱。它们常常奔跑在猎人前后，和猎人像父子兄弟一样。

一般打猎，是很讲究规矩的。老猎人一看野猪脚印，就知道野猪从哪里来、往哪里去，要怎么布阵、从哪里追赶、哪里设卡围堵等。于是，在几个路口，都安排猎手手持猎枪，躲在暗处，见到野猪来了，就必须开枪，这叫守土有责。要将野猪尽快歼灭，防止野猪报复伤人。如果慌里慌张没有开枪，或者胆小逃离，让野猪跑掉，这次没有打到野猪，按乡里规矩，他必须赔一头猪，就得将自己家中养的猪赶出一头来，让大家分掉。所以打野猪这一行当，是奖惩分明的。

打野猪要瞄准野猪的耳朵后面打，这样最容易致命。如果打在野猪的肚皮上，一则野猪肚皮厚，打不穿；再则，就是打穿了肚皮，对野猪也没什么损伤，它照样奔走如飞，甚至会被激怒，报复伤人。

野猪受伤后报复人是很吓人的。它们受伤后，最容易被激怒，会回过头来追赶猎人。据说野猪能闻到枪膛的硝烟味道，受伤后，立即转过头来，向持枪人奔来，对着持枪人使劲用猪嘴一拱，能把人拱出几米甚至几丈远，有人甚至会被摔死。就是不摔死，受伤也是很重的。有猎人被野猪追赶，无处可逃，爬到树上，野猪就守在树下，用嘴去拱树干，擂钵粗的树也会被拱得摇摇欲坠。所以乡里有句俗话"三百斤的野猪——全靠嘴巴子"，就是说这野猪嘴巴的厉害。

打野猪最容易误伤人，因为在深山野林，视线不好，往往会把人当成野猪。在某地，一群人赶野猪，远远看见一东西在红薯地里蠕动，山中雾大，看不真切，以为是野猪，一枪打去，把人打死了，原来是那农民蹲在红薯地里翻红薯藤，被误杀了。自然要赔钱安葬才了事。还有一个地方，一对父子上山打野猪，父亲窜进树林中追赶野猪，儿子在外面路口守着，见到树林里一个像野猪一样的东西猫着腰，头部是花白色的，以为是野猪，一枪放去，把人打倒了，高兴得大叫："打中了，打中了，是夹砂白。"这夹砂白是地方话，意思是黑猪毛里夹着白猪毛。这时，只听到父亲高声叫骂："打倒你老子了，还夹砂白！"好在受伤不重，儿子将老子背回家治疗。

打野猪以前用火枪，也叫鸟铳。打鸟时，里面灌火药和铁砂子。打野猪时，要灌火药和铁桐子，也称铁码子。只有这个，才有杀伤力。为了区别哪一枪是谁打的，每个人的铁码子都做了记号，以便论功行赏。

有打野猪的，就有赶野猪的。赶野猪的大多是十几岁的孩子，他们好奇，胆子也大。他们一方面是去造势、助威、呐喊，给野猪以震慑力。另一方面，是去学习，长大以后才能持猎枪打野猪。

打到了野猪，自然是皆大欢喜，抬下山进行分配。分配时，根据民间约定俗成的说法，叫做"上山赶野猪——见者有份"。就是只要参加赶野猪者，哪怕是外乡人或是孩子，也有一份。开头一枪打中野猪者得猪头。

猪头怎么个砍法？就是将野猪耳朵往后拉，耳尖到哪里，就往哪里砍。在困难时期，有开枪人为了多分几斤肉，打到野猪后，就用双手使劲去搓野猪耳朵，据说这样野猪耳朵会拉长一些，便可以多砍一些猪肉。

大约到了 20 世纪六七十年代，人口发展相当快，需要大量的食物。山上的树砍倒了，山中的柴砍光了，成片的山地开垦出梯田或梯土，种上五谷杂粮。山中的野猪没有了生存的土地，越来越少，很多地方绝迹了，于是猎人们告别了猎枪，打野猪成为人们的记忆。只有在茶余饭后，听到老猎人讲故事，看他们津津乐道，讲得眼睛放光。

近年来，年轻人外出打工，很多山民从山中搬进城里，山中居住的人少了，野猪渐渐多起来。以前山里农民家里都有火枪，用于狩猎，主要就是打野猪。前些年，国家把农民手中的猎枪都收走了，老百姓再没有了枪。本来野猪繁殖就快，这下更加快了。很多大山里，野猪成群结队，糟蹋粮食，老百姓辛辛苦苦种的包谷、高粱、红薯等，往往一夜之间，被野猪糟蹋得一片狼藉，收成大减。这些野猪也很顽劣，吃的粮食倒是不多，就是成群野猪经过、踩踏，将好端端的粮食践踏得一塌糊涂，很难收拾起来。有些地方没有办法，请示乡武装部，组织民兵持枪围捕野猪。每次都能打到几头，把野猪赶跑，但一年两年后，又繁殖起来了。

虽然没有了枪，老百姓又想出新办法，就是自己加工炸弹，用来炸野猪。他们做的炸弹如鸡蛋大小，里面装着新型炸药，有些在外面包裹一层油作为诱饵，有些外面还要裹一层蜡，放置在野猪路过处。野猪见到鸡蛋似的炸弹，出于好奇，用嘴去咬、去啃，一用力，像地雷似的"轰"的炸了，炸得野猪血肉淋漓，挣扎几下，当场死亡，其余野猪，竞相逃命，作鸟兽散。常言道"吃一堑，长一智"，野猪也是很聪明的动物，经此一劫，对"鸡蛋"、对炸药硝烟味道特别敏感，以后再不会上当受骗，所以猎手们又必须采取新的办法，去引诱、猎杀野猪。

但这制作炸弹是相当危险的，弄得不好会引爆炸药，轻则炸断手臂，变成"一把手"；重则炸得血肉横飞，掉了身家性命。

林子大了，什么鸟都有。有野猪就会有猎人，有猎人就会有打不完的猎物。他们就是这样对峙着，重复着千古不变的定律：维持大自然的生态平衡。

打团鱼

每回故乡，必和朋友聊天。大至天南海北，小至山野趣闻，无所不聊。某天，聊到了一种捉团鱼技艺，我听了颇感新奇，特记录下来。

团鱼又称脚鱼、甲鱼，学名就是中华鳖，是一种水中生长的动物，营养价值相当高，市场价值也高，所以捕捉它的人很多。

故乡捉团鱼的方法叫打团鱼，流传在我们邵阳一带。以前这一带多团鱼，山塘里、溪沟里很多，随便出去都有收获。

打团鱼的人有专用工具：一个铅坨。带着一把像钓鱼的海竿用的小铁钩，然后用一根线连着，将线连在自己身上。

这些人都很有经验，很熟悉团鱼的习性。他们每走到山塘或小河里，观察一会就会发现有没有团鱼（主要看水里气泡的多少等）。发现有了之后，就开始拍手板，"啪啪、啪啪"地拍着。听到这种声音，一会儿，水中的团鱼就会冒出头来。这团鱼也很狡猾，只露出一点点头，即鼻子部位，不仔细看是看不清楚的。一般露头几秒钟，就慢慢又沉下去了。打团鱼的人就是抓住这个机会，将手中的铅坨和铁钩一下打过去。铅坨要打到团鱼头部前约十几公分处，那一把铁钩约有几十个，都跟着下沉，刚好罩在团鱼身上。那团鱼是扁形的，下沉速度比较慢。而铅砣和铁钩下沉速度快，笼罩着团鱼，其中个别铁钩会挂在团鱼身上。那团鱼只要一挣扎，所有小钩就会勾住它，团鱼根本没法逃脱。这时，打团鱼的只要把线收回，就能把团鱼勾出来，往往是坛子里摸乌龟，手到擒来。

这种打团鱼的办法要下手狠、准，这就要平时训练，要是打偏就会空手而返。

民间的说法是会这种技艺的人是无后的，所以家中大人都不主张孩子们去学，这种技艺快要失传了。

要是掌握这种技艺的人多了，团鱼早就绝种了。

听朋友说黄龙镇以前曾有一个人捉团鱼很厉害，家中没有荤菜时，经常下河去捉团鱼改善生活，从来没有空手过。据说某天几个朋友来到他家，到了吃饭时间，他对老婆说："你先把饭煮好，我去找点菜来。"结果出去一会，就捉来一只四五斤重的团鱼来，几个人饱餐一顿。

据说这种抓团鱼的人是有法术的，但这法术中能用于给自己和朋友抓团鱼吃，不能抓去卖，否则法术就不灵了。

团鱼和蚊子是天敌。夏天天气热时，团鱼会翻转身子，躺在水面，露出白白的肚皮来。有时团鱼伸出脖子，不小心被蚊子咬一口，当即肿胀，脖子收不回去，很快会死去。但人们用团鱼骨头和吃剩的团鱼壳去熏蚊子，那蚊子一闻也会死掉。据说以前城里人做土蚊香时，里面是要放团鱼壳和骨头的。

冬雪·鸬鹚

让南方的孩子冬天最高兴的，莫过于下雪了。

每当雪花飞舞，山野田园一片银装素裹，屋前屋后的道路和空地被白雪覆盖，除了视觉上给孩子们新鲜之外，还给孩子们增添了许多玩法和乐趣。

总觉得我们小时候天气要寒冷一些。

每到冬天，清晨，我们裹着薄雾，脚踏寒霜去上学。路边的水田里都结了冰，像一块块玻璃。我们奋力把冰块搬起来，只听到一阵清脆的声音，那冰块断裂了，就像破了的玻璃。我们不怕手冷，把冰块拿起来，从小火笼里夹起烧红的木炭，对着冰块去吹。随着木炭吹得通红，那冰块便融出一个个小洞。我们用稻草穿过去，捆起来，提着或背着冰块行走，好玩极了。

冰层厚时，我们可以站在冰上玩耍、追逐、嬉闹，有时不小心踏破了冰，布鞋、袜子浸湿了，也不要紧，爬起来，拧干了水，继续穿着，到学校用小火笼烘烤一阵，就干了，只是气味难闻。奇怪的是，虽然受了凉，竟很少感冒，大概是孩子们的热情早把寒冷驱跑了。

放学回家后，我们用家中的板凳做雪橇，在雪中利用惯性滑坡，有时滚得鼻青脸肿，也乐此不疲。我们还自制雪橇：在两块木方上面钉一排木板，可以坐。而在木方下面必须钉上两块竹片，才滑得动。竹片前边要翘起来，我们就学着大人的办法，用火熏热，再将它掰弯，冷却后便翘起来了。这种自制雪橇在斜坡上滑得很好，到了平地却不行了，要人推、拉或坐雪橇的人用两根木棍撑，有点像人撑着拐杖走路的模样。大人们看见就骂，好人不做偏做怪样子，拿起棍子要打人，我们则飞跑了。

连续几天雪，麻雀们便断了粮，出来到处找食物。我们拿着弹弓，追着麻雀到处跑。又找来米筛，用一根小木棒撑着，小木棒上系一根线，我们躲在暗处，手拿着线的另一端。在米筛下撒几粒谷子，等着麻雀来吃。等到麻雀们吃得忘乎所以时，线一拉，麻雀便被罩在米筛下，成了囊中之物。不过麻雀相当狡猾，往往只上来一只，站在边缘，啄几粒谷子便飞走了。再加上我们年纪小，看到麻雀吃谷子了，往往抑制不了兴奋，发出声响，麻雀一惊，就飞走了。所以我们收获往往很少。不过我们认识了麻雀，这小动物真精，正应了我们平常骂人的话：真比小麻雀还精！

我六七岁时，一次雪中进城，在资江上看到鸬鹚在雪水中捕鱼的场景，那鲜活的画面，至今不忘。

那年的雪下得比任何时候都大，冰冻很长一段时间，屋檐下、枝头上挂满冰凌，农田里和池塘里的冰很厚，孩子们可以到上面跳跃、嬉闹。

我跟着大人进城，到了资江河畔的白公渡口。那平时静静的渡口，此时沸腾起来了。因为温差的缘故，那水像被煮沸了一样，一层白色的像蒸汽、像雾霭的东西，在河上蒸腾着，在水面缭绕着。过渡的人多，渡口有几艘渡船在摆渡，许多人在等船。在渡口不远处，有两只渔船在忙碌着，那是放鸬鹚的渔船。许多鸬鹚在水中捕鱼，那情景可热闹了。

鸬鹚在我们那里也叫水老鸦、鱼鹰，是一种被驯养的捕鱼的动物，黑色，有点像洋鸭子，但脖子和嘴比洋鸭子长得多。鸬鹚善于潜水，能在水中以长而钩的嘴捕鱼。

乡下人说，落雪不算冷，融雪最寒冷。下雪或雪后，鱼儿喜欢集中在一起，这时，正是放鸬鹚捕鱼的最好时机。

只见水面上，两只渔船不停地摇动着，鸬鹚们一会儿钻进水里，一会儿叼着一条活蹦乱跳的鱼儿冒出水面，游向渔船，像向主人表功一样摇动着脖子。船家一看见，赶紧把船摇向那鸬鹚，把鱼儿从鸬鹚嘴里取出来，再把鸬鹚放进河里，让它们继续潜水捕鱼。这样，有时这只鸬鹚嘴里的鱼还没有摘下，那只鸬鹚又叼着鱼儿出来了，船家手忙脚乱，来回招呼，不亦乐乎。岸边涌上好些围观的人群，尤其是孩子们，不时发出阵阵欢呼声、惊叫声。

据大人们说，这捕鱼的鸬鹚每个脖子上都戴有一个脖套。因为鸬鹚很能吃鱼，一般斤把重的鱼，一口便吞下去了。而它们一旦吃饱了，便不再捕鱼。所以人们给它们戴上脖套，让它们叼上鱼后，吃不下去，只能找船家把鱼取下来，如此循环往复，不停地捕鱼。当然，等到捕鱼结束后，主人会摘下鸬鹚的脖套，把准备好的小鱼赏给它们吃。

这鸬鹚虽然很能捕鱼，但驯养是很难的。尤其是小时候，全靠人们捕捉小鱼细心喂养它们，要花费一定的心血才能驯养成，所以长大后靠它们捕鱼，也是理所当然的。

后来读夏衍的报告文学《包身工》，里面描绘资本家剥削工人，就像给工人戴脖套一样，写的就是这个。这比喻确实形象而生动，一时间我觉得养鸬鹚捕鱼，是一件并不光彩的事。

长大以后，很少见到那鸬鹚捕鱼的场面，有一次到故乡的宛家岔采风，看到河畔的古树底下，有一群鸬鹚在歇息着，竟感到很惊奇，原来还有人养着鸬鹚。

然而，那鸬鹚雪中捕鱼的场面，只怕很难见到了。

古树下的鸬鹚

动物相克趣闻

自然界各种动物，他们相生相克，竞争共存，留下许多有趣的故事。

民间有句俗话"七月蜂，八月蛇，九月的蜈蚣碰不得"，说的是这几个月是几种动物最毒的时候，一点都碰不得，如果被咬了，往往疼痛难忍，甚至九死一生。

不过，这些动物都有天敌。就说蜈蚣吧，蜈蚣是有剧毒的，但它怕公鸡，公鸡一叫，蜈蚣就浑身发软。公鸡就跳上前去，低头一啄，将它啄翻，然后扯断，分而食之。

这公鸡够厉害的了，可是它最怕黄鼠狼。别看黄鼠狼个子不大，但动作很快，箭一般冲过去，咬住鸡的要害部位——脖子，一下就将鸡咬死了。

但这黄鼠狼却怕鹅。据乡下老人说，鹅拉的屎尿有一种怪味，黄鼠狼闻了受不了，所以远远躲开。因此，乡里养鸡的人家一般都要养几只鹅，以防止黄鼠狼来偷鸡。

乡里有一种叫洋鸭子的，个子比普通鸭子大，主要呈黑色，或黑白相间，动作比较慢，声音"呵呵"的，典型的鸭公声音。别看这洋鸭子憨态可掬，那蛇却最怕它。洋鸭子见到蛇，伸出头对着蛇头点头似的直呵气，过一会，蛇就会死去。我小的时候，屋后茅厕旁关了几只洋鸭子。屋后的竹山中经常有蛇，有一次我推开茅厕的门，见几只洋鸭子围着一条蛇直点着头，那蛇已经不动，死去了。

乡里男孩子以前穿开裆裤，不小心"鸡鸡"被感染，肿得像才灌的香肠一样，俗称"虫线屌"。现在打针吃药能治好，那时，乡里年纪大的人就叫人将洋鸭子抱来，对着孩子的"鸡鸡"呵几口气，很快就好了。原来，我们那里叫蚯蚓为"虫线"，那洋鸭子是最爱吃蚯蚓的，这叫一物克一物。至于有什么科学道理，就不得而知了。

蛇本身是吃蛤蟆的，一般单独一只蛤蟆无法与蛇抗衡，往往成了蛇的美食。但蛤蟆多了，同样能斗败蛇，并把蛇咬死。有一种叫石蛙的，我们那里叫"石蚆蟆"，一些地方又叫"蟓蟓""石蟀"，有点像现在人工养殖的牛蛙，但它们是纯野生的，长在大山峡谷中。那蛇要来吃石蛙，石蛙就一拥而上，有的抱头，有的抱腰，有的抱尾，直把蛇箍得不能动弹，甚至死亡为止。所以民间又有"蟓蟓箍蛇"的俗语。

乡里有老人曾经去过深山放松油，他说曾经看见一条大蛇和几只黄鼠狼搏斗，十分精彩。先是看见一条大蛇追黄鼠狼，那黄鼠狼一边逃窜，一边尖叫。接着看见几只黄鼠狼窜出来，围着蛇对峙着，这时，一只黄鼠狼发出声音，猛地窜到蛇的头部，将蛇的七寸抱住，撕咬，其他黄鼠狼有的抱蛇身子，有的抱尾部，使蛇无法动弹，黄鼠狼一边抱一边咬，很快将蛇咬死了。然后，只见为首的黄鼠狼发出一种叫声，引来更多黄鼠狼，大家一起将蛇吃掉了。

老虎是山中最凶猛的动物，可称为百兽之王，但是它最怕小小的麻雀，因为麻雀的屎只要滴到它身上，那一部位就会糜烂，很难康复。原来麻雀屎带病菌，弄到人身上伤口部位，也会溃烂。我们村有个老贫农，年轻时为了躲避国民党抓壮丁，就把麻雀屎涂在脚上的伤口处，结果伤口越烂越大，虽然躲过了抓壮丁，但伤口终生没有痊愈。再说蜜蜂、毒蛇、蜈蚣几种动物，它们全身都是宝，利用得好，可为人类做出有益的事来。

蜜蜂能产蜂蜜，就不用说了。毒蛇一般生长在荒郊野外阴暗潮湿的地方，除了能提取蛇毒外，用毒蛇泡酒是治疗风湿病的良药。因为人在潮湿的地方住久了，会得风湿病，而蛇常年在潮湿的水边，却不怕。那蜈蚣虽毒，全身也是良药。我认识一位有名的民间草医，他用的很多外用药便是用蜈蚣加工的。每年到了八九月，他把收来的活蜈蚣放进装满桐油的瓶里，开始蜈蚣还在桐油中挣扎，慢慢就死了，再浸泡一会，那蜈蚣渐渐化了，变成白色的雾状东西，草医就用这个添加些别的药，治那些无名肿毒，效果奇好，据说消炎效果也是最好的。

崀山天梯

地震的记忆

大约在 20 世纪 70 年代初期，突然之间，传说故乡新宁会发生地震，一时间，人心惶惶，人们不知所措。

我最早听说"地震"，是哥哥被叫去搭建地震棚。那时候，因为家庭成分不好，思想极"左"的大队支书对我家另眼相看。哥哥读完初中就辍学了，跟着一个老木匠学木工。当时刚好出师，县城里各个单位都要搭建地震棚，于是哥哥有了大展身手的机会，为好几家单位搭建地震棚。

不知道这地震的消息来源于何处？应该来源于官方，然后才准许各单位搭建地震棚的。

当时我正在读小学。家里得到会发生地震的消息后，并不惊慌。父母说，死生有命，富贵在天，老百姓有什么可怕的。我当时才学过一篇关于地震的课文，题目记不清了，但里面几句顺口溜记得很清晰，什么"震前动物有预兆，密切监视最重要。骡马牛羊不进圈，鸭不下水狗狂叫。老鼠搬家往外逃，鱼儿惊惶水面跳"，还有"井水是个宝，前兆来得早。无雨水质浑，天旱井水冒。有的冒油花，有的冒气泡"。因为这个，我成了家中关于地震的发言人，要求大家安全防范。其实我家当时住的是木房子，也没有什么可防范的。

城里的地震棚搭得像模像样的，下面是用一根根杉木拼接起来的，一般叠有两层杉木，即使遇到地震涨水，整个棚子也可以浮起来。杉木的上面，用楠竹拱起来，成倒"U"形状，再在上面盖上晒簟，以防雨防水。有点像船上的棚子，更像"鸭棚佬"的棚子，只是大得多。地震棚的两头装有门窗，白天关闭，夜晚再开门进去。里面，则铺上稻草，再在稻草上铺上铺盖。一旦发生地震，可以在外面生火做饭，完全是一个小小的安全岛。

有一次我进城到小姨家，姨妈的孩子们与我差不多大小，正是好玩的伴儿。到了晚上，除姨父、姨妈住家里外，孩子们都住地震棚，这地震棚就成了我们玩耍的乐园，我们在里面"大闹天宫"，好玩极了，真有点"少儿不知地震苦，地震棚里玩家家"的味道。

这样过了几年，地震始终没有发生。到了后来，少不更事的孩子们可以说是盼望来一次地震，可地震终究没有来。

直到1976年，唐山大地震发生后，传来消息说，新宁不会有地震了，于是，那些地震棚没人住了。慢慢地，上面搭的雨棚腐烂了。后来拆除，下面的杉树也另作他用了。

那么新宁到底会不会发生地震呢？

按说，湖南一带是不会发生重大地震的。但湖南有一条纵向断裂带，称"汨罗—新宁断裂带"。该断裂带从新宁县境内穿过，历史上曾多次发生过地震，只是规模不大而已。

虽然新宁县属于湖南省、邵阳市地震重点监视防御区域之一，但周边的湘西南区域，包括相邻的广西资源县、全州县，均没有地震测报站。随着经济、社会和科学技术的发展，需要建立和完善相应的防震监测体系。同时，崀山风景名胜区的丹霞地貌和喀斯特溶洞群，是地质和地震部门开展科学研究、实行科普教育和地震资料研究的重点区域。由此，湖南省地震局决定在新宁设立省级地震测报站。

新宁数字地震台坐落于金石镇飞虎村蓑衣塘，占地20亩，总投资达300万元，配备了当今先进的测报地震的各类设施，并与省地震台联网，这标志着湘西南地区地震观测从此进入"数字时代"。以后如果发生地震，就会提前预知了。

至于地震棚之类的建筑，只怕要从历史照片中寻找了。

快乐的乒乓少年

　　小时候，我爱各种运动，最喜欢打球，篮球、排球、乒乓球，只要是球，都喜欢。尤其对乒乓球情有独钟。虽然受各种条件的制约，我没有成为一个乒乓球运动员，但我是一个忠实的乒乓球爱好者，可以说是一个快乐的乒乓少年。

　　20 世纪 70 年代初，农村里要打乒乓球还是很难得的，什么都缺，缺场地、缺球桌、缺球拍，甚至缺乒乓球。现在想起来不可思议，当时就是那么稀缺。

　　尽管没有球桌什么的，但我们还是会想办法，土法上马，自己改造。没有乒乓球桌，我们就架秧箱板代替。

　　那时候，农村每个生产队都建有蒸汽室，利用蒸汽育秧，据说可以提早季节。蒸汽室就是一栋简单的房子，里面是一个大通间，中间有许多撑柱，周围全部用塑料薄膜贴牢，防止漏气。地下有一个类似于北方火炕一样的灶，用于烧柴，将锅子里的水烧热，便于升温。

　　蒸汽室内一层层架着很多木板——我们叫秧箱板，上面放着稀泥拌着发芽的谷种，一般在蒸汽室 7 天时间，秧苗就可以长到约 2 寸长，就可以挑到田里带土栽插了。而如果放在秧田育苗，则至少需要 20 多天。看起来，时间是节约了、提前了，但不增产，反而劳民伤财，所以搞了一两年后，都放弃了。但里面的木板——我们称为秧箱板，洗干净后，就有了用场，我们把它们用砖头或者板凳架起来，用来打乒乓球。

秧箱板比门板略大，对于孩子们来说，做成一个微型乒乓球台，还是很好的。

有了球台，中间是没有球网的，大家也不奢望什么球网，就用一块木板隔断。

当时也没有乒乓球拍。就是供销社有卖的，农村孩子也买不起。没关系，就自己做。家中有木匠的，就请木匠做一两个。父母不支持的，就只能自己动手：找一块板子，用锯子锯，用柴刀砍削，虽然不太规则，但实用，能打球就行。

开始时，还有乒乓球卖，最差的5分钱一个，一般的1毛钱一个，打那么几天，就坏了。

说起来惭愧，虽然几分钱一个乒乓球，当时凭一个孩子的财力，还是买不起的，往往要几个人你一分我一分凑钱，才能买一两个乒乓球来。

有时打球，不小心把球一脚踩扁了，或者踩了一个小缺口，轻微点的，用钢笔慢慢沿着口子挤压，往往能够复原。严重点的，则只能放进热水鼎罐里用水去煮，通过加热使其膨胀，也可使其复原。再严重的，则没有用了。

当时老百姓传说，乒乓球是用糯米加工的。我们不相信，大人就将不能用的球掰开，用火柴将其点燃，一下就燃烧了，留下一股焦臭的气味。而用糯米加工的糍粑烤热后是香的，可见并不是糯米做的。

有几年时间，市场上乒乓球也没有卖了。没有办法，我们去捡橘园中掉下的橘子来玩。那橘子是实心的，太重，弹不了多高，我们就用球拍往上抬，把球抛起来，我们称为打抬球。

有一年，我发现一处野生的木瓜藤上吊着几个小木瓜。冬天之后，那瓜皮干了，像乒乓球一样，很有弹性，可以当乒乓球来打。只是比乒乓球略大，不是特别圆，然而比小橘子好多了。

我还学会了一个人打乒乓球。我们家是那种木房子，客厅——我们叫堂屋，墙壁是木板的，墙壁下摆一张八仙桌，我把乒乓球通过八仙桌，击到墙壁上，反弹到八仙桌，再击球，如此循环往复。有时一个人可以连击几十个球，高兴极了。别人看了，也赞叹不已。那时乡下实在没什么娱乐活动，这也是我们自娱自乐的办法之一。

小学三年级时，我的一个堂兄当了民办教师，附带管理学校体育用品。堂兄很喜欢我，我也经常去他房子里玩。我看到他房子里有一个乒乓球拍，十分羡慕，就开口向他借，说好一个学期结束时归还。堂兄答应了，于是我终于有了一个正规的乒乓球拍，同伴们羡慕极了。

从此，我经常利用球拍打球，球艺大有长进。不幸的是，约2个月后，我的球拍不小心被人偷走了。开始我还不敢对堂兄说，想着怎么凑点钱买一个归还。我到供销社一看，要1.3元一个，我根本没有那种能力。直到学期快结束，堂哥问起来，我才如实相告。堂兄也没有要我归还，是不是他赔钱了，我不得而知。

上中学了，学校成立排球队，把我选上了。我当时十二三岁，个子差不多一米七了，身材单瘦，脚长手长。教练老师说，这是一块好料子，可以去打篮球的，可惜太单薄，就去打排球吧。

于是，我成了一名排球运动员。可我喜欢的还是打乒乓球，经常利用训练间歇，偷偷跑到乒乓球队玩几手。直到有次被排球教练老师发现，我挨了一顿狠狠的批评，以后再不敢了。

有一次，我们学校组队到区中学新宁三中参加全区的运动会，我们排球队发挥出色，获得了第二名。乒乓球比赛放在后面，我就去看乒乓球单打决赛。白马田中学的一个同学本来极有希望夺冠的，结果失误了，败给了我们学校一个名不见经传的同学。球一打完，这位同学因为没有夺冠，竟"呜呜"地哭了起来。我觉得很奇怪，输一场球算什么，有什么可哭的，还是男同学呢！

过了几年，高考制度恢复了，我们开始抓学习了，再没有时间打乒乓球了，算是告别了乒坛。

第一次参加高考时，我听说有个男考生没有发挥好，出考场后，在教室外面"呜呜"地哭起来。我上前仔细一看，好生面熟，又是白马田那个打乒乓球的学生，真是人生何处不相逢。

后来参加了工作，有了更多的打乒乓球的机会，可是缺少了小时候打球的那种情趣，反而不太喜欢了。

回想起来，小时候虽然生活艰难，物质匮乏，但心灵是健康向上的，孩子们永远是快乐的。

有一种鞭子叫牛刷棘

在故乡老房子的门后，以前常常插着一根竹枝。这是用楠竹的小枝稍作加工而成的，上面是柄，便于手握；下面是枝，一些细小的枝排列着，有点呈扫帚状。这是用来赶牛的工具，我们那里叫做"牛刷棘"，意思就是用来刷牛的荆棘。

赶牛的工具一般是插在牛栏上的，怎么插在家门后面？在这里，不是用来赶牛，而是用来教训孩子的。

故乡有句俗话："不打不骂不成人，棍棒底下出好人。"说的是孩子要经过棍棒教育，才能成人。不知道这句话是怎么总结出来的，但在故乡，那时候打骂孩子是家常便饭，没有几个孩子不是从棍棒底下成长起来的。

我出生于 20 世纪 60 年代，那时候，还没有搞计划生育，每家都有几个孩子。那时候又特别困难，经常吃不饱饭，没有新衣裳穿。父母们忙于生产劳动，挣公分，养家糊口，已经够呛了，根本没有时间管理孩子，孩子们就由大一点的哥哥姐姐带着。

孩子们在一起，没有不顽皮的。有时候嘴馋，一起去偷人家园中的果实；有时候爬树，撕破了衣裳；有时候放牛，牛吃了生产队的庄稼；有时候带着弟弟妹妹，弟弟妹妹不小心摔伤了，嚎啕大哭等等，这就等着挨打。

挨打一般都放在晚上，父母摆好架势，"当堂会审"。孩子几个根据"犯事"的情节轻重，站着或跪着，要求从实招来。等到父母大致分清是非，于是，取下"牛刷棘"就开始打人。

"唰、唰、唰"，父母一边挥舞着竹鞭，一边叫嚷着："看你还顽不顽皮！"怕痛的孩子，早就叫起来了："不顽皮了，不顽皮了！""认罪"态度良好，父母就停止了打骂。个别倔强的孩子，或者是被父母错怪的孩子，则噘着嘴，任父母挥鞭打，就是不肯认错，口里喘着粗气，委屈的泪水溢满眼眶。明事理的父母，好歹再问清楚情况；不明事理的父母，则一直打下去，把心头的怒火发泄完，直打得孩子身上抽起一条条红色的鞭痕，肿起来，像一条条长虫趴在那里。

这种牛刷棘打人，一般不会打出什么内伤，但抽在人身上，生痛，抽起的一条条鞭痕要好几天才消。这就是牛刷棘的威力。

牛刷棘每天就插在那里，孩子们每次路过，便有了一种敬畏之心。在外面顽皮撒野，也受到一定的约束，不至于那么任性。

除了牛刷棘，故乡人们教训孩子常用的手段，就是用手指敲孩子的脑瓜子，俗称"五粒麻丸"。为何有此称谓？就是五个指头，实际上是四个，握成半拳状，用手背的骨节处敲孩子的头，敲得"嘣嘣"作响。常言道"响鼓不用重锤敲"，一般是点到为止，孩子受此震慑，也不敢顽皮了。

还有一种，就是打耳光。有时孩子在撒野，父亲看到，顺手就是几耳光。有时还骂孩子："再调皮，一耳把子打出你的耳朵屎！"孩子们立刻就规矩了，听话了。

更严厉点的惩罚，就是头上顶一盆水，跪在家中神龛前，向祖宗认错。而且规定时间，燃一炷香的时间，起码得半个钟头。

还有最严厉的，就是用棕绳把孩子的手捆起来，吊在高处，下面再用棍子打。更有"吊半边猪"的，将同边的一手一脚吊起来打，这样更痛更难受。不过这主要是针对那些特别顽皮做了坏事孩子的惩罚，一般是不会的。

故乡还有一种习惯，叫做"娘亲舅大"，意思是娘家的亲戚中，舅舅最大。一般把父母教育不好的孩子交给舅舅去教育。几个舅舅动手，再顽皮的孩子都能服管。母亲在交待舅舅时说："舅舅，外甥不听话，你只管打，打脏了手，我倒水给你洗。"这自然是客气话，舅舅心里是有分寸的。

小时候，我不是个调皮捣蛋的人，但年纪小，控制不住自己，好玩是本性，因而挨牛刷棘打是经常的。

因为挨打多，棍棒底下也确实学到许多做事与做人的道理，如不敢偷懒、循规蹈矩、小心谨慎等。但挨打过多，胆子变小了，做什么事都反复权衡，瞻前顾后，长大后到社会上就经常吃些亏。所谓"胀死胆大的，饿死胆小的"，这也是常事。

长大成人后，我经常跑全国各地，了解各地人们教育小孩的习惯，总觉得老家邵阳教育小孩是最严厉的，打孩子也是最下得手的。正因如此，邵阳人从小就养成刻苦耐劳的品性，个性爽直，讲诚信，重义气，不耍滑，不偷懒。所以邵阳人不论走到哪里，都能开拓出一片天地并能扎下根来，开花结果。

我并不赞成随意去打骂孩子，但对孩子适当的教育是应该的。试想：如果孩子都成小皇帝，一代一代繁衍下去，社会将成为什么样子？所以，对孩子严厉一点，有时也未尝不可。

红蜻蜓

求学路上遇"贵人"

我的求学可谓一波三折，几次差一点失学，但在每一个关键时刻，往往能遇到"贵人"，所以虽历尽磨难，仍波澜不惊，继续完成了学业，直至考上大学。

我出生于湘西南名山——崀山的脚下，一个奉行耕读传家的农家。先祖数代为地方乡绅，有不多的田地，有一定的文化，加上勤劳、正直，在当地算是能人。

我没有见过爷爷，早在20世纪50年代初，他老人家就因病去世了。只听父亲说过，爷爷比较儒雅，写得一手好字，在当地有着比较高的威望，被推荐当过保长。可正是这种"光彩"的经历，对后来我们兄弟姐妹的读书就业产生了直接的影响。

父亲自幼读私塾，后考入县内有名的楚南中学，学业尚好。但到了17岁时，初中没毕业，爷爷病了，只得辍学了。后来父亲参加了工作，自学文化，可以说粗通文墨。

母亲只读过小学，因为家族房子和财产被一把火烧得精光，直接辍学了。中华人民共和国成立之初嫁给我父亲，生儿育女，养家糊口，所学知识仅够识字算账而已。

父亲本来是有前途的。三年困难时期，母亲在农村，一个人拖着4个嗷嗷待哺的孩子，而父亲一个月工资只能买一只母鸡，没有办法，只得辞职回乡了。

那时候生活真的很苦。"大跃进"时吃食堂，大姐、二姐因为要读书，不能挣公分，经常吃不到饭。为了吃一口饭，她俩只得辍学挣公分去了。哥哥读到初中，每学期有一半时间是到学农基地搞劳动，根本学不到什么东西，所以也弃学了。唯有最小的姐姐自小带着我读书，算是读到高中毕业。

我读书最早遇到的"贵人"是我的外婆。

外婆本是一个大家闺秀，外公家族是我们县城最大的布铺商，商号"同心和"。外公去世得早，我没有见过。外婆住在城里，与小姨一家生活在一起。她每年抽时间到我家帮我母亲剪鞋样、搓麻线，住上几天又走了。

外婆在我们家时，见我长得还算聪明伶俐，就叮嘱母亲："你这儿子聪明，一定要送他多读书，才有出息。"后来父母在我读书的问题上倾尽全力，大力扶持，主要是受到外婆的影响。

我们乡下是没有幼儿园的，我的童年是跟着哥哥姐姐放牛、打猪草、砍柴度过的，简单而快乐。

我5岁开始上小学，学校就在我们家附近的一座碾坊。没有礼堂，没有操场，但有小河、水坝，有水碾、水冲石磨等，够我们玩耍琢磨的。

我上学早并不是因为聪明，而是父母都忙于出工，哥哥姐姐们也大了，没人带我。我只能跟着最小的姐姐去学校读书，让老师去管束。

虽然我是学校最小的孩子之一，但我学习成绩很好，字也写得好，比较受老师、同学的喜爱。

那时候，父亲见我要读书了，从新华书店买了一些描红本，教我每天学写字。哥哥姐姐也教我识字、算术，我接受得很快。

姐姐小学毕业了，要读初中，需要大队推荐。父亲辞职回乡后，在村里劳动，有点清高，无意中得罪过支书。所以姐姐上初中时，支书借口要推荐"贫下中农"的孩子，不让她进。姐姐又重读一年，和我同班。

第二年，好不容易轮到姐姐上初中，只得把我拉下来，所以我读了两个五年级。上课时天天"炒现饭"，我人在教室里，心思早飞到野外去了，无意中培养了我的形象思维能力。

我初中毕业时，按考试成绩是可以直升县一中或本乡高中的，但当时升学不是看成绩，还需村里推荐。还是那个村支书，他一看推荐表上家长的名字，便毫不留情地把我一笔划掉了，我便成了一个入学无门的人。

所以，我差一点当了木匠。

那已是20世纪70年代中叶，正是"文化大革命"疯狂的岁月，农村孩子除了"面朝黄土背朝天"，几乎没有出路，只有当兵、招工两条路了。

对我家来说，这两条路都走不通：一是祖父曾经当过保长，政审通不过；二是支书绝对不会推荐。但父母还是忙着为儿子找出路，因为儿子大了，需要成家立业，总不能一辈子"修理地球"。父母决定另辟蹊径，叫哥哥去学木匠，然后又可以教会我。木匠一行在农村是很吃香的。

哥哥拜师学艺的仪式就在我们家里举行。师父是邵阳人，是姨父的一个堂弟，常年奔走江湖，木工手艺好，在我们附近很有名气。办完仪式后，他就在我家里做了将近一个月工夫，让哥哥练手。我放学回家后，也操起工具跟着敲敲打打，自己做了一个小板凳。师父看了，觉得满意，便开玩笑说："你不用读书了，跟我当小木匠算了。"我那时少不更事，就回答说："等我读完书再学木匠吧。"

没想到，高中读不成了，看来真要当木匠去了。

哥哥这时早已出师，木匠生涯正风生水起，我面临着两难的选择。

但我从内心来说，还是于心不甘的。因为当时，高考已经恢复了，我也有考大学的机会了。

父母知道了我的想法，就想方设法帮我。

有一天，父亲早早地出门去了，天黑才回来，兴冲冲地告诉我："读书的事有门路了。"我又惊又喜。原来，父亲步行了几十里，找到了本县一个在山里中学教书的表叔，将我的情况一说，表叔同情我的遭遇，经请示校长，便答应接收我。

第二天一大早，父亲拖着一辆板车，装着我的行李——一口小木箱和一捆铺盖，带着我上路了。走到远山沟里一所学校时，太阳快下山了，父亲把我交给了表叔，接着就往回赶。我当时十四岁，第一次远离家门，望着夕阳下父亲拉板车远去的身影，一股愁绪涌上心头，泪水顿时模糊了眼睛。

在外地读了一个学期，我又转学回到我们乡中学。

那时的乡办高中都是从初中直接转变为高中的，老师仍是初中那些老师，教学质量可想而知。高中毕业时，我兴致勃勃参加了应届的高考，结果离中专录取线差 18 分，落榜了。然而这已是我们学校文科最好的成绩了。

我决定复读。父母及哥哥姐姐都支持我，因为当时除读书求学之外，农村还没有别的出路。

我找到我们学校班主任李棻老师，要求复读。李老师语重心长地说："你是我们学校最好的苗子，你要来，我自然欢迎。但我们学校教学太差，会耽误你的前程。你最好到县一中或三中去，那里的教学质量好得多。"

于是我开始骑着自行车到处找学校。

最先去的是县一中。县一中在我的印象里是庄严而神秘的，校园就设在清末两江总督刘坤一的"光厚堂"里。里面古树参天，环境优雅，是求学的最佳去处。

我找到学校的教导主任，主任看了我的成绩单，很冷漠地告诉我，他们学校只招收距高考录取线差 10 分以内的复读生，而且一般招本校毕业生。

我又跑到了县三中，三中离县城大约有七八公里，也设在清末曾任广西提督的传奇将军刘华轩创办的"斗光书院"里。条件相对差些，但校园古色古香，当年师资好，考得也不错。

接待我的是教导处的副主任，他很遗憾地告诉我，他们招的是只相差 15 分以内的学生，而且一个班已经招满了。我悻悻而归。

后来，我听说县城的金石中学在招复读班，班主任兼语文老师是从一中调去的蔡镇楚老师，教书很有名气的，我于是抱着试试看的心情去找他。

蔡老师个子高大，衣服穿得相当整洁，戴一副高度近视眼镜，显得威严庄重。他听了我的情况后，仔细端详我一阵，直看得我不好意思起来，然后问我："有决心吗？"我因为两次碰壁，这下别无选择了，就果断地回答："有决心！"

老师说："你来吧，我就不信你比别人差！"

于是我回家搬来铺盖，住进学校开始复读。当时学校首次办复读班，没有宿舍。老师就为我们找到一间杂房，在地上开了一排通铺，睡了二三十个男同学。

复读生活是艰苦的，真是苦读寒窗。天天"老三篇"，满脑子的数学公式，历史、地理名词解释。特别是政治，要背很多东西。但我们拼着一股子劲，心无旁骛，刻苦攻读。我们家离学校只五里路，我一学期只回过一次家，米和生活费都是哥哥送来的。

高考前夜，想到一年来的苦读，想到家里的支持，想到要是没考好该怎么办，我辗转反侧，彻夜难眠。窗外是一个池塘，偶尔几声蛙鸣，这时竟成刺耳的噪音，吵得我心里发慌。快天亮时，我才迷迷糊糊睡了一会。因为睡眠不好，第二天考语文时便发挥不佳。

中午时分，父亲来看我了，带了一些蒸熟的菜，顺便问起考试情况，我只得如实相告。父亲轻轻叹息一声，然后鼓励我，不要有包袱，争取把后面几门功课考好就行。

后面几门考下来发挥还算正常，总分估计约有 400 分左右。高考发榜时，我的成绩超过了重点本科录取线。

我上的是湖南师范大学中文系，当时是本科第一批录取，后来成为"211"学校。

上大学后，我遇到的恩师更多了，他们不仅传授给我们各种知识，还培养我们的各种能力，教育我们为人处世的道理。

在求学过程中，正是遇到这么多"贵人"，我才有读书的机会。也是在他们的关爱之下，我才考上大学的。当然，还有身边的"贵人"，就是我的父母和兄弟姐妹。他们一直坚持让我读书，不要放弃。

其实，最大的"贵人"，应该要算国家政策的及时调整。粉碎了"四人帮"，清除了极"左"的影响，恢复了高考，才真正为我们开辟了读书升学的通道，我们才有报效祖国的机会。

邵阳人的艰苦教育

2014 年 9 月，正是高考新生入学时节，一条"湖南一对父子同窗 3 年双双考上大学"的新闻，在网络、报刊和电视上热传，引起了无数人的关注。

新闻讲述的是湖南邵阳市新邵县的一对父子蒋忠新和蒋明的故事。蒋忠新当年 44 岁，是新邵县的一个农民。他高中毕业后回乡劳动，娶妻生子。1990 年底，小两口开始到上海打工，后来带孩子在上海读小学。儿子读初一那年，全家又回到了新邵老家，用多年打工的积蓄承包了村里的杨梅山。

儿子读初中时迷上了网络，读书住校，父母不在身边，他经常偷偷出去上网。在新邵二中读高一时，蒋忠新常接到老师的电话，说他儿子又出去上网了，让他去学校一趟。被叫得多了，蒋忠新也烦了，他跑到学校，对孩子说："你不好好学习，就跟我上山干活去。"

接着，他带着儿子去杨梅山挖土。蒋明也许是心生愧疚，二话不说，扛起锄头就开始挖土。挖了一个上午，手上就磨起了血泡。父母看在眼里，就像没看见一样。孩子忍住手痛，继续干活。接着又扛树，从山那边扛到山这边，一棵又一棵。孩子不说话，只是倔强地干活。这样过了一段，父亲问孩子是愿意读书还是干活，孩子说想读书。于是，2011 年，蒋忠新和妻子在新邵二中租了一个退休教师的房子，把家搬到了学校，让儿子重读高一。

在学校，蒋忠新白天出去打工，晚上守着儿子，不玩牌，不搓麻将，有时间常翻儿子的书。有一次在翻看儿子的书时，蒋忠新想：这题也不难啊，为什么我不能参加高考，考个大学呢？想当年高中毕业时，自己离录取分数线只差十几分，是因为家里太穷而没有复读的。于是，他找到学校老师，要求同孩子一起学习。如此一读三年，然后参加高考。尽管他觉得考得不理想，但高考成绩一公布，他得了477分，超过了湖南理科二本线35分；蒋明得了550分，超出湖南一本线28分。于是，开学之际，儿子蒋明迈入了湖南一所重点大学的校园；蒋忠新成为邵阳学院法律系的一名大一新生，也是2014级湖南省年纪最大的大学新生。

如此父子同时"金榜题名"，自然是皆大欢喜的事，反映了邵阳人教育孩子的一个侧面。

再看另一个故事。

2013年的暑假，一则"父亲为磨炼8岁女儿带其徒步700公里回老家"的新闻，也引起了全国的轰动。

8岁半的三年级小学生曾子琦，父亲是湖南邵阳县人，一个在深圳打拼了20年的成功人士，妈妈是全职太太，家境不错。曾子琦在深圳出生，自幼过着舒适安逸的生活，当时在宝安区上小学。父母想磨炼女儿的意志，提出一家徒步回老家的主意，没想到，女儿竟满口答应。于是，从2013年7月13日开始，他们从宝安西乡出发，经广州，向湖南邵阳前进。沿途的艰难曲折，可想而知。

为了帮助女儿练胆，父亲带着女儿去陌生的农户家蹭饭，让她主动和主人家攀谈。这些家里的男人多半出门打工了，留下的老弱妇孺对外人的戒备心很重。父亲教女儿的法宝是软硬兼施，先去人家屋檐下坐着歇凉，然后努力套近乎，再要上一两碗饭。不过，饭后他们都会留下一笔饭钱。父亲说："我希望让她明白，这个世界上没有免费的午餐，要收获就必须付出。"

一路上，父亲尽量不让女儿沾染带油星的菜肴，即使到餐厅就餐，也会要求对方用白水加盐煮上一点菜蔬即可，他说："出来不是享福的，借这个机会让她体验一下简朴的生活，对孩子更好。"

一趟走下来，他们不但黑了一圈，瘦了一轮，脚丫上的几个大水泡始终相随，走起路来生疼，但他们始终坚持着。行走了近20天，终于回到老家。父亲在QQ空间里写下这么一段话：不要怕路途遥远，走一步有一步的风景，进一步有一步的欢喜，足矣。为女儿的成长高兴，也为自己接下来的挑战打气！

两则故事都发生在湖南邵阳人身上，说明邵阳这个地方有点特别。尤其是在孩子的教育上，注重艰苦教育，让孩子自小吃苦、磨炼，长大成为有用之才。

邵阳人对孩子的教育相当重视，虽然没有什么固定的章法，但在日常生活和家庭事务中，言传身教，潜移默化。概括起来，他们对孩子的教育，有这么几个方面内容：

一是孝顺。尊老爱幼，孝敬老人，是中华民族的优良传统，邵阳人教育孩子，除了要孩子们尊老爱老外，还表现在日常生活中。比如吃饭入席时，老人家要坐"上席"，孩子们一般不上桌子。大家开始吃饭时，要孝敬老人，先为老人夹菜。大凡吃鸡鸭等好菜，先要将老人平时喜欢吃的鸡鸭的部位夹到老人碗中，比如鸡头鸭头、鸡肝鸭肝、肠子、鸡鸭腿等，主要考虑老人家牙齿不好，要吃一些软一点的。

为了教育孩子们不要挑菜，大人们还编造一些善意的谎言，如不让孩子吃鸡鸭肠子，就说孩子吃了肠子以后写字会弯弯曲曲，写不好。孩子想吃鸡爪子，大人也会说，吃了鸡爪写字就像鸡爪子一样，很难看的，于是孩子都不肯吃了。有个别孩子顽劣，不孝敬老人，甚至打骂老人，大人们会说，这样会遭雷劈火烧的。给孩子们灌输一些观念，让他们从小就有敬畏心。

二是勤劳。邵阳人教育孩子自小要参加劳动，吃苦耐劳。邵阳农村出身的孩子，自小跟着哥哥姐姐放牛、砍柴、打猪草、做家务，几乎没有闲着的时候。在我们那个时代，孩子们以劳动为光荣，以懒惰为耻辱，绝没有什么睡懒觉"自然醒"的。如此一代代相传下来，邵阳人的勤劳刻苦全国有名。

三是节俭。邵阳人的节俭也是有名的，这节俭，就表现在日常生活中的精打细算。孩子们自小时候起，父母就教育他们节俭，"吃不穷、穿不穷，不会划算一世穷"。邵阳人后来在商品经济大潮中赚了大钱，也是这种精打细算的结果。

四是重教。邵阳人很重视孩子的教育，就是不惜一切，培养孩子成才。只要孩子成绩好，肯读书，父母就是当牛做马，砸锅卖铁也要让孩子上学。如果孩子不肯上学，父母必给他说明：是你自己不愿读的，不是父母不送，以后不要后悔怪父母。

邵阳人教育孩子，一般以正面教育为主，除上面所说的言传身教、正面引导外，对于不听话的或者是做错事的，则实施严厉惩罚。

邵阳人有几句名言："不打不骂不成人，棍棒底下出好人。""三句好话不如一马棒。"这里讲的，就是棍棒教育。在我们孩提时，家中的大门后插着一根叫"牛刷棘"的竹刷刷，就是用竹子枝条做成的赶牛用的工具，打起人来生痛，但不会有内伤。遇到孩子不听话，父母就用这"牛刷棘"教训。因为挨打多，棍棒底下也确实学到许多做事与做人的道理。

我经常跑全国各地，了解各地教育小孩的习惯，总觉得老家邵阳教育小孩是最严厉的，打小孩也是最下得手的。像文章开头那两个故事，便很能显示邵阳人教育孩子的特色，是邵阳人教育孩子的一种本能体现。邵阳还有一句骂人的话："穷人养娇子，富人养呆子。"意思是穷人家太娇惯孩子，养不出好儿女；富人家娇惯孩子，什么都包办，结果养出的是呆子傻子。正因如此，邵阳人不论贫富，都教育孩子从小要养成刻苦耐劳的品性，个性爽直、倔强，讲诚信、重义气，不怕死、不耍滑、不偷懒。因为能吃苦，太霸蛮，人称"宝古佬"（旧时邵阳称宝庆府），"宝古佬"也就是宝庆蛮子的意思。长大成人后，不论在哪个岗位，邵阳人多能生根发芽，开花结果，敢挑重担，刻苦耐劳，从而创立一番事业，赢得较好的口碑。

有段时间，手机微信上又传出一段感人的视频《疯妈傻爸破落家，一朵美丽倔强花》，讲述的是邵阳市新宁县黄金乡金沙村9岁女孩陈海萱，小小年纪挑起家里全部家务的事迹。

黄金乡位于新宁县西北部的大山丛中，境内居住的都是瑶族。陈海萱出生于一个不幸的家庭，父亲是个傻子，母亲有神经病，整个家庭只能靠爸爸卖苦力赚钱来维持生活。有道是穷人的孩子早当家，她从学会做事开始，就要照顾疯癫的妈妈、痴傻的爸爸，用弱小的肩膀支撑起一个贫寒的家。她还要读书学习，是个十分懂事的孩子。看完视频，许多人流下了热泪。

陈海萱是个特例，但在邵阳农村，像她这种懂事的孩子很多，因为受周边环境的影响，他们从小就做家务，下地劳动，参与家中的大小事务，分担父母的喜怒哀乐。尤其是困难家庭中的孩子则懂事更早了。他们一旦长大，便承担起家庭的重任，为人也好，做事也好，比同辈人成熟稳重，加上勤劳刻苦，所以成功的几率也高得多。

鱼篓

父亲爱骑老"永久"

又到清明节，我突然想起父亲和他的老"永久"来。

在我的记忆中，父亲是最爱骑车的，从年轻到年老，他是骑着自行车一路走过来的。

父亲的车龄很长，据他说，自 20 世纪 50 年代初参加工作不久，他就学会骑车了。因为那时候常年在乡下奔走，很多路程是靠步行和骑自行车的。

三年困难时期，我家兄弟姐妹多，而父亲一个月的工资只能买一只母鸡，为了养家糊口，父亲只得辞职回到农村。

记得我五岁时，第一次跟父亲进城。父亲要去一个叫高桥的乡镇办事，便把我带到在县城工作的堂姑父处。父亲借了堂姑父单位的自行车，对我交代一番，便跨上车，头也不回地走了。

目送着父亲骑车远去的背影，我觉得父亲骑车的姿态真是潇洒，让我羡慕得不行。

我的家乡以前不通公路，是没有自行车的。大约 20 世纪 70 年代初，修通了公路，于是才有了自行车在乡间穿梭。

我家拥有自行车已是 20 世纪 70 年代末。那时候当木匠的哥哥被招聘到县城的机械厂当木模工人。机械厂离我家有十里路，那时是没有公交车的，于是家里就想办法给哥哥买一辆自行车。

当时买自行车是有讲究的。自行车属于"三转一响"，当时绝对是奢侈品。所谓"三转"，是指自行车、手表、缝纫机，它们是能够转动的。"一响"是指收音机，可以收听广播，放出声音。它们都属于高档家用品，一般是城市男女青年谈婚论嫁时，女方提出条件，男方尽量满足，普通人家是不敢想象的。

自行车品牌的选择也很讲究，当时我们湖南有句流行的顺口溜是"一永久，二凤凰，三红旗，四湘江"。这是几种质量很好的自行车，经久耐用，口碑极好。但买这几种自行车是要票或者找关系的。刚好我家一亲戚当时是县供销社的主任，听说我家要买自行车后很高兴，就帮我们预定了一辆"永久"。两个月后，哥哥便骑上了自行车。

很快，农村分田到户了。我们那里位于城郊，老百姓勤劳，容易发家致富，家家户户的经济条件慢慢好起来，于是父亲也买上了自行车。我记得，也是一辆"永久"。从那以后，父亲外出都骑自行车。父亲身材高大，骑上自行车，真的是很精神的。

我参加高考时，关键时候，父亲骑着"永久"来看我。

考点离我家约五里路，那时我才参加完第一场语文考试。因为精神压力大，头天晚上我没睡好，考试没有发挥好，情绪不高。中午时分，父亲来看我了，从他的"永久"自行车后面篮子里取出一些做好的饭菜给我吃。他问起考试情况，我只得如实相告。父亲轻轻地叹息一声，然后鼓励我说："没关系，不要有思想包袱，争取把后面几门功课考好就行。"说完骑着他的"永久"又走了。

因为有了父亲的鼓励，后面几门考下来发挥还算正常，高考发榜时，我的成绩超过了重本录取线，最后被湖南师范大学录取。

大学毕业后，我分到外地工作，每年只能利用探亲假回家探望父母。每次回去，父亲很高兴，骑着车跑上跑下，去买我们喜欢吃的东西。那车骑得飞快，像他的心情一样欢快。

有一天，我接到父亲的电话，他不无遗憾地告诉我，他的"永久"自行车停在街上被偷了，想买一辆新的。我说，需要买什么牌子的，我给他买。父亲说，骑习惯了，还是喜欢"永久"。于是我给他寄钱，又买了一辆新"永久"。想来，那已是20世纪90年代初的事了。

年纪大了，父亲喜欢上街，都是"永久"相伴。有时到我的几个姐姐家去，也是骑车。我曾劝说他，要他坐公交车，安全一些。他却说："坐公交哪有我骑车方便？还是我的'永久'好。"

父亲对车也十分爱惜，经常擦洗。有时候，车子出毛病了，都是他自己买来零部件，自己修理。时间长了，父亲俨然成修车师傅，邻居家的车坏了，也找他修理。

有一次，父亲在亲戚家喝酒，晚上回家时不小心摔了一跤。虽然没有受什么伤，但把我们吓坏了。于是，我们都劝他不要骑车了，改坐公交车。当时，父亲已经70多岁了。

同父亲差不多年纪的老人都办了老年证，坐公交不要钱。在他们的劝说下，父亲也办了老年证，坐过几次公交。然后，再不肯坐了，又骑上自行车。如此，直到了80岁。

没想到，80岁的父亲竟然赶时髦，要我给他买电动车。

那是2013年冬天，父亲80岁大寿。为了给老人家祝寿，我问他希望买什么礼物。不想父亲提出，要我为他买一辆电动车。我一听，吓了一跳，这么大年纪还骑电动车，真是天方夜谭，叫儿女如何放心？我跟他解释："并不是我舍不得钱，不给买。而是您年纪大了，反应迟钝，电动车是机械东西，不容易把握，实在容易出事，还不如骑自行车。"兄弟姐妹们也一起相劝，父亲才作罢。

其后，父亲仍骑着他的"永久"四处跑。

大约2015年，父亲骑着自行车上街，下坡时骑得飞快，我的朋友看到了，赶紧给我打电话，要我提醒父亲，骑车最好慢一点。

我晚上打电话，要他以后骑车要慢一点，注意安全。父亲说："没有关系的，我有把握的。"我还是劝他："毕竟80多岁了，最好以后别骑车了。"父亲口头上答应着，还是照骑不误。直到一次他酒后又摔了一跤，我们才不让他骑车了。这时，父亲已经82岁了。

虽然不骑"永久"了，但父亲舍不得把这辆跟随他20多年的车处理掉，一直放在家里，精心保管着。闲来无事时，把车擦得锃亮，爬上去骑一阵空转的，踏板踩得飞转，铃铛摇得"叮铃铃"响，像孩子骑上战马一样。

我们劝他把车卖掉或者送人算了。父亲说："这车伴我多年，也卖不了什么钱，放在家里，并不碍事，看着也舒服。"

没想到，不骑车了，父亲反而老得更快了。过了两年，父亲垂垂老矣，已经不能骑车了，走路也走不很远，老是跟我念叨，腿脚无力，走一程就要歇口气。

前年冬天，父亲故去，享年85岁。

在清理父亲的遗物时，哥哥把那辆"永久"推出来，说要送给村里一个尚能骑车的老人。

望着那辆父亲的宝贝，我像送走父亲一样，忍不住流下了眼泪。

崀山丹霞石柱

母亲深爱着土地

清明时节，我们兄弟姐妹带着儿女们登上故乡的后山，一起为母亲扫墓。

我手持工具，铲起一抔抔黄土，为母亲垒坟培土，心里默默地说：母亲啊，这就是您深爱的土地，您老人家好好安息吧！

自从母亲嫁到我们乡下，就与土地结缘，面朝黄土背朝天，辛辛苦苦一辈子，养大了我们5个儿女。可以这样说，母亲就是从这些土地中种出粮食和蔬菜，养活着我们。

母亲出生于我们小县城的一个商人家庭，外祖父一家曾是我们县城最大的布商，商号"同心和"。母亲出生于1933年，小时家道还算殷实。作为富商家的千金，母亲自小习字读书、针织绣花，根本想不到她以后会成为一个农民，一个一辈子与土地打交道、视土地如性命的人。

1944年，日本鬼子打进我们县城，一把大火将县城烧成焦土。外祖父一家和所有资产也被这把大火烧毁殆尽，家道于是衰落下来。忧愤不已的外祖父从此明白了一个简单的道理：经商发财只是短暂的，只有土地才是实在的。于是到了母亲谈婚论嫁时，他力排众议，将母亲嫁到我们城郊乡下，于是就有了我们耕种的母亲。

也许是外祖父对土地的渴望留给母亲的记忆太深，也许是与生俱来的命运所决定，母亲对土地有一种无与伦比的亲近。

母亲出嫁时，正是中华人民共和国成立初期，很快，大集体了，生产队了，人人参加劳动。母亲也和其他农村妇女一样，参加各种生产劳动，开田、挖土、插秧、收割，种高粱、红薯、荞麦、穄子……只要是与土地打交道的事都得干，她几乎学会了所有的农活。另一方面，她学习在自留地种辣椒、茄子、南瓜、豆角，以及各种时令小菜。只有不断地种，才能让一家人吃饱。

自从我大姐出生以后，我们姐妹兄弟5个，一个接一个艰难地挤进这个世界。要养活这么一群嗷嗷待哺的孩子，母亲只能拼命苦干。

那时候，父亲尚在外地工作。一个以前从没干过农活的女人，拖着五个孩子，既要出集体工，又要种好自留地，个中甘苦可想而知。

为了养活孩子，母亲利用生产队出工的间歇，带着哥哥姐姐将屋前屋后的一些空地修整成一块块小菜园，种上瓜果蔬菜，在那些离家较远的自留地种上红薯、玉米、高粱、荞麦。还要在很远的山旮旯里砍火畲、垦荒，种下小米、穄子等杂粮，这样才不至于让我们饿肚子。

我们自很小时起就跟着母亲参加各种劳动，学会用双手来生产，以填饱自己的肚子。

经过几十年的艰辛，我们都长大了，母亲却明显地老了。

记得祖母去世后不久，母亲的身体不是很好，我把她接到我工作的城市，陪她检查身体，要她休养一段。可她住了不到半个月，就嚷着要回去。我挽留她说："再住一段吧，调理好身体再走。"母亲却说："我是个劳碌命，天天空坐在家里，浑身不自在，不如下地里干活，反而好些。"我留不住她，只得让她回去。

我的孩子出生前，她高高兴兴前来照料。可照料满三个月，她又提出要回去。我想留住她，说："孩子这么小，怎么办？"她说："这个孩子好带。我在你这里这么久，没干什么重活，反而腰酸背痛的。再这么下去，要成废人一个了。还是让我回去吧，你这边请个保姆就行了。"望着母亲真诚的眼神，我只得同意了。

母亲回到家里便又忙开了，除了种田，她还拉着父亲种各种瓜果，种红薯、包谷等，什么都种。秋收时，南瓜堆了半个屋子，冬瓜一个有几十斤重，根本没法吃完。母亲还喂了许多鸡，每天有十几只母鸡下蛋，蛋也吃不完。一些亲戚朋友去看他们，母亲便给他们送鸡蛋、送南瓜，好说歹说，定要送出手才放心。

考虑到父母年纪大了，我曾几次将父母接到我所在城市，叫他们跟我一起生活。大院里，住房宽敞，环境又好。父母住上十天半月，又要回去，说："金窝银窝，不如自己家的狗窝。"我也曾在大院的山脚下找了块地，想让母亲去耕种，母亲却不习惯，说还是自己种的地好，种熟了，要什么长什么。没办法，我只得又送他们回去。

母亲老了，有美尼尔斯综合征，有时干着活，不小心就会晕倒，常常摔得鼻青脸肿的。我们儿女要她不要出去干活了，她总是不听。说多了，她说："八十婆婆抓松毛，一日不死要柴烧。这点小活，算什么？一点不动，真要得大病了。"

如果说以前父母辛勤劳动、耕耘土地，是为了养活我们，那么，我们长大以后，通过自己的打拼，早已衣食无忧，无需他们劳作了。母亲的这种劳动，完全是一种自觉的行为，是一种对土地的热爱。

父母年岁渐大，身上的毛病也越来越多。前几年，我调回长沙工作后，每年都抽时间回去看望他们几次。每次提出接他们来长沙住一段，母亲总是说："千好万好，还是家里好。我们年纪大了，你们又要上班，不给你们添麻烦。再说，长沙地方大，人生地不熟的，讲话也听不懂，住着难受。"就是不肯来长沙。

我知道，母亲不愿来长沙，还有一个更深层次的原因：家乡一带，老人去世后一直有土葬的习惯。老人跟着儿女进城后，最担心的是在城里去世，实行火化。所以同家乡许多老人一样，她始终不愿出来。

唯有一次，她竟然主动提出来长沙，出乎我们兄弟姐妹的意料。

那是 2013 年。那年春天，母亲白内障严重，眼睛看不清楚，我请假陪她在家乡医院做了白内障摘除手术，视力好一些了。那年 7 月，大姐和姐夫要来长沙看女儿和外孙，母亲听说后，主动说她也要跟着来长沙。大姐感到奇怪，问她来长沙干什么，她说："我去看看你弟弟，顺便叫他陪我去配个助听器。"

母亲的耳朵越来越不好使了，要大声对着她讲话才听得清楚。前几年，姑父配了一个助听器，说好用，母亲便也想配一个。

他们是坐大客车过来的。母亲平时见车就晕，听大姐说，那次坐车也不怎么晕车了。我把她接到家里住了几天，周末陪她到五一路一家专业店子配助听器。经过调试，有一款 1200 多元的差强人意，有一款 2400 多元的效果好些。我提出要贵的，母亲却说只要便宜的。最后由我做主，选定 2400 多元的。

交款时，母亲从包袱里取出一个手帕小包，小心翼翼地打开，里面是 1200 元钱。母亲说："我以为这点钱够了，没想到这么贵。"难怪母亲要便宜的，原来是她想自己付款。我的眼睛顿时湿润起来：母亲啊，这是您老人家种地、卖小菜得来的几个钱，一分一毛积攒起来的，儿子怎么能让您付钱呢？直到我刷卡付了款，母亲才很不情愿地把钱收起来。

母亲戴上助听器后，耳朵能听清楚了，心里很高兴。我又陪她到附近走走。几天后，大姐、姐夫要回去，母亲又跟着他们回去了。

没想到，当年冬天，母亲生病，永远离开了我们。我后来回想，母亲是专门来长沙看我们的。她想看看，儿子在长沙工作，到底怎么样。只怪我们粗心，竟然没有想到。

母亲病重之际，我日夜守候在床前。母亲很清醒，知道自己时日无多了，慢慢地交代后事。我问她以后愿意葬到哪里去，母亲说："不要把我葬远，最好葬在屋后面，能看到家里房子、屋后的菜园，最好。"

母亲去世后，我尊重她的遗愿，为她找一处安葬之所。刚好屋后约两里路的山腰上有一小块平地。后山高耸，像椅子靠背一样；左右山环水抱，视野开阔；正前刚好可以看到我家房子和菜园。更有意思的是，该山就叫范家山，旧时是我们家族的祖山。

母亲一辈子与土地打交道，就应该有一块好的地方作为归宿。她选定的地方，就是最好的地方。

母亲一生勤劳、善良、孝顺、俭朴，她的美德就像她耕种的作物一样，会在这块土地上生根、发芽、开花、结果。她的美德传承下来，不愁子孙后代不兴旺发达。

在这块她深深爱着的土地上，母亲可以安息了。

乡里土鸡

故乡有一首童谣："麻鸡婆，肥坨坨，三岁伢子会唱歌，唱个什么歌，唱个东门李大哥……"

农家孩子，从摇篮里开始便与鸡鸭打交道了，母亲为了逗孩子开心，或哄孩子睡觉，一边摇着摇篮，一边唱着关于鸡鸭动物的歌谣。

摇篮外，一只母鸡带着鸡仔们正在玩耍。小鸡仔们围着母亲，"叽叽喳喳"地叫个不停。母鸡总是点着头，嘴里"咯咯咯咯"地回应着，轻轻地安抚它们。同摇篮里的孩子一样，小鸡们也受到母亲的百般呵护。母爱总是相近的，一股股母子的深情爱意在他们的呢喃与呓语中流淌着。

可以这样说，乡下孩子是在鸡欢狗叫的乡村交响乐中长大的。

童谣中唱的肥坨坨的麻鸡婆，自然是乡下的土鸡，是那种自己孵蛋，自己带着鸡仔觅食、长大的土鸡。它们个子不大，长得很紧凑，长大后，就两三斤一只，看起来相当灵巧，鸡毛油光水滑的。加工烹饪出来后，肉质细嫩鲜美，吃起来特别香。

从另一个方面来说，乡下孩子们也是吃着鸡鸭的腿长大的。

那时候的农村，没有牛奶等营养品，有一口饭吃就不错了。也很少有肉吃，只有自家喂养的土鸡，偶尔宰杀一只，小炒黄焖，或者炖一大锅汤，让孩子们饱餐一顿。这时总会给孩子们留下鸡肉最多的鸡腿，这是孩子们幼时专享的最佳营养品。

我出生于湘西南的农村，自幼鸡鸭们伴着我成长。那些鸡鸭，不仅是我的玩伴，也是我们家的银行，是我们家里最好的美食材料。

因为家中养鸡，幼小的我跟着母亲，见证过乡里土鸡的整个饲养过程。

养鸡是从下蛋开始的。

每隔一段时间，母鸡便开始下蛋。那一段时间里，母鸡面色红润，像喝醉了酒一样，一天到晚叫个不停，显得特别精神。白天时，它"咯咯咯"地叫唤一阵，便瞅准机会钻进鸡窝里，一会儿，便下一个蛋。接着，又开始叫，"咯咯咯……咯咯咯……"似乎在向主人或同伴宣告：我下蛋了。那是它最值得骄傲的时刻。

母亲告诉我，母鸡下蛋时，要悄悄守在外面，不要惊动它。待母鸡出去后，再将鸡蛋轻轻捡起来，放进装鸡蛋的土钵子里，以免让狗或别的动物偷吃。

当我猫着腰钻进鸡笼，把鸡蛋取出来，放在手上，那鸡蛋还是温热的。我有点爱不释手，像看着自己下的蛋一样，要将鸡蛋放在自己脸上摩挲一阵。捡鸡蛋，是我幼时的功课。

母鸡一般连续下十几个鸡蛋，便开始"赖抱"，也就是要孵蛋了。

这时，母亲会找个地方，专门为它单独搭一个窝，让它专心孵蛋。同时，把别的母鸡下的蛋用木炭画一个"＋"字记号，也放一些进去，这个过程叫做"上蛋"。

为什么要画一个记号呢？母亲说：一是便于区别，二是画上记号后，这蛋孵小鸡的成功率高一些。我点着头，似懂非懂。

上蛋是有讲究的，小一点的母鸡一般放十五六个鸡蛋，大一点的母鸡可以放二十几个鸡蛋。注意，这些鸡蛋只能放一层，铺开，让它们都能均匀地接受母鸡的体温。

这上蛋，时间上也是有讲究的，根据我们当地的风俗，说清早上蛋的，鸡仔中公鸡多；上午上蛋的，鸡仔中母鸡多。还有一些其他讲法。按科学道理来解释，这是不可能的，但在农村，代代相传，老百姓都信这个。

母鸡的责任心很强，每天除了吃食和拉屎，便去孵蛋。它窝在鸡蛋上，用体温去加热，心无旁骛，神情专注，一刻也不敢松懈。

最奇妙的是，母鸡在孵蛋的过程中，为了使那些鸡蛋受热均匀，它自己会翻动鸡蛋。它会用脚和屁股连动，使鸡蛋移动，从而使任何一个鸡蛋不至于被"冷落"，都能孵出鸡仔。

我开始还不相信，后来看母亲做了记号，下次去看时，都有翻动过的痕迹，这真是母鸡本身具有的奇妙和不凡之处。

约孵那么七八天，母亲便会选择一个晚上，带着我用灯光去照蛋。主要是看哪些蛋是"过桥"的，有鸡仔。将鸡蛋大的一头放上面，对着灯光照耀。如果里面有一坨黑色的，那是鸡仔的头部，说明里面鸡仔已成雏形了。如果里面看上去白白的，说明这蛋里没有鸡仔，俗称"寡蛋"，就要取出来。每10个孵着的鸡蛋中，约有2个寡蛋，这是正常的。别小看这寡蛋，经母鸡孵过后，它是最好的营养品，据说头晕的人吃了之后就会好。

这样，将那些有鸡仔的蛋放进去，再孵那么十天半月左右，那鸡仔便啄开蛋壳，"唧唧"地叫着，出壳了。

孩子们最喜欢看小鸡出壳。一般情况下，小鸡出壳时，是在母鸡孵蛋的窝里，人们是看不到的。待看到时，那小鸡已经从母鸡的毛发中钻出头来，活蹦乱跳了。

但孩子们都是顽皮的，趁大人不在家，悄悄将母鸡抱开去。那母鸡十分不情愿，在旁边徘徊着，叫个不停，似乎表示强烈抗议。孩子们则悄悄地围在鸡窝外，眼睛紧紧盯着一个个鸡蛋，仿佛那一个个鸡蛋瞬间会开出花来。一个鸡蛋有响动了，轻轻地啄开一个小眼。接着，蛋壳有了裂缝。那小鸡不停地用嘴啄，挣扎着，要出壳来。

很快，蛋壳撑开了。小鸡抖动着身子，要爬出来。但因为力气太小，总是无法出来。它在努力着，过了许久，终于爬出来了。

它浑身湿漉漉的，像从水里浸泡出来的一样。身子娇嫩，鸡毛与身子贴得很紧，显得头部较大。它轻轻地叫唤着，想站起来，但站立不稳，一下又倒下去了。它很顽强，嘴里"叽叽"叫着，一次次倒下去，又一次次站起来，它终于颤巍巍地站起来了。这时，又一个小鸡破壳了……

小鸡出壳后，母鸡还要将它们孵一阵，让它们身上的毛干燥，让它们生命体征稳定。然后，带着小鸡，跳出窝来，带它们去寻找食物。此时，主人已经准备好了白花花的米，开始喂它们了。

其后，母鸡教它们啄食，守护着它们长大。

在这个饲养的过程中，是很不容易的。尤其是在我们山区，要防止天上的岩鹰飞下来抓小鸡，要防止地面上的黄鼠狼偷小鸡，还要防止鸡瘟，防止母鸡带着小鸡误食老鼠药等，所以说，每养一群小鸡长大，是历经曲折艰难的。

父母常年生活在农村，每年都要养鸡。以前农村没有什么经济来源，就靠养母鸡下蛋，卖了补充我们学费。过年过节，家里来客，或我们过生日时，宰杀一只，一家人打牙祭。

我们长大后，父母继续养鸡，主要是给我们送，或让我们回家探亲时吃。

姐姐们出嫁后，每次生孩子，按故乡的风俗，要去"洗三朝"，就要送好几只土鸡，及数百只鸡蛋，让母子坐月子时补充营养。

孩子满月后，姐姐会带着襁褓中的孩子来娘家住一阵子，我们当地叫"巴窠"，也要准备一些土鸡和鸡蛋招待他们。

我的女儿出生时，母亲不远千里提来了两个沉沉的纸箱，一个纸箱里装着几只自家养的土鸡，另一个箱子里装满了土鸡蛋。因为怕上下车震动跌破，纸箱里放了许多糠，将空隙填得严严实实。这是农村携带鸡蛋最原始安全的办法。乡下人携带鸡蛋，要么在纸箱的缝隙中填米，取出鸡蛋后，这米可以煮饭吃。要么填糠，糠的重量轻一些。女人坐月子，那鸡一天两天宰杀不了，得继续养着，那糠便是最好的饲料。

我接过母亲手中沉甸甸的东西，说："这是何苦呢，市场可以买到的。"母亲却说："农村里，没什么值钱东西，这是自家亲手养的，好歹是一番心意。"

有一年冬天，为了迎接我们儿女回家过年，父母养了一大群鸡，共20只。虽说是土鸡，现在品种也改良了，每只有五六斤，一只只冠红毛亮，叫起来特别欢。母亲说："一天最多时可下十几个蛋。"

可就在这年的腊月二十三日夜里，有小偷潜入宅后，一下子偷走了14只，只留下6只。父母清早起来一看，傻了眼，觉得怪可惜的，给我打电话。我宽慰他们说："留下6只就可以过年了，看来小偷还有点良心。"

"有良心还去偷？"父母仍在愤愤不平。

想起父母养鸡也够辛苦的。

老家房子改造好以后，屋后连着一片竹园，有四五十平方米空地，我叫做砌匠的堂哥修了一条水泥石板路上去，本来是想到竹园休闲的，父母觉得我们回家少，空地闲置可惜，就决定在里面养鸡。

养鸡是需要围栅栏的，父亲开始准备砌围墙，我说那围墙是防君子不防小人的，成本高不说，反而把风光隔断了。父母就用土办法搭了一排竹篱笆，又在篱笆的下方用尼龙网围起来，防止小鸡跑出去，可以说做到滴水不漏了。然后买来小鸡，开始喂养。

这时候喂养土鸡已不再让它们自己孵蛋，原因是我们家离城里近，又在公路边，那些孵出的土鸡没有打疫苗，很难养大。于是，父母就买那种打过疫苗的土鸡仔，完全用原来的老办法养殖，让它们吃虫子、吃谷物，这样养出的鸡，仍算土鸡。

几十只小鸡是需要一定食物的，于是父母又种包谷、红薯以及各种瓜类，主要用来喂鸡。那鸡长得很快，半年多一点就长大了，父母喜滋滋地盼着我们过年回家吃鸡，没想到竟让小偷偷走了多半。

其实，父母七八十岁了，本可以安享晚年，不用再忙碌着养鸡。但老人有老人的想法：趁着还能动弹，干点力所能及的活，养点土鸡，既可以锻炼身体，也可适当减轻儿女们的负担，还能为儿女们提供美食，何乐而不为呢？这是做父母的一番深情厚意。

记得十几年前，我的大外甥女生了孩子，让七十多岁的母亲当了外太婆。我当时正在老家休假，陪伴父母，接到电话后，我把这个消息告诉母亲时，母亲特别兴奋，当即张罗着用纸箱装鸡蛋，要我带去，并要我给外甥女打电话，说没有什么送的，就只有一两百个土鸡蛋。外甥女觉得麻烦，在电话中说千万不要带。我回过身看看母亲执着的眼神，对外甥女说："虽然这些鸡蛋不值什么钱，但表达了外太婆的一番情意，这种情意不是金钱能买到和替代的，无论如何，一定得收下！"

说到养土鸡，我就想起高山岭上表姐养的土鸡的故事。

表姐家在我们县水槽源白羊坪一个幽静的地方，海拔 1000 多米。屋前屋后全部被翠竹包围着，房子成为真正的"竹篱茅舍"。这里三面环山，前面一片开阔地，沿峡谷有水的地方一层层梯田，种上了绿油油的庄稼。到了秋收时节，一片金黄，稻浪在秋风中摇曳，鸡犬之声相闻，倒像是陶渊明笔下的桃源仙境。

表姐家房子周围有数千亩竹林，他们家就利用这片地方养鸡。他们家养的鸡，是真正的土鸡，甚至可以说是"野鸡"。因为她养的母鸡很少回笼中歇息，基本上晚上不回家，在竹林里找个"窝"，悄悄下蛋，悄悄孵化。过那么一段时间，便带出一群小鸡出来，每年有那么几十窝鸡出笼。城里人知道她家有地道土鸡，经常开车上来吃土鸡，顺便还要买几只带下山，所以不愁销路。

前些年，表姐尝试扩大养殖规模，从山下每次购买上千只鸡仔，到山中放养，长到两三斤一只，再拖到山下卖，价格是普通鸡的两倍。前几次都成功了，赚了一些钱。后来山下带来疫情，几天之内死了上千只鸡，损失惨重，所以不敢养了。现在，仍回到以前那种自然原始的养殖办法，虽然数量少了，但是真正的土鸡，仍然供不应求。

说起乡里土鸡，我还想起在湘西古丈栖凤湖一家农户家里吃土鸡的事。

栖凤湖位于古丈县罗依溪镇一个山间盆地中，因为下游修建了水电站，形成一片高峡平湖。在湖中的一个岛上有一个农家乐，土鸡是出了名的好吃。

到他们家吃土鸡必须前一天晚上提前预订，老板利用晚上的时间将土鸡抓住，因为他们家的土鸡是养在屋后山上的，从来不回家，每到晚上站在大树的枝桠上睡觉。只有利用这个时候，打着手电，用捞鱼的网从树上把鸡网下来。需要几只，便捉几只。那些鸡都很野，白天是无法抓到的。

我们到了农家乐以后同老板交谈，听老板这么一说，还真不敢相信。

这时，就看见湖边有一群鸡，一只只毛发光鲜，是典型的土鸡。

我们同老板说，让我们捉土鸡试试。老板很豪爽地说："只要你们能捉住，我不仅不要你们一分钱，还贴你们加工费。"

于是我们几个人跃跃欲试，去捉那土鸡。

算来我们还是身强力壮的中年人，一个个摩拳擦掌，意气风发，围着那群鸡便动起手。没想到，那些鸡特别灵活，人还没到它们身边，它们便从我们围圈的缝隙中溜走了。待我们再一次围成一圈，慢慢缩小包围圈时，那些鸡一只只"噗噗"地飞起来，从我们头顶飞走了。

我们忙活了半天，一只鸡也没抓住。这时，老板看着我们，不说话，只是笑。

我们才算真正领略乡里土鸡的厉害，心里说：这就是真正的原生态乡里土鸡吧。

母鸡与小鸡

乡里粑粑的绵绵情意

春节时，我回到乡下，应邀到朋友家里打糍粑。

看到那白花花的糯米饭倒进打糍粑的碓筐里面，我早已忍不住摩拳擦掌起来。我赶快脱掉外衣，撸起袖子，扬起粑槌，大干一场，直弄得气喘吁吁，热汗淋漓，犹自不愿下"火线"，大过了一番打糍粑的瘾。此种情趣，恐怕只有在乡下长大、打过糍粑的人才能体味。

很快，又一筐糍粑打好了，一股糍粑特有的芳香弥漫开来。我早已垂涎欲滴了，顾不得斯文，从粑槌上扯起一坨糍粑就大快朵颐起来。

太好吃了，这种香喷喷、软绵绵的糍粑味道，是那种久违的浓浓的家乡的味道。

我咀嚼着，品味着，不由得想起小时候乡里打粑粑、吃粑粑的事来。

一

我们这一代人，是吃着乡里粑粑长大的。可以说，没有粑粑，就没有我们的童年，就没有我们成长的快乐。

我出生于 20 世纪 60 年代初，正逢三年困难时期过后，农村里虽然吃得上饭，但粮食仍很紧张。母亲因为缺少营养，生下我几个月后就没有奶水了。没办法，我只能吃粑粑粉长大。

所谓的粑粑粉，就是把大米磨成米粉，然后将它们熬成糊糊，用调羹，一口一口喂到孩子口中。那时根本不知道有牛奶之类的营养品，孩子就是靠吃着粑粑粉，慢慢长大。

稍大一点，孩子能够吃米饭了，孩子的父母常常会用一双巧手，做出各式各样的粑粑来，让孩子们大饱口福，健康成长。

春天到了，燕子飞来了。地里的燕子花很快开花了，白色的毛茸茸的叶子，簇拥着粉黄色的小花，在田野里迎风摇曳。大人们将它们鲜嫩的叶子和花采摘下来，清洗干净，放到碓里面去舂烂，和上粑粑粉，做出香喷喷的燕子花粑粑来，那是孩子们最爱吃的。

很快，地里的蒿菜成熟了，青葱葱、绿油油的。大人们将蒿菜尖采下来，用与做燕子粑粑同样的办法做成蒿菜粑粑。

不久，地里的小麦成熟了，父母将麦子磨成粉，能做出麦子粑粑。这种粑粑一般用桐子叶包着，有一股特殊的香味，因而又叫桐叶粑粑。

秋天了，红薯成熟了。那时候，大米稀缺，很多人家一年中有小半年时间，是靠吃红薯当饭的。那红薯吃多了，有点厌烦。父母们每隔一月两月，用红薯加工成红薯粑粑，果然好吃多了。

接着，包谷也成熟了。将包谷磨成粉，拌上糯米粉，可以做出包谷粑粑。

同样，还可以做成高粱粑粑、小米粑粑。可以说，每一种粮食，都可以加工成粑粑。

苦荞现在是一种保健食品，以前可不一样。苦荞因为苦，很难吃，但当时粮食不够吃，苦荞也是很好的食物。大人们可以把它们加工成粑粑，这就是苦荞粑。

穄子是一种很粗的杂粮，故乡有"不吃穄子粑，不知道粗细"的俗语，还有"穄子粑拉拉涩，荞麦粑墨墨黑，糯米粑最白，就是莫得"的童谣，但做成粑粑，好吃多了。而那穄子，很难磨，一般要用石磨磨上两次才行。

冬天农闲了，地里一年辛辛苦苦种下的粮食还是不够吃。怎么办？只有到山上挖蕨。

蕨是一种高山野生植物，常生长于高山陡岭中不长树木的地方。每年开春时，长出的新苗成握拳状，这就是蕨菜。长大后，其枝叶成篷状，漫山遍野，把土地遮盖得严严实实。其根部就是蕨根，比筷子略粗一点，表皮呈黑色，捣碎后，里面为白色的浆，沉淀后为蕨粉，也称蕨粑，是一种很好的粮食。可煎成粑粑，也可加工成粉条，作为主粮的一种补充。特别是在灾荒岁月，养活了很多人。

用蕨粉煎成粑粑，就是蕨粑。以前它只能代替粮食用于充饥，因为吃多了，越吃心里越慌，感觉肚子越饿，面部皮肤也会变黑。如今在城市里，却成为稀有的保健食品。

最隆重的算是过年打糍粑了。那时候农村，即使再困难的家庭，只要有孩子，就必须打糍粑。因为这是过年，老百姓一年到头，辛辛苦苦，总是要庆贺一番。一大家子在一起，打的打，做的做，吃的吃，甚是热闹。对孩子们来说，既是一种奖赏、一种激励，也是一种安慰。

二

为了给孩子们带来快乐，父母们可以说是操尽了心，想尽了办法。就说粑粑的各种做法，既反映出老一辈人的各种生存智慧，也体现出父母们的一片苦心。

加工粑粑一般都要糯米。故乡有一句俗语，叫"哈狗不吃糯米饭"。说的是人都是喜欢吃糯米食物的，只有哈狗才不会吃呢。这糯米最大的好处，就是能加工成各种粑粑。只有糯米，才有那种糯性，做出的粑粑才香软可口。

糯谷的栽培比普通水稻栽培要复杂一些，产量也低一些，所以以前生产队是很少种植的。为了满足社员的基本需求，每年就种植那么几亩、数十亩，每家也就是分几十斤糯谷。打成米，就更少了，所以就十分珍贵。用纯糯米打糍粑，在乡下人看来，是很奢侈的，也只有每年过年时才能吃到。

乡下人加工杂粮粑粑，都需要掺入糯米，于是有了各种各样的加工办法。

磨干粉做粑粑：

用石磨将糯米和各种粮食分别磨成干粉，再加水，调和，揉成各种粑粑。

磨米浆做沉粑：

先把粮食浸泡在水里一段时间，将它们泡软，淘洗干净。推磨时，用勺子将粮食和水一勺一勺灌进磨眼里，通过不停地转动磨盘，把它们磨成浆。

水磨磨出的粑粑，我们称为"沉粑"。将浸泡过的米磨成米浆后，流在磨子下的木盆子里，沉淀着。把一块干净的布，覆盖在米浆上面。从柴火灶里铲一些草木灰，覆在布上面。一会儿，那水分便被吸干了。揭开布，下面就是雪白的生粑粑。再经过反复揉捏，分成一小块，每一块配以芝麻等馅，捏成一个个粑粑，蒸熟就可以吃了。

加工粑粑为什么要用水磨呢？因为水磨磨得更加细腻，吃了不上火。我们县城有名的年糕粑，都是这样做成的。

用碓舂粑粑：

这是一种很原始的加工办法。大人带孩子用脚去踩动踏板，用碓头的杵撞击石臼里面的食物，将其粉碎，使之成为粑粑或原料。舂燕子花、蒿菜等，一般仍用这种办法。

蒸糯米打糍粑：

这是一种大架势、大手笔，一家人势单力薄，要请亲戚帮忙，或者几家人一起合伙弄才行。

先要将糯米或者小米、高粱等淘洗干净，放在水中浸泡几个小时。接着在大锅子上架起甑子，将水烧热，热气开始蒸腾时，再将糯米或者小米滤干水后，倒进甑子，合上盖子。然后，添加柴火，将火烧旺。约半个小时以后，甑子里的糯米和小米就熟了，满屋子会弥漫着糯米和小米的芳香。

这时，屋外的庭院里，已经摆放好打粑粑的粑筐和粑槌。

大人揭开甑子，装上一盆热气腾腾的糯米饭，倒进粑筐里，两个壮年男人便开始打糍粑。只见他们挥起粑槌，一上一下，轮流向粑筐里撞击。周边老人和孩子们围观着，显得特别激动。几分钟后，那糯米便变成软绵绵的粑粑了。

与此同时，妇女、孩子们已经做好准备。两个女人端着盆子，手上抹上黄蜡，前来出粑粑。即将黏在粑槌上的粑粑取下来，端到桌子上，再用一双巧手，捏成一个个圆滚滚的粑粑，放在门板或桌子上。孩子们则用洗得干干净净的手，将一个个粑粑压扁、摊平。

按照故乡的民俗，这第一筐糍粑是不能吃的。据说若吃了，后面打的粑粑会弹出去，掉在地上。

一般要到第二筐以后，大家才开始吃热糍粑。

这时，女主人已经准备了半碗白糖，或者是炒得喷香的芝麻粉、黄豆粉拌白糖，摆到桌上，招呼大家吃粑粑。孩子们早已手拿粑粑，裹上糖，大口吃起来。

如此，几家人轮流打糍粑，一般从上午打到天黑才能结束。

三

在自己家里，不仅孩子们可以吃上粑粑，在一些节日、一些活动里，也会打粑粑，用来送礼，用来分发，用来奖励。

故乡有一个风俗：孩子满月后，母亲要抱着孩子到外婆家去做客，俗称"巴窠"。返回时，娘家必须打发粑粑。这是有一定寓意的，意思是孩子以后会像粑粑一样黏人、好养，长得白白胖胖，很可爱。

不仅如此，外公、外婆在送孩子出门时，还要对着孩子讲几句吉祥话："宝宝，回去要听爸爸妈妈的话，像粑粑一样好养好带，快快长大！"

孩子满一周岁，俗称对岁。外婆等娘家亲戚一定会来给孩子庆祝生日。一般会精心准备，提着一篮粑粑，送给孩子。这时，孩子已经可以吃粑粑了。

故乡以前修房子，要上梁。在上梁仪式上，就要丢粑粑。

上梁是指修建老式房子时，安装房屋顶上的横梁，这是修建房子中最重要的环节，追求的是吉祥、顺利，给新居带来喜庆和好运，因而隆重热烈。

因为上梁是大事、喜事，安装完毕后，一般都要撒些糍粑、饼干、糖果等，表示庆贺。所以看热闹的人很多，特别是孩子们，都抱着守株待兔的心理，希望能有所收获。

梁木一吊上去，安装好，就鞭炮齐鸣，木匠师傅就开始向下面抛撒粑粑饼干，下面的人便做好准备，开始哄抢。只见新房子的基地上，大人、孩子围了一层又一层。随着一个个粑粑抛下来，人们欢呼着，惊叫着，抢到的志得意满、兴高采烈；没抢到的信心满满、充满期待。一会儿，东西撒完了，上梁仪式也结束了，所有的人都有收获，兴奋无比。

还有进庵堂庙堂，去烧香化纸、求神拜佛，称为化斋，也要带一些粑粑去进贡，俗称斋粑。贡过菩萨的斋粑，可以带回去给孩子们吃，据说吃了斋粑，能保佑孩子健康成长，百病不侵。

前几年，我去北京采访90高龄的李庆粤老师。她是北京大学著名古典文学家陈贻焮先生的太太，从小在新宁长大。她给我说起一段往事。

1944年，日本鬼子占领新宁，他们一家为了躲避战乱，逃难到了新宁著名的"八峒"——高山瑶族居住区。战乱频繁，家财散失，生存困难，他们几乎靠乞讨过日子。她清晰地记得，在她最饥饿的时候，是深冲峒的一位白胡子老人，给他们家送来了几个斋粑，解除了他们一天的饥荒。她说，那是她吃过的最好吃的粑粑。

还是前几年，我呼吁为故乡一个十分偏僻落后的村子修建公路，引起了有关部门的重视。他们拨出专款，为村里修通了一条简易公路。村里的老百姓知道我不会接受他们的礼物，为了表示对我的感谢，专门加工了一个大糍粑，足有面盆大，十几斤重，春节时送到我的家里。

接到这个沉甸甸的礼物，我感慨万分。老百姓的一片深情厚意，全凝聚在这个大糍粑里面。而老百姓的养育之恩，又该怎么去报答呢？

四

看了这么多有关粑粑的加工办法，以及各种粑粑的吃法，有人一定认为乡下人好玩，一年四季没事，变着法子吃美食。如果是那样推测，那就错了。

"人是铁，饭是钢，一顿不吃饿得慌。"农民干活再苦再累，也有自己的快乐。乡下老百姓常常自嘲地说："叫花子敲波罗（讨饭用的碗），穷快乐。"

隔那么一段时间，偶尔吃一餐粑粑，既能换换口味，又能讨得孩子们的欢心，如此皆大欢喜的事，何乐而不为呢？

而且这加工粑粑，对农村人来说，实在是再简单不过的事。石磨石碓，家里就有；锅碗瓢盆，一样不缺；最多就是需要一点糖，当时是凭票供应的，不买白不买。当然，买不起就少放一点。总比没有油炒的"红锅子"饭菜好吃呀。

乡里加工粑粑，一般就地取材，大多用树叶来包裹，比如上面说的桐叶粑。还有用板栗树叶、芭蕉叶、粽叶、荷叶等来包的。最妙的数包谷粑，就用包谷壳来包。这些用植物叶子包裹的粑粑，蒸熟后，带有一股植物叶子的自然芳香，原汁原味，本色天成。

在乡下，不仅有当饭吃的粑粑，还有做菜吃的粑粑。

邵阳有名的猪血丸子就是一种粑粑，本地人叫"血粑"。因为是用猪血和豆腐捏成圆圆的粑粑状，也称"血豆腐"。这是邵阳的一种著名特产，也是邵阳人冬天必须加工、过年必须吃或者送礼的一种食物。

故乡有一种笋子粑，就是专门做菜吃的，我小时候就经常吃。

笋子粑的做法大约是这样的：

先上山中采那些小竹笋，采回后剥皮，去掉下面一截老的不能食用的，烧开水煮一会，把它煮熟，然后放在簸箕或筛子中摊开晾干。

同时，用锅子煮一点糯米饭，煮熟后冷却。准备一些大蒜苗、香葱之类的香料，洗干净晾干。将上面准备的笋子、糯米饭、香料、盐、辣椒等一块放进碓子的石臼中，用力去舂，把它们全部捣碎，成为粑粑状。然后，从石臼中取出来，把它们做成一个个小粑粑，摊平，再放到阳光下晒干，这就是笋子粑了。

每次吃时，取出几个，用油一炸，就可以吃了，味道喷香，是最好的下饭菜之一。

在湘西，我还见过糯米辣椒粑粑的做法：

选择大红辣椒，洗干净后，剖开。将里面的辣椒籽取出来，将辣椒晾干。将糯米粉拌上食盐，揉均匀。揭开红辣椒肚子，将糯米粉等小心地灌进去，包裹好，放进坛子里。几个月后，取出来，那辣椒鲜红透亮，里面的糯米粉雪白晶莹。用油煎熟后，成为味美可口的糯米酸辣椒粑粑，特别好吃，别具一番风味。

湘西人还将包谷粉拌上辣椒、盐，放进坛子中去腌制，做成包谷酸辣椒，那也是一道很好的下饭菜……

五

孩提时代，我们常常开心地吃着粑粑，根本没去想它们是如何的来之不易。几十年后，回想起来，在当时那种十分艰苦的条件下，父母们累死累活，劳作之余，还要加工粑粑，改善一家人的生活，获得孩子们的欢心，需要多大的生活激情？又需要多少对孩子们的爱心？

千万别小看那些不起眼的粑粑，那里面蕴藏着多少父母爱、多少父子母子情！如此舐犊之情、拳拳之心，真是可怜天下父母心！

直到几十年以后，当我们终于长大成人，成家立业，为人父母，甚至孩子长大，方明白父母的一片苦心。但这时，父母已经老了，有些已经是"子欲养而亲不待"了，那粑粑的绵绵爱意、款款深情，只怕永远难以回报了。

乡里粑粑，不仅不是普通的粑粑，更不是平常的食物，它是一种儿童的营养圈，是孩子成长的添加剂，是父母给孩子的爱心糕，更是亲戚之间、邻里之间联系的一种纽带。

乡里粑粑，伴随我们慢慢长大。

乡里粑粑，见证我们灿烂年华。

乡里粑粑，融注人间绵绵情意。

乡里粑粑，是飘散在游子心底永远的乡愁！

节日习俗

Jieri Xisu

民俗风里年味浓

　　我的老家在湘西南崀山，那里的民俗文化保存得相当完整，在民俗中品味过年，妙趣横生。

　　我们那里过年是从农历腊月二十四日开始的。这一天是小年，晚上便是小年夜，不仅有好吃的，深夜里，还有隆重的祭祀活动，即送灶王公公上天。

　　在故乡的风俗中，灶王爷是玉皇大帝的女婿，受玉皇大帝的派遣，专司千家万户灶火饮事，即管人间烟火的，而且附带考察一家人的德行品性等。人间的善恶好坏，他都负责监视，然后报告给玉皇大帝，决定惩罚奖赏。而腊月二十四日这晚深夜，他要回天庭去，相当于现在说的回天庭述职。所以家家户户都要祭祀，采用隆重的形式来欢送他，以求来年丰衣足食，同时希望他到天庭多讲好话，保一家平安。因此，我们当地又有一句歇后语："二十四送灶王公公上天——只传好，不传丑。"

　　夜深人静，大人们开始烧香化纸敬灶神，孩子们则手持鞭炮，准备燃放。只见老人们将香火蜡烛一根根点燃，插在神龛上的香炉上，然后燃烧纸钱，口中念念有词，磕头作揖。忙了一阵，就叫孩子们放鞭炮。孩子们手忙脚乱地点燃鞭炮，"噼里啪啦"地响起来。就这样，将灶王公公送上了天。

　　其后，每天忙碌着，筹备过年物资。

到了农历三十日这天，百事停业，贴门神、春联，还将屋前屋后的果树、樟树等用红纸围上一圈，叫"上红"，以感谢这些树木带给人们的福荫。有些人还将生产工具如犁、耙、水车等上红，一则祈求它们明年继续为主人耕作，二则增加节日喜庆气氛。

到了下午，饮食准备齐全，开始燃烛焚香，进行祭祀。先敬上苍，再祭诸神，然后请列祖列宗一同团圆喝酒吃饭，俗称"团年"。这一天，一家人能赶回来的都要赶回来，合家欢聚，过一个团圆年。

在团年宴席上，吃是很讲究的。有条件的，要吃全猪。即杀年猪时将猪身体的各个部位都留下一些，这一天一锅炖下来，各个部位齐全，味道特香，也有圆满之意。

这一团圆宴席，吃鸡也有讲究，鸡身上各个部位的名称叫法与平时不一样：鸡头要叫"凤头"，一般敬老人吃；鸡翅膀叫"满天飞"，让年轻人吃，好到外面闯世界；鸡爪子叫"抓钱爪"，吃了好抓钱；鸡肠子叫"钱串索"，吃了好穿钱。而鸡菌子叫"财宝"，即聚宝盆之意，一般让当家理财的家庭主妇吃，便于聚财。总之，一切往吉祥方面说。

吃完饭烧水，一家人轮流洗澡，以洗净流年晦气。还有种说法，说洗澡能洗清各种债务，落得一身清爽。

到了夜里，大人们要给孩子发压岁钱。发这钱也特别，先要"刮屁股"。此刮屁股并非真的刮屁股，而是一种仪式。大人们将孩子领进茅厕，把一片竹片在孩子嘴前晃一晃，作刮的模样，口中念念有词："巴巴（大粪）嘴，尿尿嘴，讲话不灵的屁股嘴。"就算刮完了，然后才发压岁钱。如果谁不参加，就不给压岁钱。此举的目的是教育孩子不要乱说话。至于如何流传下来的，则无从考究了。

快到夜半时分，各家各户又开始祭祀，接灶王公公回到人间。家家户户放起鞭炮，响声震动山野。

真正的春节是正月初一，意味着一年的开始，要有好的兆头。

这天凌晨，大人们要出门去"拿财"，也称"纳财"，即到附近山中或屋前屋后砍一些柴回来，然后用红纸将柴"上红"。因"柴"和"财"谐音，又忌一个"砍"字，故称"拿财"或"纳财"。

家里有孩子读书的，父母要拿一张红纸，叫孩子"发笔"，即让孩子用毛笔在红纸上端端正正写下几句吉祥的话。一般是"新年发笔，万事如意。一年四季，大吉大利"，也有的写"一年之计在于春，一日之计在于晨"等。说孩子发笔发得好，一年学习进步，升学晋级有望。

吃早饭时，必上一道青菜，吃了意味着一年四季清泰康健。

早饭后，便开始拜年。初一日，一般是晚辈给长辈拜年，邻里、亲友互相登门拜年。初二日，女儿女婿回娘家拜年。有俗谚云："初一崽，初二郎，初三初四拜姑娘（姑妈）。"意思是说初一儿子给父母拜年；初二女儿女婿回娘家拜年；初三初四则给姑姑、舅舅、姨妈等拜年。拜年一般延续到正月初五。如父母上年去世，初一至初三，孝子不外出拜年，要在家"守服"三天。

以前上门拜年时不放鞭炮，主要是没钱，买不起。现在有钱了，时兴放鞭炮了，而且放的时间越长越好。可见，民俗也随着生活条件的改善而发生着变化。

西村坊古建筑群

纳财过春节

故乡有一个习俗：春节这天早上，家家户户要纳柴。

纳柴，也称拿柴。在故乡，纳、拿，柴、财基本同音。纳柴，有取财、进财之意，是良好的愿望和吉兆，所以一直延续了下来。

值得注意的是，这一天去砍柴，是不能称"砍"的，一律叫"拿柴"。

记得我很小的时候，春节的早晨一起床，就看见院子里的伯伯叔叔、哥哥姐姐们，每人挑着一担柴，从朝门鱼贯而入，将柴摆在大门旁的屋檐下面。还给每捆柴上缠上一圈红纸，叫做上红。意味着给柴贴喜，叫财喜来了。

那时候正是大集体，山林是生产队的，平时禁山，不准砍柴。但到了春节这一天，大家都放假了，看山人也休假，山林无人管，便可以去"拿"。再者，大年初一的，大家都去拿柴，再铁面无情的生产队长也不会去抓人。坏人家的彩头，那是要招人忌恨的。

拿柴一般早上四五点钟就出发了，就到屋后的山中砍一点杂木柴，或者劈一点松枝，并不砍树，将柴捆好，就打道回府了，前后不过一两个小时。

在故乡，还有一种拿柴的办法，就是在屋前屋后砍下几支腊树的枝条，连同叶子一起挂在大门两边的对联旁边，同样上红，显得喜庆吉祥。

　　我曾问老人为什么要用腊树，老人说：一是这树叫腊树，腊树的柴不就是拿柴、纳财吗？二是这树屋前屋后都有，举手就能拿来，不要走远，特别方便老人；三是这树四季常青，意味着一家人一年四季身体健康。特别是老人，会像年轻人一样常青、健壮。

三十夜的火，元宵节的灯

　　故乡崀山有一句俗话："三十夜的火，元宵节的灯。"说的是三十夜过年和元宵节的风俗。

　　三十夜的火，一是指灯火。这一夜俗称团年夜，一家人都回来了，团年宴过后，大家相聚在一起，要将家中所有的灯都打开，显得热热闹闹，红红火火。这是一层意思。

　　在故乡，"三十夜的火"还有一种特定的含义。就是在这天晚上，一定要烧一炉大火，一家人围着烤火，喝茶聊天，谈天说地，其乐融融。

　　在县域大部分地区，一般是烧一盆大炭火，大家围坐在一起扯白话，叫守岁。在一些山区，很多地方是围着火塘烤火，火塘中间架一个铁三角叉，三角叉上架个水壶或者鼎罐，用于烧水或煮茶。

　　这时，父母会专门在灶上或者三角叉上炖一锅骨头和萝卜。等到大家聊得饿了，每人吃一碗炖得喷香的肉汤萝卜，俗称"年羹坨"。过年伙食好，大家吃多了肉，正需要这个来解油荤。

　　后来有了电视，大家就围坐在一起，看春节联欢晚会或别的节目。

　　这天晚上，临睡之前，不论是灶中、火塘中，还是烤木炭火的炉子中，都要放一个大柴蔸或者大木炭，里面烧得红红的，外面用火灰盖着。等第二天早上扒开来，必须红通通的，寓意着新年红红火火，十分旺盛。如果那火熄了，则意味着新年黑灯瞎火，日子艰难。

因为乡下人很相信这个，所以守岁到睡觉前，一般由家长亲自来操作，而决不让孩子们来敷衍。

再说"元宵节的灯"。

这里指的是龙灯。故乡在元宵节，有玩龙灯、花灯的习俗，我们统称为"行灯"。

一般从正月初三、初四就开始行灯了。最开始，是村寨之间互相走动，今天你带着龙灯花灯到我们村寨来玩，明天我带着灯到你们村寨去玩。相互之间，好酒好菜、好茶好烟招待，以联络感情，增进友谊。然后，再走稍微远一点的亲戚、家门、家族等。

玩的灯，主要有龙灯、狮子灯、蚌壳灯、各种小花灯等等。以前还行一种稻草灯，整个灯由稻草扎成的草把、草绳等组成，据说这种龙灯才是最正宗的，其他灯倒是其次的。后来有一些更漂亮的灯了，稻草灯才少见了。

这行灯，越到后面越热闹，到了正月十四、十五，则所有龙灯花灯汇聚在县城或者集镇，一时间，街市上，华灯如昼，人山人海，各种龙灯花灯，流光溢彩，争奇斗艳，直把灯会活动推向高潮。

直到正月十五夜晚，举行重大的灯会活动后，整个行灯才算结束。一般情况下，人们会把各种灯收藏起来，以备第二年再用。唯有稻草龙灯，人们一路敲锣打鼓，游行到河边举行祭祀活动，然后在震天动地的鞭炮声中，将整个龙灯烧掉，化为灰烬，意为将龙送走。为什么要到河边呢？因为龙是在水里活动的，取龙归大海之意。

至此，整个元宵灯会才算结束。

三月三，地菜煮鸡蛋

没有哪一种野菜比它更普通的了，普通得甚至没有一个像样的名字——地菜。

没有鲜艳的颜色，没有华丽的外表。它静静地生长在田间地头、溪边隙地。个子瘦小，叶片单薄，发育迟缓，甚至呈一种暗淡的色彩。别的野菜都长得粗壮葱翠了，它还是那么纤细。连打猪草的孩子都嫌它太小，而不愿去采它。

它就那么弱弱地生长着，按照自己的方式，不与花儿争艳，不与同类比肩。春风吹来了，它迎风绽放着笑脸。秋雨绵绵中，它低头吸取着养分。没有人关注它，它孤芳自赏。有人来采摘它，它欢呼雀跃。

连它自己也没有想到，它会成为人们餐桌上的美味佳肴。

都市里，人们生活好了，吃多了山珍海味，腻了，便想吃小菜。人工种植的小菜吃多了，没味，便要吃野菜。一般的野菜都吃了，不新鲜了，要吃那种很少吃过的。"塘里无鱼虾也贵"，于是，地菜搬上了餐桌。先是炒着吃，很鲜美。后来搞凉拌，不错。再后来下火锅，韵味。还有人用它包饺子，特爽。居然大受欢迎！

它长成于冬季，不畏朔风怒号，不惧冰雪严寒，顽强地生长着。此时，百花凋零，万草枯萎，其他蔬菜大都躲进了大棚，甚至进了地窖。其他的野菜也畏寒畏冷，收起他们张扬的姿态，退场休息了。此时却是它成熟的季节：叶子鲜嫩，像花儿一般展开；味道鲜美，像山珍一样飘逸。顿时成了菜市场、餐桌上的抢手货。

很快，春天来了。随着其他蔬菜包括野菜的上市，它却开始退出江湖，渐渐老去。它明显地长高了，中心长出了枝干，开出了白色的小花，在春风的吹拂下，迎风摇曳着。虽然它发出淡淡的清香味道，仿佛在向人们暗示什么，但没有人去理会它。人们争相追捧那些粉红的桃花、鲜艳的油菜花去了，早把它撇在一边。

到了农历三月三，它又开始吃香了。

民谚有云："三月三，地菜煮鸡蛋。"每逢农历三月初三，民间有地菜煮鸡蛋的习俗，说吃了地菜煮鸡蛋，一年当中，腰不疼，腿不痛，头不晕，病不发，身体健康，四季清爽。

这源于一个美丽的传说。相传在楚地，古时候，人们因为风吹雨打，头痛病很常见。三月初三，神农氏教老百姓耕种路过这里，见乡民头疼难忍，痛苦不堪。他找来地菜，和鸡蛋一起煮，让人们吃下。奇怪，人们吃了以后，头就突然不痛了，身体强壮了。于是，习俗一直延续至今。

这就是地菜。它又名荠菜，别名野荠、护生草、地米菜、鸡心菜。虽然它属于野菜，但营养丰富。中医认为，地菜性味甘、凉，入肝、脾、肺，有清热止血、清肝明目、利尿消肿之功效。

三月的地菜，正是开花的季节。宋辛弃疾《鹧鸪天·陌上柔桑破嫩芽》有"城中桃李愁风雨，春在溪头荠菜花"的句子。这时的地菜，采天地之灵气，储存了整个冬季的能量，正是药用价值最高的时候。因此，民间又有"三月三，地菜赛灵丹""春食地菜赛仙丹"等说法。

地菜煮鸡蛋可以祛风湿、清火，而且还可预防春瘟，即一些流行性疾病，如流行感冒、流脑等。在古代缺医少药的时候，地菜煮鸡蛋发挥了重要的作用。就是现在，三月三，人们仍然流行着吃它，家家户户锅灶上飘出一缕缕芳香。

旷野的地菜，经历了人间的冷遇与淡漠，总算得到了人们的肯定与青睐。

清明的习俗

　　中国的几大传统节日，各地习俗大体一致，但在很多细节上，每个地方又有不同。

　　清明节是扫墓祭祖的日子，这一大主题是一样的，但如何祭祖，在形式上各地又有些区别。

　　故乡清明扫墓被称为"挂青"。"挂青"讲究"前三后四"，即清明节的前三天、后四天，清明前一两天的寒食节和清明节当天是不扫墓的。

　　为什么寒食节和清明当天不扫墓呢？因为这两天据说地下的先人出去聚会去了，不在墓地的家中，烧香化纸他们是收不到的，所以一般不扫墓。

　　寒食节这天，一般是安排垒坟的，因为葬坟时间长了，墓地会下沉，多年不垒坟，慢慢地，坟头就平了，长满杂草荆棘。寒食节这天，先人出门了，所以可以敲敲打打，砍掉荆棘杂草，铲土把坟垒好，不会骚扰了先人。这传统也是很讲究环境的。

　　扫墓有家族共同扫的，也有一家一户单独扫的。旧时候，一般是家族集中扫的，因为每个家族都有自己家族的一片坟地，便于集中扫墓。一般由房头轮流负责筹备，买好扫墓的刀头、生脑、酒、糖果、香火、纸钱、鞭炮等，另筹备一餐酒席，放在宗祠里面办。每一个家族扫墓时，先到宗祠里面集合，然后带上扫墓的东西，由家族长者带头，列队去坟地。

扫墓时，一般要从祖坟山中辈分最高的先祖墓祭祀起，再依次祭下来。祭祀完后，就回宗祠聚餐。吃饭前，由家务长主持会议，商量家族中的一些事物，解决一些当务之急。然后饮酒吃饭，直至酒醉饭饱才结束。

1949 年后，因为以前的祖坟山葬满了，或者家族的祖坟山分到了别的生产队，老人去世后就很少进祖坟山了，一般就在本生产队附近山中安葬，所以扫墓也很少由家族集中了，就分开以一个个家庭形式进行。

扫墓时，到了坟上，先在坟前的拜台上摆上炖好的刀头生脑肉，有些还摆上煮熟的整鸡，放置三个酒杯，倒上酒，放上糖果，然后烧香，每三根为一组，沿着坟四周插一圈。用活鸡的，将鸡宰杀，用鸡血沿着坟头滴一圈，叫做"宴血"。在纸钱上也要宴血，然后化纸。这纸钱有两种：一种普通的，除了烧化外，还要在坟上面一叠一叠压一些。另一种叫"吊钱"，用棍子夹着插在坟头上。这"吊钱"就是摇钱树的意思，意味着风吹摇动就来钱，祈望先祖有更多的钱。

接着祭祀开始，点放鞭炮。扫墓的孝子贤孙们一边化纸，一边在坟头磕头作揖，嘴中念念有词，都是些祝福先人、开心愉快、保佑后人之类的话。放鞭炮时，还要放大炮，叫"爆醒"，意思是要将沉睡的先人爆醒来，让他们起来领钱。这大炮炸得山摇地动，震耳欲聋。祭祀完毕，将酒杯中的酒倒掉，收拾东西。那些祭祀的糖果分给大家吃掉，据说吃了之后身体安康，没有病痛。

一切结束，大家结伴回家。

在本县西北乡马头桥一带，要寒食节这天挂青，其他日子不挂青。虽然是一县之内，倒印证了湖南"五里不同音，十里不同俗"的俗语。

四月八，吃乌饭

早上起床，打开微信，中学同学群里便有人发来乌饭的图片。

今天是农历四月初八了？在故乡，正是吃乌饭的时候。

每年的农历四月初八，在故乡的习俗中，称为牛王爷的生日，有些地方又叫"牛王节""乌饭节"。这一天，不仅耕牛要受到尊重，让它吃好，不随意鞭打它，人们也要过节，吃好酒好菜，还要专门吃乌饭。

我是在农历四月初八这天出生的。听母亲说，当时她还在地里参加生产队的劳动，突然觉得肚子疼痛起来，感觉很快要生了，便匆忙向生产队长请假，一路捧着肚子走回家去。不到半个小时，就生下了我。

父亲当时还在一个乡下供销社工作。带信人很幽默，说你家添了一头小牯牛。父亲很高兴，连说："好啊，像牛一样生得贱，好养啊！"

因为这层关系，我每年同牛一起过生日，还享受着吃乌饭的不同待遇。在饱餐乌饭的欢歌笑语中，我度过了童年的快乐幸福时光。

乌饭，其实就是糯米煮的饭，因为糯米经过多种植物浸出来的乌水泡过，是乌黑色的，煮熟的饭乌黑乌黑，故称乌饭。

在我的记忆中，那时生活虽然很贫穷，但孩子们的生日是幸福而快乐的。哥哥姐姐有元宵节、重阳节出生的，虽有别的好吃的，但绝对没有乌饭。我常常为此而沾沾自喜。

记得每年四月初八的早晨，母亲或者哥哥、姐姐就会带着我去附近山中采摘做乌饭的原材料，把乌饭叶、鸭丝茅、乌桐芥、四轮菜、杉木尖等共七种植物叶子带回家洗干净，到碓中去舂烂，即捣碎，再用水泡上，这水慢慢就变成乌黑色的了。之后，将糯米像平常一样淘洗干净，用乌水浸泡，几个小时后，这米也呈乌黑色的了，煮熟后，就成了乌饭。这饭特别清香，不仅可口，也有益健康。

关于乌饭的来历，故乡民间的说法是有关杨家将杨六郎的故事。传说杨六郎被敌人抓获，被打入大牢。其家人去探视，所带饭菜均被看守人员和狱卒抢吃干净。后来，其妹杨八姐想了一个办法，将米用乌饭叶等浸泡，成乌色，煮成乌饭，在四月初八这天送进大牢。牢狱人员看到乌饭，怕里面有毒，都不敢吃。杨六郎借机吃饱，顿时有了神力，挣脱枷锁，打开牢门，疾驰而去。后累立战功，书写传奇。后人为了纪念他，都学会煮乌饭。每年的农历四月初八，大家都相约吃乌饭，这就有了吃乌饭的传统。

这种乌饭，不仅自家吃，还可以送给亲朋好友。特别是已经定亲的男女，四月初八这天，男方都要将做好的乌米饭送到女方家里，让女方家人煮着吃，这叫"送节"。

在故乡新宁八峒瑶山，人们还将这种吃乌饭习俗演变为"乌饭节"。在这一天，家家户户都要做乌饭，吃乌饭粑粑。他们的传说又有不同。

相传在很古老的年代，瑶家母亲在高山峻岭开荒，姑娘木莲每天为母亲送饭，她把最好的稻米煮给母亲吃。为了不把自己的饭和母亲的饭弄错，就在煮饭时掺进一种乌饭草，饭就变成紫黑色的了。瑶家后代为表彰木莲孝敬长辈的事迹，将农历四月初八定为"乌饭节"。这一天，瑶山各家各户煮成乌饭，要让长辈先尝，然后一家大小同吃。据说吃了这种乌饭，夏天不会发痧，不长疖子及其他肿毒。他们还在"乌饭节"这天，用糯米作粑粑，将粑粑捏成鸟、蛇、鼠等动物形状，蒸熟后活灵活现，孩子们最爱吃。据说这样做了，鸟、蛇、鼠等动物就不敢啄咬田里的稻穗，可以预祝全年丰收。

从幼小到中学，几乎每年的四月初八，我都有乌饭吃，会过上一个愉快的生日。

记得在参加高考那一年，因为学习紧张，我没有请假回家。那天母亲煮了乌饭，一直等着我回去吃。直到天黑，见我没有回家，便叫哥哥晚上骑车专门为我送来。我当时那个感动，简直无法用言语来形容。

参加工作后，有一年，我到邵阳南山拍电视专题片，顺便回家看看父母，在家里住了两天。那时，已经是农历四月中旬，我的生日早已过了，但母亲总觉得要给我补个生日才好。于是，上山找来各种原材料，专门为我做了一锅乌饭，让我吃。已经多年没吃乌饭了，我的吃相一定很馋。看到我狼吞虎咽的样子，母亲开心地笑了。

我体会到，父母对儿女的爱是无时无刻不在的，虽说是平平常常的一顿乌饭，但让我仿佛回到童年，感受到乌饭里的快乐时光。

夷江小舟

端午节，摘粽叶

端午节似乎是孩子们的节日，特别是在那特别艰难的岁月。

节前半个月，我们就开始问母亲："今年做粽子吗？"母亲总是说："不做，你们吃什么？"于是我们欢呼雀跃起来。

端午节前一两天，母亲一般会安排三姐去摘粽叶。三姐是我最小的姐姐，当时才九、十岁，但做事十分麻利。我那时才五六岁，三姐总会拉上我，我也乐得跟着去玩。

粽叶一般长在高高的山上、靠近水边的地方。我们摘粽叶要到后山一个叫高山园的地方去，约有五六里路程。

高山园是故乡后山中的一个村寨，四围高山，中间盆地，散落几十户人家，形似一个"园"而得名。

摘粽叶光我们两人去还不行，还得邀几个同伴去。故乡有句俗话："上山赶野猪，邀个伴。"人多，有伴，才好玩。二是为了壮胆。山中大的野兽是没有了，但蛇、虫什么的还是有的。

"走，我们摘杨梅去！"三姐很有号召力，站在村口一呼，一下子，就汇聚了五六个像我一般大小的孩子。于是，一群人兴致勃勃出发了。

从我家屋后沿着一条蜿蜒的山路攀登，翻过几座山，走过几个弯，就到了高山园外面的水口处。这是一条峡谷深涧，有二三十米深，里面全是古树和野生芭蕉，黑幽幽的，看不见溪流，只听见下面潺潺的流水声。峡谷右边的悬崖上开凿有一条小路，沿着小路行走一两百米，就到了庙山——一座古庙后面的山。从这里看去，里面豁然开朗，层层叠叠的大山、密密麻麻的树木竹林环抱中，点缀着一些民居，这就是高山园了。

绕过村寨，我们向一个叫大冲的地方走去。途中要经过寨子的后山，山上有一株野生的杨梅树。这正是吸引我们一同前来的诱惑之一。

我们来到树下，看那杨梅树。树干有小锅口粗，树身有 10 米多高，树上枝繁叶茂，枝头上挂满了青青的杨梅，直看得人流口水。

爬树是三姐的长项。只见她挽起衣袖，向着手板心吐一口唾沫，双手一搓，像猴子一样，一下就跃上了树身，接着几下就爬到树上，钻进树叶丛中，不见了。只看见一边的树叶在抖动，原来她已经站在枝头采摘杨梅了。

我们站在树下，抬头仰望着，一个个目不转睛，像望着天上掉馅饼一样。有人焦急地问："三姐，杨梅好吃吗？""啊……好酸！"于是，下面的人也一阵胃酸。但仍痴痴地望着，期待着分享杨梅。

一会儿，三姐从树上下来，两只口袋里已装满了杨梅，给我们每人分一点。那杨梅小个，青青的，硬硬的，根本就没有熟。但我们等不及了，放到嘴边一吹，立即塞进嘴里。顿时，一个个都做不得声，闭上眼睛好一阵，皱起眉头，做痛苦状。过了一会，才吐出话来："啊……呀呀……我的个娘啊，酸得滴尿。"于是一齐大笑起来……

然后大家才进入主题，去摘粽叶。

进入大冲，漫山遍野的箭竿，箭竿上面长满了叶子，大片大片的，青绿青绿，像上了一层蜡似的，油光发亮。好的粽叶一般长在溪边。我们钻进箭竿丛中，奋力去摘粽叶，挑选那种大片的、上面没有斑点的。那粽叶有一种天然的清香，闻起来格外清爽，摘起来十分惬意。摘着摘着，想起吃粽子的滋味，浑身都是劲。

太阳高照着，火辣辣的，但我们一点都不觉得热。箭竿叶子十分稠密，阳光根本透不进来。人进了箭竿丛中，就不见了踪影，只见到箭竿的叶子在摇动，就像里面有小动物在摇动一样。有人恶作剧叫一声"野猪来了"，吓得大家赶快钻出来。

我们总是摘很多的棕叶，装满一大筛子，除了自家用，还可送给亲戚。那年月，粮食少，粽子送不起，棕叶也是一份人情。

常言道："吃鱼没有捉鱼味。"我觉得，粽子也一样，吃粽子往往没有摘棕叶有意思。尤其是那青杨梅，虽然酸得让人皱眉头，但至今回想起来，只觉得好甜蜜。

白马田狮象桥

儿时的端午

　　小河水涨了，端午节又到了。我总在怀念儿时的端午，总觉得那时的节日好玩一些、有趣一些，特别是在孩子的眼中。

　　在故乡，是有两个端午的。传说是这样的：屈原是在农历五月初五满怀忧愤，投汨罗江而死的。当地群众为了保护他的尸体不被鱼虾吃掉，便做了大量粽子撒入江中。同时，老百姓划着渔船到河里争相打捞屈原的尸体。到了五月十五这天，终于捞出了屈原的遗体。百姓们山呼万岁，划船庆祝，这就是端午做粽子和划龙船的来历。从而将五月初五叫小端午，将五月十五叫大端午。所以在故乡，每到五月初五，河里就开始划龙船，一直到五月十五举行龙船比赛才算结束。因此，五月十五大端午是最热闹的，就是在"农业学大寨"的最忙时节，农村有时仍会停工，学校也会放假。

　　我不知道这种传说是否正确，但屈原是在湖南汨罗投的江，这一民俗又起源于湖南，应该说是有一定道理的。所以在湖南的大部分地方都有两个端午，也就不足为怪了。

　　端午节快到了，母亲会安排姐姐带我去摘粽叶，准备包粽子。

　　端午节最重要的活动是划龙船，我们生产队每年都参与。每次过节前，队里先开个会，选一些青壮劳力，由老人带领，每天晚上集中到仓库前的晒谷坪上进行划船训练，称为划旱船，主要是练手法、节奏。

我们队离资江的上游夫夷江有二三里路，自己是没有船的，要到沿江生产队去租船。一般只租几天，节前几天在河里训练，大端午比完赛退回。

说来也怪，每年端午前几天总要下一场雨，河里涨一点水。老人们就说这是龙王爷磨刀，涨的磨刀水，好划龙船了。

比赛就在我们县城金石镇的西门江边。夫夷江从广西奔腾而来，七弯八拐，到我们县城旁冲出一条直直的河道，这是龙舟竞赛的最好地段。到了这天，西门河边张灯结彩，城里乡里的人都来了，在河道的两边围成厚厚的人墙。河道中，十几条龙船在慢慢游弋，等候着比赛。船中敲着悠扬的鼓点，划船的人面带笑容，和着节奏，唱起号子，让人看了好生羡慕。

比赛是最动人心弦的。几条龙船一字排开，等候裁判的哨声。每条船上都擂起了战鼓，划船人手抓桡片，站成弓形，严阵以待。随着裁判的一声哨响，几条船像离了弦的箭，射了出去。船上的鼓点、划船的吆喝、两岸的欢呼，汇成一片，整条河像煮沸了一样，十分热闹。渐渐地，有些船冲上前了，有些船落了后。在两岸的欢呼声中，一轮比赛结束了，随后就会响起响亮的鞭炮声。

有一年，我们村的四队组织了一个女子龙舟队，全部是清一色的女将，成为赛场中的一道亮丽风景。比赛时，因为体力的原因，她们总是落在后面，那些男队也不拼命划，故意靠近她们船只，用桡片打水，将她们身上淋个透湿，两岸的人便高呼起来。

我每年都要看龙舟比赛的，小时跟姐姐哥哥去，大一点和同学去。那一年，我大约十四岁，挤在码头上看比赛。刚好我们队的龙船划过来，停在我面前，一个隔房的堂哥肚子痛，满头是汗，划不得船了，只得下来。临时没人，领队的便将我叫上船，顶替上阵。这是我梦寐以求的，我虽然年纪不大，但已长到一米七高，在当时饥荒岁月，已算够高的了。我用尽我的力气划着，我看到了一排排羡慕的目光……此刻，我觉得自己长大了。

但端午的美好印象，总停留在儿时，在记忆深处……

六月六，尝新节

"六月六，吃肥肉。"这是我们幼小时的顺口溜。

每年的农历六月初六，故乡称为"尝新节"，又称半年节。因为这一天要吃新米饭，还有好酒好菜。孩子们自然最高兴了，因为有肉吃了。而吃肥肉，可以说是当时孩子们对美食追求的最高境界了。

这时，其实稻田里的稻谷并没有完全成熟。就是双季稻中的早稻，谷粒还呈青色，没有变黄。但在当时粮食普遍紧张的岁月，老百姓都已经到了青黄不接的时候了。尝新，既是一种吃新米饭的体验，也是一种对能吃上饭的美好生活的追求。因此，尝新节就成为农家除春节、端午、中秋等节日外，最重要、热闹的节日了，其中还包含着感谢祖宗和天地神灵、祈求庇佑五谷丰登之意。

六月六尝新节，以前据说是庄严而隆重的。旧时代以宗族为单位进行重大的祭祀和庆典活动。这天一大早，村村要杀猪宰羊，家家要杀鸡宰鸭，置办好香烛纸钱。先要将猪羊头及新采的稻穗瓜果蔬菜等，恭恭敬敬地祭供在宗族祠堂的供桌上，焚香祭祀，祭拜天地祖宗。再舞稻草龙、狮子等，欢娱神灵龙王，以求风调雨顺，五谷丰登，六畜兴旺。

宗族的祭祀活动结束后，农家的尝新就开始了。各家都要煮一鼎新米饭。说是新米，其实没有那么多新米，往往是采下一些比较成熟的稻穗，将谷壳剥开，将新米混在老米中一起煮。还办出一桌丰盛的酒菜，先把好酒好菜供于神龛下，点起鞭炮，焚香烧纸，祭祀祖宗先人。然后，主妇要盛一碗新米饭，夹上一些菜，把狗叫到大门前的土地前，让狗先尝。第一碗新米饭给狗吃，这是祖宗传下来的规矩，因为据说稻种是狗从天上偷来的。

在故乡一带流传着这样一个美丽的神话：传说远古的时候，天神发怒，洪水滔天，万物绝种。为了拯救万民，神农要他的白狗到天上去偷谷种。白狗漂洋过海，找到了天神的晒谷坪。它机灵地在谷堆上打了一个滚，让身上沾满谷种。不料被天神发现了，天神派出天兵天将去追杀它，将白狗赶入天河。白狗拼死回到人间，但身上的谷粒都在天河里被水冲掉了，只有翘在水面的狗尾巴上还粘有一些谷种。神农将这些谷种撒向大地，才有今天的五谷稻米。为了感谢狗的恩德，神农就定下每年收获新谷的第一碗新米饭要给狗尝的规矩。我们见到的地里的狗尾巴草为什么都是高高翘起，直指蓝天的？就是因为狗尾巴为保护稻种，一直翘着。

这个时候，男主人也要把事先从地里割来的三兜半熟的稻苗拿到牛栏，恭敬地请牛尝新。因为牛是农家的帮手，先给牛尝新是为了感谢牛的辛劳。

这些仪式结束后，全家人才按老幼顺序围坐在桌边，等最年长的尊长尝了第一口后，大家才依次动筷尝新。

对于辛苦劳累了半年的人们来说，尝新节是难得的节日，可以尽情欢娱，举杯畅饮，好好放松休息一下。

在新宁麻林、黄金一带，这一天，活动又有不同。这里是高山地区，居住的是瑶族。他们不尝新，因为山中水稻才栽下去不久，还没有抽穗，远不到成熟尝新的时候。但作为一个重要节日，必杀猪宰羊，办好酒好菜，将亲戚中的长辈老人接到家中热情款待，住上一到两天，直到让老人们心情大悦，眉开眼笑，主人家才算尽到礼节。

七月半，过鬼节

　　每年农历七月十五日，是我国的传统节日，俗称鬼节。

　　在传统习俗中，鬼节主要是迎接逝去的祖宗和先人回来过节的，这些先人，称为"老客"，过鬼节也俗称"接老客"。

　　过鬼节和清明不一样。清明节主要是上坟去挂青，祭祀死去的先人。而接老客主要是把老客接回家，在家中祭祀。

　　为了接老客回家过节，家中要做好充分准备，将家中的卫生打扫好，同时将道路也要清扫干净。

　　故乡还有一句民谚，叫做"大旱不过七月半"。意思是再大的旱情，不会超过七月十五日。在这之前，必有一场雨下。为什么要下雨呢？就是下雨，能将道路清洗干净，以便接老客回家。据说这是玉皇大帝定的规矩。2017年大旱，旱情特别严重，超过历史旱情记录。但老百姓并不急，因为他们知道七月半之前必有一场大雨。果然，从七月初十开始，连续下了几天大雨，不仅解除了旱情，也降了温，好过多了。

　　在故乡，接老客一般从初十就开始了，要连续祭祀四天。也有祭祀三天的，还有祭祀一天的，根据各家庭的具体情况而定。

　　祭祀时，摆上桌子和香案，插上香火、蜡烛，贡上糖、水果、饭菜，斟上茶和酒，然后进行接客、祭祀。

这桌子是四面的八仙桌，除一面插香火、蜡烛外，其余三面还要摆上板凳，以供老客入座。注意，这桌子要摆两个，一个是堂屋里神龛下摆一张，主要是贡家中的老客；一个是房屋的大门口要摆一张，主要贡外客的，陈列的食物要一样。

为什么要备两份呢？民间的说法是，过鬼节，天庭地狱都放假，让这些鬼都出去。那些有家的自然回到家中，那些五巫亚鬼无家可归，它们也要过节，如果没有地方去，它们会进入别人家中去抢食物和东西。所以只有在门口设有香案，它们才不会进家门。这就是要备两个贡桌的缘由。

这天夜里，一切准备好后，就开始烧香化纸，还要燃放鞭炮，请求老客回来过节，然后敬茶水、贡酒供饭。

开始接来老客以后，每天都要贡酒供饭。还要注意，每餐所贡的果、菜不能一样。对此，民间也有说法：每餐贡一样的贡品，老客容易厌烦，说明主人对老客心不诚，所以要时刻换花样。到了送老客时，还要专门准备粑粑、豆腐，给老客送行。

在节前，每家都要准备很多的包封，里面主要包着纸钱，外面写上老客的姓名。家中去世的上几代的老人，每人封多少，都要备好。另外还要准备一些"车夫""脚夫"的包封，让他们搬运要付给小费。现在更时髦了，市场上有纸做的金银元宝、房子、汽车、家电等，都买一些，到了十四日夜里，祭祀完毕，将这些包封都搬到附近露天地烧掉，叫"化包"，以表示送给老客了，至此，整个活动才基本完毕。

故乡有些地方十四日夜里还要放河灯。用纸扎成精致漂亮的河灯，中间装上蜡烛，点亮后，顺着河水放下去。据说，这是为老客送行时照亮道路而点的灯。到了夜晚，许多人家到河边放河灯，河面上漂浮着一盏盏漂亮的河灯，美丽极了，也成为乡村的一道风景。

偷瓜"送子"过中秋

在我国的传统佳节中，中秋节主要取月圆之意，是吃月饼欢聚团圆的。但在我的故乡，除了吃月饼和赏月之外，还有月下偷瓜果和送子的民俗，说来十分有趣。

故乡有一种说法：中秋月圆之夜，孩子们去偷吃人家的柚子、橘子、瓜果之类，吃了以后肚子不痛。也不知这民俗是怎么来的、怎么会有如此说法，但它为孩子们的淘气披上了合理合法的外衣，为孩子们的童年生活增添了无穷乐趣。

吃了月饼过后，大人开始发话："今晚可以去"偷"点瓜果，吃了肚子不痛的，你们可以去玩玩。"有了大人的松口，在哥哥姐姐们的带领下，我们悄悄出门了。

此时大约晚上九、十点钟，乡间已是夜阑人静了，劳累一天的大人们都进入了梦乡。

中秋的夜啊，月亮真圆。月光如水，洒遍乡间的每一个角落，将那房屋、山林、乡间小路照得雪亮。寂寞的乡村，静谧而安详，只是偶尔传来几声狗叫声。那时候狗也很少，人都难养活，何况狗呢？我们来到六爷爷的大柚子树下。这是我们村最大的一株柚子树，不仅结的柚子个大，而且柚子心是血红色的，我们叫它红心柚，吃起来香脆，甜蜜可口。

六爷爷是爷爷的堂兄弟，我们一个家族的。平常为人严厉，但中秋节似乎也格外仁慈，睁一只眼闭一只眼，让孩子们高兴高兴。

偷柚子是不能上树的，一则柚子树上有刺，二则万一主人家出来，无处可逃。所以只能用竹篙去戳。对着选好的柚子用力去戳，柚子会掉下来。为了不发出大的声音，下面的人伸手去接。有时看不清，接不住，一片混乱；有时柚子掉下来，刚好落在人的头上，于是满堂大笑。这时，六爷爷故意咳嗽几声，孩子们捡起地上的柚子就飞跑，一路喧哗，一路欢笑……

偷瓜果算是一般的玩法，我曾跟随大人们玩过"偷瓜送子"的游戏，颇觉得新奇，至今难以忘怀。

这"偷瓜送子"是由村里年纪大一点的婶婶们带头策划的。村里如果有结婚多年尚未生育的夫妇，到了中秋夜，热心的大婶们带着我们一帮孩子，去别人的瓜地"偷"南瓜。这瓜必须是长条形的，两头大中间小，葫芦状，像个孩子一样。将瓜摘下来后，在瓜的中下部用小刀挖一个小洞，顺手摘下一只大红辣椒，将柄的一头插进洞口，固定下来，让辣子尖翘起来，就像男孩子的小鸡鸡一样。弄好后，为首的婶婶走在前面，接着是大一点的抱南瓜的孩子，我们一些小一点儿的小孩跟在后面。

中秋月圆，我们无需任何灯光，就在山间小路上奔走着。因为快乐有趣，人群中不时发出一阵欢笑声。山里的狗也凑热闹似的叫唤起来，将寂静的山村之夜闹醒了。

到了没有生育的年轻夫妇家，婶子敲开门，说："快开门，观音娘娘送子来了。"

接着，门"吱呀"一声开了，大家一窝蜂地拥进门去。抱南瓜的把那南瓜小心翼翼地放在主人床上，让南瓜仰躺着，露出红红的小"鸡鸡"。这时带头的婶子发话了："我们是观音娘娘派来送子的，祝福你们家早生贵子，多子多福，儿女成群！"人群中响起热烈的掌声。

见到一帮人"送子"来，主人家自然十分高兴，早就准备了葵瓜子、花生、糖果，给来人发放。大家吃着糖果、花生、葵瓜子，嘴里嚼得脆香，小坐一会，便"轰"地散去，又去别人果树上偷果子去了。

其实，这虽然是一种游戏，但也是一种良好的祝愿，因而很受乡下人的欢迎。而参加的大人孩子们不仅在游戏中得到娱乐，且能吃上糖果、花生、瓜子，自然是两全其美、乐此不疲。所以这种游戏始终能够持续下去，成为我们那方乡土风情中的一个亮点，也就不足为奇了。

九月九，酿甜酒

我曾经很喜欢陈少华《九月九的酒》："又是九月九，重阳夜，难聚首，思乡的人儿，漂流在外头……"直白的文字，浓浓的乡愁，把人带入那遥远的故乡。

在中国传统节日中，农历九月初九是重阳节。因二九相重，又称"重九"。节日里，有登高、祭祖、敬老等活动。

在我们邵阳新宁一带，这一天是必须酿酒的，称为"重阳酒"。据民间的说法，这一天酿的酒，不仅出酒率高，酒质也是最醇、最好的。

在故乡，以前酿酒是一桩很隆重的事。因为那时候粮食少，吃饭都成问题，哪有余粮去酿酒？一般人家，也就是过年，或重阳节，酿那么一缸酒。

酿酒是从买饼药开始的。

每到秋天，粮食丰收了，农忙过去了，这时候，村寨里便会出现卖饼药的老人。七八十岁年纪，一身青布衣裳，背一个大布口袋，手中拄着拐杖。老人一般还留着很长的白胡子，一副仙风道骨模样。

老人是专门卖饼药来的，我们那里把酒曲叫饼药。这时，孩子们可高兴了，围着老人转，或回家通报消息，拉着父母来购买。只见那老人拉开大布袋子，取出里面的小布袋，然后摸出一颗颗圆圆的饼药来，那就是酒曲，用来酿酒的。有酿甜酒的，也有酿米酒的，两者不一样。酿一缸酒只需几颗就行。

大人们喜欢酿米酒。因为这时酿造的米酒，成酒后，要放在坛子里发酵几个月，春节前再蒸馏出来，就是上等的米酒了，用于过年来客招待或立春后农事繁忙时喝。

孩子们则喜欢酿甜酒。因为甜酒甜蜜、清香，在物资特别匮乏的时代，吃一顿甜酒，简直像过年一样。

自幼时起，我就跟着母亲酿甜酒，这个过程充满着无穷的乐趣。

酿甜酒需要糯米。先将糯米用冷水浸泡几个小时，将糯米泡软，据说便于发酵出酒。再在锅子里放水，架上木甑。待水烧热，甑子里冒热气，再把糯米倒进去，盖上盖子。约蒸半个多小时，那糯米就蒸熟了。有时蒸上一个多小时，那米就是不熟。母亲会取一把菜刀，砍在甑子口上，继续蒸。奇怪的是，很快就蒸熟了。这时，把甑子抬出来，直接淋冷水，让米饭降温冷却。然后，将糯米饭铲出来，摊开在簸箕上晾干。这边将饼药擂成粉末，撒到糯米饭里，用手拌匀。接着，将米饭放进干净的酒缸里去。注意，酒缸中心必须留一个井一样的眼，直通缸子底部，便于甜酒发酵。再在酒眼里和上面撒一些饼药，这就基本完成了。

如果是夏天，只要在酒缸上面用罩子罩住就行，防止老鼠、虫子偷吃。如果是冬天，气温低，还要在上面盖稻草，盖蓑衣，甚至用棉絮包裹，以提升它们的温度，酒才会酿成功。

我四五岁时，重阳节这一天，母亲带着我一起酿了一缸甜酒。

天气还算暖和，两天就有了酒香。那天中午，母亲带我去看甜酒。揭开罩子，酒缸中心的"井"里已经溢满"酒娘"，正散发着浓郁的芳香。母亲用调羹舀了一勺，自己试一口，啧啧有声。然后，把余下的大半灌进我张开的大嘴里。啊，真甜！接着，母亲匆忙把罩子盖上，关上门，出工去了。

也许是母亲那半勺甜酒刺激了我的味蕾，也许是饥饿让我难以忍受，那天下午，我情不自禁地钻到酒缸旁，去偷吃甜酒。当时只觉得好吃，便一勺一勺地吃下去。不知道吃了多少，反正，我喝醉了，就倒在酒缸旁呼呼大睡，人事不省。

母亲天黑收工回来不见我，便四处寻找。最后姐姐在酒缸边找到我，我尚在酣睡中，面色通红，气喘如牛。母亲哭笑不得，只得把我抱到床上。直到半夜，我才醒来，猛喝了几口冷水，又呼呼睡去。

这是我人生第一次醉酒的经历，让人啼笑皆非。

少不更事的我，还参与过南瓜酿甜酒的恶作剧。

到了秋天，老百姓地里的南瓜熟了，一个接一个，挂在藤上，躺在地里。个儿大的，老百姓不随便摘，让它在地里变黄、变老，以便吃老南瓜，特甜。

村里的幺叔，腿脚有点残疾，四十多岁了还找不到老婆。但人特聪明，是个顽童式人物。他教给我们一种南瓜酿酒的办法：从家里偷点酿甜酒的饼药，捣成粉，包好，然后到偏僻地方选一个老南瓜，在上面用小刀挖一个小眼，把饼药粉灌进去，抱着南瓜摇匀。再用泥巴将南瓜上的小眼糊住，让酒曲在里面发酵。只过两天，酒曲便让南瓜的内芯发酵了，酿成了甜酒一样的汁来，特别甜，可以饱食一顿。因为没有把南瓜摘下来，从外表看，南瓜依然是原样，只是里面吃空了。再过几天，南瓜便会枯萎或腐烂。主人家摘瓜时见了，以为是自然腐烂的，只得自认倒霉，也不会骂人。

吃南瓜酿的甜酒时，先将泥巴糊的小孔挑开，再割几根野芭茅的管子，里面是空心的，将管子伸进南瓜里，用嘴去吸吮就行了。甜得像蜂蜜一样，但吃多了，有点醉的感觉，心里慌得难受。

在湖南，很多乡下办喜酒都是要酿甜酒的，比如新婚，一定要准备甜酒煮鸡蛋，由新婚夫妇端着，敬献给前来喝喜酒的老人。孩子出生三天，要喝"三朝酒"，也是要喝甜酒的。甜酒还是发奶的好原料，初为人母的母亲，要多吃甜酒，孩子才有奶水吃……

记忆就像一杯甜酒，甜甜的，醇醇的，酒香中弥漫着乡愁。

吃的习俗

在故乡，以前吃东西有很多讲究、很多规矩的，不是拿起筷子、端起碗就能吃的。这些规矩长期以来，约定俗成了，就形成了一定的民俗。

这些习俗主要表现在：

一是尊敬长辈。

在故乡，逢年过节，家中办了好酒好菜，家人入席开饭前，先要给已故的长辈们敬酒敬饭，称为"贡饭"。喝酒的要给酒杯斟一点酒，用一只饭碗装半碗米饭，将一双筷子横架在碗上，然后说话，一般是"请爷爷奶奶列祖列宗喝酒吃饭"之类。约过一分钟左右，将酒杯的酒往地上倒一点点，将贡饭的筷子取下来，就算贡饭结束，大家可以端碗吃饭了。

如果家中新故老人，则每天都要贡饭，程序差不多，但饭菜简单一些，平时吃什么，就给老人贡什么，无需讲究。一般要贡饭三年，以后才恢复正常。

大家开始吃饭时，要孝敬老人，先为老人夹菜。大凡吃鸡鸭等好菜，先要将老人平时喜欢吃的鸡鸭的部位夹到老人碗中，比如鸡头鸭头、鸡肝鸭肝、肠子、鸡鸭腿等，主要考虑老人家牙齿不好，要吃软一点的。对小孩子也一样，一般将鸡鸭腿让给最小的孩子——我们叫"满崽""满女"们吃。

一些大一点的孩子想吃，大人就会说：你们孩子，有吃在后，长大了当家做主了什么都有吃的。

在乡村，以前吃饭时孩子是不能上桌的，有些地方妇女也不上桌。后来孩子可以上桌了，但不能自己夹菜，主要是怕孩子不懂礼貌，把好吃的选走了。还有一点，以前家里贫穷，没有多少菜，儿女成群，孩子们一动手，只怕一下抢光，所以要父母给他们分菜吃饭。再后来，孩子们可以自己上桌夹菜了，但规定只能夹自己面前的，不能夹到对面去，叫做不能"过河"。为了教育孩子不要挑菜，大人们还编造一些善意的谎言，如不让孩子吃鸡鸭肠子，就说孩子家的，吃了肠子以后写字会弯弯曲曲，写不好。孩子想吃鸡爪子，大人也会说，吃了鸡爪写的字就像鸡爪子一样，很难看的，于是孩子就不肯吃了。

不仅家庭中有这些规矩，朋友之间吃喝也讲究谦让。曾有这样一个故事，很能说明问题：有一个乡下人去走亲家，亲家自然热情接待。当晚，杀了一只鸭子，炒好，端到桌上。当时还没有电灯，只有桐油灯，风吹着，忽明忽暗。主菜已上桌，女主人又张罗别的菜去了，男主人陪着亲家喝酒吃饭。按乡村礼节，男主人请客人先动筷子夹菜。哪知这客人讲客气，非要男主人先动筷子不可。两人就这么推让着，都不肯先夹菜，其实已经饿得垂涎欲滴了。这时一阵大风吹来，将桐油灯吹灭了。两人忍不住同时将筷子插进碗里，筷子夹住了筷子。这下两人不好意思起来，好在没有灯，看不见。有一个人反应快，就开口说话以打破尴尬："亲家，你们家那个插秧哪天动手啊？"另一个人也很机灵，赶忙回答："啊，啊，亲家，你动手，我也动手！"说完两人会意地一笑，大口吃起来。

二是讲究忌讳。

以前，逢年过节是不能吃狗肉的。因为在乡村民俗中，有"打狗散场"的说法，即某件事办完了，打一只狗，大家聚餐一顿，然后散了。这"散"和过年过节的团聚是相悖的，所以不能吃狗肉。

有人喜欢吃狗肉，从前，狗肉也不能在家中的灶上做的，一方面，按民间的说法，狗身上的东西，并不是好东西，旧时代，遇到妖魔鬼怪，都是用狗血去淋，去辟邪的。自然，狗肉也就不能上灶了。

另一方面，狗肉和蛇肉一样不能放在灶上加工的主要原因是，据说炖得太香了，会引来厨房顶上的壁虎，壁虎闻到香味后，会流口水或撒尿到锅子里，这样通过化学反应，会产生剧毒，会毒死人的，所以不能上灶。这个说法在古代话本小说中也有类似故事。

不能上灶，怎么办？就在户外搭一个临时的灶去炖。这狗肉加工好以后，也不能端上桌子上正席的，只能几个爱吃的人架一个炉子在一边吃。我们平常骂人"狗肉上不了正席"也就是这么来的。

三是吃东西说话的忌讳。

主要是逢年过节一定要说吉祥的话，不能随便说话，以免不吉利。比如在春节团圆宴席上，吃鸡时，鸡身上各个部位的名称叫法与平时不一样的：鸡头要叫"凤头"，一般敬给老人吃；鸡翅膀叫"满天飞"，让年轻人吃，好到外面闯世界；鸡爪子叫"抓钱爪"，吃了好抓钱，一般让家中男主人或挣钱的年轻人吃；鸡肠子叫"钱串索"，吃了好串钱；而鸡菌子叫"财宝"，即聚宝盆之意，一般让当家理财的家庭主妇吃，便于聚财。总之，一切往吉祥方面说。

随着时代的变迁，现在很多观念都淡化了，很多规矩也不那么讲究了，一些习俗也可能要失传了。

金秋——摄于崀山石田

上梁的习俗

上梁是指修建房子时构架主体支撑柱上的横木，这是修建房子中最重要的环节，追求的是吉祥、顺利，给新居带来喜庆和好运，因而隆重热烈，民俗讲究也很多。

在故乡，以前建木房都需要上梁，后来建土砖房、红砖房，只要不是水泥结构的平顶房子，都需要上梁。

梁柱一般有两根，其中正顶的那根叫主梁，又叫正梁、上梁，屋脊前面的那根叫副梁，又称下梁。因为梁是房屋中最主要的部件，学名又叫"栋梁"。我们常说的"栋梁之材"，就是指这个。而把支撑梁柱的几根木柱称为"顶梁柱"，也是这样来的。

选择梁柱是很讲究的。一般用杉树，不能用单独生长的，必须选双生的，也就是一个树蔸生长两根大小差不多的树干的，含双生双发、富贵吉祥之意。树干要笔直、挺拔，不能弯曲多节。看上去要枝繁叶茂，长势良好。

梁柱是不能"砍"的，因为不好听，不吉利，而是叫"伐"，这是用的古音，像《诗经》中的"伐檀"一样，我们那里称为"伐梁"。

按故乡的民俗，这梁柱是不用买的，事先到附近山中去找，找到后用红布将两根梁柱捆住，等到第二天凌晨去"伐"。捆上红布后，其他人都知道有人定了，便不再砍伐。

即便是树的主人知道了，也不去阻止，权当是送给修屋人家的，因为造屋是喜事，大家都乐得做顺手人情。

"伐梁"要在半夜不见光时进行。一般情况下，木匠师傅带着一班人三更就出发了，同时带上香火、纸钱、鞭炮。到山上后，先烧香化纸，请示土地菩萨，然后再用斧砍或手工锯。这梁柱是不能落地的，所以要人多，树砍倒时用木杈撑着。修理完枝叶后，燃放鞭炮，然后搬运。在搬运过程中，也是不能落地的，休息时必须用木杈撑着。

梁柱抬进新屋时，天还没亮，家里人要放鞭炮迎接。梁柱同样不能落地，横放在木马上。先剥皮，然后经木匠师傅弹墨线，用斧子削砍成正方形，两头锯整齐，量好尺寸，做好榫头，便于吊上去安装。做好后，一般人都请出现场，只留下师傅和主人，将一些钱币、五谷杂粮放在梁的正中间，用红布包着，然后再在红布四周用铜钱或镍币钉牢。此后，木匠师傅便开始手提一只公鸡，口里念念有词，说一些吉祥的咒语，叫"锻梁"。记得前面的几句是："此鸡此鸡，生得头高尾又低，别人拿来无用处，鲁班师傅拿来宴梁鸡……"念过后，便操起斧头杀公鸡，将鸡血滴在梁上，叫"宴梁"。一边走，一边滴，一边念。念完后，即开始"抬梁"，用绳索将梁吊上去安装。

这时天才开始亮，因为上梁是大事、喜事，一般都要撒些糍粑、饼干、糖果的，所以看热闹的人很多，特别是孩子们，都希望能在下面捡些吃的东西，尤其是在那困难的岁月，所以即使起个大早也心甘情愿。

梁一吊上去，安装好，这时，鞭炮齐鸣，上梁师傅就开始向下面撒糖果饼干，下面的人便乱成一团，开始哄抢。这师傅也是看人来的，见到熟悉的人，便多甩一些，同时，也忘不了给自己袋子里收一些。一会儿，东西撒完了，上梁仪式也结束了。

这上梁，最讲究安装得正，特别是主梁，一点不能偏颇，所谓"上梁不正下梁歪"，就是这么来的。当然，这要看师傅的手艺，如果木架子搭歪了，顶梁柱不正，梁自然也难装正，整个房子都会歪，甚至倒下，所以还有一句叫"中梁不正倒下来"，这种师傅是要失业的。

乔迁的民俗

因为在故乡为父母修建了房子，喜迁新居，我亲身感受到故乡乔迁的民俗。

故乡把乔迁叫"进火"，又叫搬家。所谓"进火"，即到新房生火做饭之意。新居落成后，首先要选择一个黄道吉日，先进行"安帐"。按湖南民俗，每家新建房子，必在堂屋（相当于客厅）中间设一"神龛"，立下"天地国亲师"神位，用于祭祀先祖，祈求子孙幸福平安。这"神龛"是很讲究的，一般选择上等木材雕刻而成。也有简单的，就在墙上留下一长方形位置。所谓"安帐"，即是请师傅用红纸将"帐"的内容写好，选择吉日良辰将"帐"安装上去，即贴上去，然后杀一开叫的公鸡，烧香化纸，请神和列祖列宗进神龛。师傅念念有词，将神请进去，过一阵子，"帐"便安好了。

然后是正式搬迁。按故乡风俗，乔迁属于大喜，一般要到新屋的堂屋杀猪，新居才会特别旺盛红火。一般在乔迁的前一天凌晨请人杀猪。杀猪时，除了接一部分猪血外，要让部分猪血洒落地上，叫"宴血"。按传统说法，"宴血"后新居才能接上灵气，住上宝贵荣昌。杀猪后，要将猪身上的各部分割下一些，和猪血一起煮着吃，俗称喝"血旺汤"、吃"血旺肉"，据说吃了之后，家中才特别兴旺。而这"血旺汤"特别新鲜可口，是一道美味佳肴，在有些地方已搬进了餐馆，特别受人喜爱。其余的猪肉则用来办酒席，请客吃饭。也有杀不起猪的，也必须杀一只公鸡进行"宴血"。杀鸡时，不接鸡血，在堂屋杀鸡后提着鸡绕屋前屋后走一圈，将鸡血滴在地上，其目的和杀猪宴血一样。祭祀时还要将部分鸡血滴在纸钱上，然后再烧化。

搬家时，一定要选吉日良辰，备好油盐柴米鱼等物资，把它们放在一个长方形的木制"香盆"里，让家中年长的家长端着走。油盐柴米是生活必需物资，一定要准备的，鱼是取年年有鱼（余）之意。另外，还要备有一担稻谷，这谷不能用扁担去挑，而要用平常挑柴的"扞担"去挑。"扞担"比扁担略长一些，有竹的和木的，两头削尖，用于挑柴。"扞担"挑谷，寓意为"千担谷"，即家中招财进宝、五谷丰登之意。同时，还要烧一盆木炭火，将火烧得越旺越好，寓意着新居中的柴（财）多火旺。另还要备一些木柴，用红纸圈上，一起搬入新居，取广进财源之意。

搬家一般选择凌晨天不亮的时辰，那时段人没有起床外出，一切宁静祥和。搬东西前，先要在新居堂屋门外用干竹或其他易燃木材烧两捆旺火，意味着要"接上旺火"。然后一家人端上油盐柴米鱼和火盆，挑上"千担谷"，抱上木柴，放起鞭炮，排着队伍，鱼贯而入，搬入新家。进入新屋后，又要杀鸡，敬列祖列宗及土地，表示已经进入新居了，祈求到新居后一切平安顺利，发财发家。至此，乔迁已算完毕。

乔迁仪式弄完，接下来就要摆酒请客，一般放在中午。请完客，客人陆续散去，主人便开始打扫卫生。千万要注意，清扫卫生时不要把家中的垃圾什么都扫出去，要让它们在屋角保留三天，叫三天内不出财。而如果立即清扫出去，叫新居内不聚财，住着不吉祥。

同样，请酒后一般不回礼，建房欠下的钱三天内也不能还，都取三天内不出财之意，过了三天才可以自由支付。

在整个搬迁仪式过程中，不得乱说话，一切听从屋主或长辈安排，也不能出任何差错，以免不吉祥。

新婚闹洞房

闹洞房是婚礼的一种习俗。即在新婚之夜，本乡本寨的年轻人以及新郎新娘的亲朋好友，齐聚在新婚夫妇的新房——洞房中，采取各种方式，让新郎新娘表演各种节目，以引得哄堂大笑，从而达到娱乐开心的目的。

20世纪70年代初，我才八九岁，堂兄结婚，我参加了闹洞房，觉得十分热闹有趣，特记录下来个中精彩。

闹洞房是在晚饭之后进行的，名义上是闹洞房，其实是在堂屋——即客厅进行的，因为客厅大一些，坐的人多一些。参加闹洞房的有新郎的亲朋好友，尤其是贵宾、长辈要坐成一排，其余多是本寨人，大都是年轻人，也有爱热闹的中年人。

闹洞房一定要有人主持。主持人多是本寨比较活跃的中青年人，口齿伶俐，幽默风趣。他们来主持，自然会调节气氛，把活动搞得热热闹闹。

节目之前，先举行铺床仪式。故乡民俗，新人结婚布置新房时，要请两个妇女铺床。铺床人必须是父母双全，夫妻和好，有儿有女，且口齿伶俐的妇女。她们先将大红花被铺好，将事先准备好的枣子、桂圆、黄豆、花生等放在一边，这些有"早生贵子"和"发子发孙"之意。新婚之夜，一对新人被拥进洞房后，站在床的一旁。铺床人站另一边，掀开大红被子，做铺床动作。手里抓一把黄豆，一边撒一边唱："豆子撒四角，儿孙满大桌；豆子撒四方，儿孙挤满堂；豆子撒中央，生个胖崽坐中央……"

接着，节目正式开始，要新郎新娘一拜天地，二拜高堂，三敬媒婆。

然后叙述恋爱经过。一般由新郎先讲，新娘后讲。两人开始忸怩一会，后来看大家起哄、不放过，就开始叙述。

之后，主持人要新人进新房互换对方的衣服，再出来亮相。两人进房许久，不肯出来。敲门好一会，才走出来，大家一看，男女互穿衣服，显得格外滑稽，满堂大笑。主持人带着新人在众人面前走一圈，然后要新人当场互换鞋子穿。又是忸怩好一阵，在主持人的强迫下，只得互换了鞋子。那时没有别的鞋子，基本上穿布鞋。新娘脚小，可以穿进新郎的鞋子，主持人说是"马栏里面关猫牛"。然后新郎穿新娘的鞋子。新郎脚大，自然穿不进去，只挤进去一截，脚跟露在外面，又引得大笑。

下一个环节，是折花。主持人示范，先要双方对话，然后新郎抱着新娘摘花。对话如下：

男：妹妹，那里有朵花。
女：哥哥，我想摘下它。
男：我抱你去摘下它！

持花人手拿塑料花儿，站在板凳上，等着新人去摘。新郎抱着新娘，伸手去摘。这时，持花人将手一抬，新郎新娘摘不到花，只得放下来。如此几次，最后才将花摘下来，然而，两人已气喘吁吁，疲惫不堪。

中间还穿插有新婚夫妇亲嘴等节目，尽管现在年轻人亲嘴接吻已经司空见惯，但在当时还是很稀奇的。

最后一个环节是敬茶。新人双手抬着一个木制的茶盘，里面装着一杯倒好的热茶，规定不能泼出来。只见两人小心翼翼抬着茶，走到最受尊敬的老人面前，请老人喝茶。老人高兴地接下茶，喝了之后，要"断"几句吉利话：

　　茶叶尖尖，杯子圆圆。
　　五男二女，七子团圆。

　　五男二女是旧时生儿女的最吉祥数，这是老人按以前的习惯说的，下面就有人起哄："计划生育了，不准生那么多了。"下面又是一阵大笑。
　　接着，依次给其他的老人敬茶。老人喝茶后大多说一些吉祥话，如夫妻恩爱、白头到老、早生贵子、多子多福之类。也有趁机开玩笑的：

　　一个茶盘四四方，贺喜新郎和新娘。
　　高高兴兴进洞房，掀被的掀被，摇床的摇床。

　　下面又是满堂大笑。
　　敬茶完毕，把新婚夫妇送进洞房后，整个活动结束，客人们先后起身告辞。
　　那时也不需要送红包之类，一切就这么简简单单。

崀山刘氏宗祠

洗三朝

洗三朝是故乡婴儿出生的第三天举行的一种活动，有点类似于西方的洗礼。

在故乡，嫁出去的女儿生了孩子，女婿要前往女方娘家报喜。一般情况下，生男孩，给娘家送雄鸡一只、书一本；生女孩，送母鸡、剪刀、和尺子各一。娘家要用母鸡、胡椒、红糖等回礼。

婴儿出生后的第三天，孩子母亲娘家的亲朋好友相邀到一起，要前来祝贺，喝喜酒，叫做"喝三朝酒"，又称"洗三朝""打三朝"。

为什么叫"洗三朝"呢？是因为这一天要给孩子洗一个澡，而且是不一般的洗澡。孩子出生后要洗澡，一般用普通温水洗，但到了第三天，要用"风药"煮水洗。这"风药"是一种中草药，里面的成分主要有金银花藤、菖蒲、艾叶、野菊花、干大蒜苗、猫爪刺等，全是一些清热解毒的良药。

这药要由娘家准备好。在每年的端午前或端午这天采好、砍断、晒干、配好。到了"洗三朝"这天，由娘家洗三朝的人，一般是外婆带来。用锅子把药煮开，留下一杯给生孩子的母亲口服，余下的给母婴两人分别洗澡。据说，用这种风药水"洗三朝"后，母婴不会生疮，不会有皮肤病。特别是孩子，会健康快乐成长。

前来"洗三朝"的娘家人会带上几只母鸡、一些鸡蛋及营养品，送给母婴，以加强母婴的营养。还要送给小孩衣服、鞋帽等物。亲友一般送布料祝贺。

生孩子这方，看到娘家人来了，自然很高兴，尽家中的能力，准备丰盛的酒宴，捧出家中自己酿造的米酒，用来待客。有些还将酿造的米酒，配上红糖、胡椒熬好，这是特意给坐月子妇女喝的——俗称"月婆酒"，也端出来，请大家尽情畅饮。客人在酒足饭饱之后，说一些祝福孩子健康成长的吉祥话，自然是皆大欢喜，欢乐而归。

巴 窠

孩子出生满一个月后要剃胎毛，母亲带着孩子回到娘家住一段时间，在故乡，有一个很有意思的名字，称为"巴窠"。

这个"巴"，在新宁有"背"的意思，"窠"即"窝"的意思，"巴窠"连在一起，有"背着窝走""带着窝走"的意思，即"移窝"。也就是说，将"窝"背到娘家住一段再背回来的意思。

为什么要"巴窠"呢？有几方面意思：一是女儿生孩子做母亲了，自然是高兴的事，将孩子带回娘家，让娘家人分享一下喜悦。二是女儿自怀孕起，很少到娘家走动，孩子满月了，趁机回娘家住一段，联络一下感情，跟老母亲学一些带孩子的经验，毕竟母女容易沟通一些。另一方面，孩子满月后，刚为人母亲的女儿仍不能过夫妻生活，个别为了躲避男人的无理要求，便干脆借机回娘家住一段，躲开房事。当然，这是最好的借口了。

女儿带外孙外孙女来"巴窠"了，娘家人自然十分高兴，将家中最好的东西拿出来招待。早在女儿怀孕时，娘家就养了大母鸡，下了许多鸡蛋，这时候，都用来招待女儿，主要是加强母婴的营养。

"巴窠"一般住三五天，也有住十天半月的。通常情况下，是女婿将母子送来，吃一餐饭就回去了，因为家中许多事等着他回去做。到了约定的时间，女婿再上门来接。

母婴返回时，娘家除了要给孩子送衣服鞋帽外，一定要打糍粑或磨粑粑打发母婴，意思是孩子以后会像粑粑一样白白胖胖，好养好带。以前大家生活都困难，家中也没有什么很好的东西，老母亲就将坛子中的腌菜、扎菜取出一些，给女儿带回去。这就是后来被推而广之的"外婆菜"的来历。

母婴出家门时，外公外婆还要抱着孩子讲几句吉祥话，如孩子回去要听爸爸妈妈的话，像粑粑一样好养好带，快快长大等，然后再道别。

舜皇山五针松果

山乡风情

Shanxiang Fengqing

夫夷江上排古佬

十里长滩放木排，脚下朵朵浪花开。

喔嗬一声山歌起，一篙撑出青天外。

这是夫夷江上排古佬唱的歌谣，也称"排歌"。

资江从广西资源的大山中奔腾而下，像一条蓝色的飘带，在深山峡谷中蜿蜒流淌。到了湖南新宁境内，地势渐趋开阔，水势开始平缓。夫夷江不仅滋润了两岸的庄稼，也养活着沿岸的黎民百姓。排古佬便是这夫夷江上靠力气挣钱吃饭的一种特殊职业。

排古佬是邵阳人对放排人的一种称呼。"佬"是一个虚词，相当于汉语中"者"的意思。但在湖南邵阳，这"佬"又有特定的含义，有"一伙人""一帮人""一帮狠人"的意思，既有褒义成分，也有贬义意蕴。像"宝古佬"旧时指宝庆府人，即现在的邵阳、娄底一带的人，而且专指宝庆地方特别霸蛮的一些人。从这一意义上说，"排古佬"是专指以放排为职业，纵横江湖，特别不怕死的一群人。

夫夷江为资江的源头之一，发源于南岭山脉素有"华南第一峰"之称的广西猫儿山，流经广西的资源县、湖南的新宁县及邵阳县，在现在的邵阳市双江口与另一条支流汇合，始称资江。

上游一段为什么称为"夫夷江"呢？因为汉武帝元朔五年（公元前124年），在这里置夫㟅（后作夫夷）侯国，所以这条江也就叫夫夷江了，简称夷江。到底先有夫夷江还是先有夫夷侯国，已无从考证，但夫夷江历经数千年，就是没有变更过名称。

旧时新宁、邵阳一带不通公路，交通运输全靠水路，就是通过夫夷江进行水上运输。

新宁境内连绵多山，山中长满密密麻麻的竹木。这些竹木，在新宁境内根本无法用完，就要运出去，卖掉，变成钱，再换回别的物资。这运输出去就要通过最古老的一种方式——放排，于是衍生出放排这一职业，出现了排古佬。

排古佬基本上是夫夷江岸边人，具有良好的水性，以县城上游的连村和县城对面的夫夷村人最为有名。这些人被称为"水鸭子""鱼贡鸟"。他们架着木排、竹排，穿行在夫夷江的风里浪里，直到把排放到指定地方。

这放排首先要扎排。在岸边的沙滩上，将零散的竹木扎成一斗一斗的排。每一个单排叫做一斗，一般四或八斗连成一组，也叫一篷。

扎排是有讲究的，先将竹木的蔸放在排的两头，再用几根横木将它们连接，用竹缆将它们捆扎起来。这排不能太宽，一般宽不能超过一丈二尺，因为夫夷江沿途有许多坝，坝口宽为一丈四尺。每斗排大树只能扎两层，约几十根树木。小树可以扎三四层，100多根树木，约15～20立方米，重约一两万斤。扎排时，每四斗排必须扎一个棚子，上面为竹篾编成的，呈倒"U"形拱起来，可以遮风挡雨，里面铺稻草棉絮等，可供四个人睡觉歇息，还能在里面生火做饭。

其次是放排。放排前，将一斗斗排连接起来，连成一篷。水大时，每次可连接八斗排。水小时，只能连接四斗，便于操作。这排连接起来也是有讲究的，既不能让它们脱落，也要使它们能灵活转弯，便于水上行走。

放排时，一般每斗排需要一个人操作，四斗排就需要四个人。一组排的前后都有一个橹，用于左右搬动，调整方向。这橹也是杉木做的，在树尖部位打进一排木尖，然后用竹篾把它们编织起来，架在水面，用于摇橹时排水。排到终点后，将木尖和竹篾敲掉，又还原为一根完整的木材。

一篷排的中间排上也要站人，用竹篙撑排以调节方向。排行至下游河面宽阔时，每八斗排连成一篷，只需要四个人，便将多余的四人打发回来，重新扎排。

放排人最重要的工具叫"戟钩"，也称"戟钩子"，是一个像鹰嘴一样的铁钩子，前面很尖。戟钩装有一根楠竹做的柄，人握住竹柄，操作自如，可以将戟钩"啄"进大树，将树木拖动，用于扎排。在放排时，有时木排被打散，树木漂流，也可以用戟钩将河中的木材钩起来。

放排一般选择涨水时节，水大一些，排行得快一些。从新宁到邵阳，一般5天就能到达。但水急时难以掌控，经常出现把排打散等状况，是有一定风险的。

水小时相对安全一些，但速度慢，从新宁到邵阳，有时需要一个月，耽误时间。也经常出现排在江中搁浅，或者横在坝上不动的现象，需要放排人下河去撬动，也是很费力气的。所以说不论水大水小，放排这种职业都是很艰难的。

放排最需谨慎的，是下坝冲洪口子。我们那里叫坝口为洪口子。下坝时，因为水流湍急，排行速度很快。前面说过，一般坝口宽为一丈四尺，而排宽有一丈二尺，每边只余一尺的宽度，放排人必须保证排从正中经过。一旦不慎，排就会横在坝上，叫做"浪坝"。那要花很大力气和很多时间才能撬出来。

既然从事了排古佬这一职业，就注定一年到头在水上漂泊。春夏秋天还行，最难的是冬天。冬天水特别冷，江面的风也大，寒风刺骨，水更是冷得浸入骨髓。早上，经常打霜，在排上站一会儿，头发上就凝成白霜，老百姓习惯上叫"白头霜"。那排上的竹木打霜后特别滑，一不小心就会摔倒。一旦出现排打散或者搁浅在坝上的现象，就要人下河去撬，那放排人下河是不穿衣服的，赤身露体在冰冷的水中搏击，其艰难程度可想而知。

有人问：放排人在冷水中浸泡，不会感冒吗？对于一般人来说，也许一下就病了，但对于放排人来说，性命贱，没有那么容易生病。一方面他们常年经受锻炼，另一方面，他们有酒。酒是提火驱寒的最好东西，排古佬再冷时，喝一口酒，就浑身发热，浑身是劲。闲下来时，他们就在排上的棚子里，围着火炉喝酒。他们可以一餐两餐不吃饭，但不能一天没有酒。对于水上作业的人来说，酒也是预防风湿风寒的最佳良药。

放排既是一个危险的职业，也就造就了排古佬的彪悍与野性。天长日久在水中漂荡，生活是极其枯燥的，为了活跃气氛，解除烦恼，他们就唱排歌、唱山歌。排歌相当于船工号子，主要内容是每到一处急流险滩，或者长湾码头，为了安全，要注意些什么，或者哪里有好吃的、好玩的等，编成排歌，叫唱起来，生动活泼，给寂静的河谷带来生趣。

山歌和普通山歌一样，多为即兴演唱，也有一些情歌对唱，或者码头边挑逗良家妇女的歌谣，比如：

> 男：哥放木排下邵阳，妹在河边洗衣裳。
>
> 妹妹切莫偷看哥，小心棒槌捶手上。
>
> 女：妹在河边洗衣裳，送哥放排下邵阳。
>
> 烟花柳巷莫去走，攒下银钱快回乡。

夫夷江岸边，旧时好些地方有烟花柳巷，像新宁古城的北门吊脚楼群，便是一排妓院，除了达官贵人光顾外，也是排古佬放肆的去处。新宁旧有"东门的银子堆成塔，南门的顶子挂满壁（读bia）。西门的挑子挑得一百八，北门的婊子上得画"的顺口溜，意思是东门经商的多，银子堆成塔。南门当官的多，顶子挂满墙壁。西门渡口边挑夫多，有力气，能挑一百八。北门的婊子多而漂亮，容貌像画上的美女一样。排古佬走南闯北，多数是单身汉，常年在外，生活艰辛而且危险，有时逛逛妓院寻欢作乐也是正常的。时间长了，有些与妓院的姑娘还建立了感情，一起私奔。他们的故事很多，也很精彩。

新宁的排古佬放排，一般到邵阳、益阳一带，将排交付给买主就返回了。也有放到汉口一带的，但毕竟是少数。旧时代，他们为木材商人放排。1949年后，主要为木材公司放排，因为这时国家只允许木材公司独家经营。

我采访过白公渡一位放排老人，他当时已经88岁了，身体仍很强健。他说20世纪50年代，一次益阳受灾，需要邵阳这边运竹子去赈灾。他们一行，共组成几十篷竹排，浩浩荡荡，从上年农历十月出发，因为冬天水小，航速慢，过年都是在排上过的，直到第二年正月十五才回到家，历时三个多月，是航程最长的一次。

大约到了20世纪80年代初，夫夷江下游筑坝修建了几个电站，航道不那么通畅了。这时，公路运输也发达了，木材公司也改制了，所以放排也就中止了。

时代发展到今天，排古佬大多数已经走完他们的人生旅程，仅存的极少一部分人带着当年放排留下的伤痛，以及严重的风湿病，顽强地生活着。

夫夷江仍在静静地流淌，只是关于排古佬的故事，恐怕只能从文字中去寻找了。

昔日排古佬放排的江面，现在成为漂流胜地

越城岭上放油郎

高高的越城岭莽莽苍苍，无数个峰峦拔地而起，直插蓝天。山与山之间的峡谷中，一条蜿蜒曲折的山路一直向上延伸着，望不到边际。一群山里汉子，挑着锅碗瓢盆，背着行囊，行走在高高的山路上。也许是累了，也许是为了打破山中的寂静，他们中，有人忽然唱起歌谣：

为人莫当放油郎，一年四季走他乡。
赚得几个钱和米，情妹上了别人床……

这是一群放松油的男人，为了生计，他们相邀背井离乡，来到湘西南越城岭的大森林中，以放松油为副业。

越城岭是南岭山脉五岭之一，位于五岭的最西部。最高峰猫儿山海拔 2400 多米，有华南第一峰之称，峻岭逶迤，峰峦起伏，山高林密，郁郁葱葱，加上人烟稀少，那些松树长得很大，是放松油的最好地方。

20 世纪六七十年代，正是中国农村经济最困难的时候，农民一年辛苦到头还是吃不饱饭，买不起新衣裳，这让一部分人产生出去放松油的念头。

在湖南邵阳南部，放松油的职业古已有之。

所谓"松油"，即松树上流出的油脂，可以加工成医学用的松节油，也可以制作成二胡用的松香，工业上的用途则更广泛。放松油也叫采松脂，就是在大松树的下方，用专用刀具刮开树皮，在树干上刻成"V"型口子，"V"型伤口分泌出的油脂就是松油，也叫松脂。这东西能卖钱，且价格尚好，比种田强多了。

放松油的人一般被称为"放油佬"或者"放油郎"。这活计不是一般人能做到的，要有大山中生活的经验，要有好的体力，还要有冒险精神。邵阳有句俗话："穷得两手空，不去放松油。"意思是说，穷得不能再穷了，才去干这种苦活。

当时的农村，经过"大跃进""大炼钢铁""人民公社食堂"等极"左"的搞法，已经折腾得不成样子了。农民一天劳动的收入，折算成人民币，约一两角钱。一年辛苦到头，年底一算账，还要负债，根本不够养家糊口。所以一些人挖空心思，想出去"搞副业"，其中最艰苦的，当推放松油。

我们那里放松油一般要到邵阳的城步、绥宁的大山中去，那里有成片的松树林，因为居住人少，长成了合抱大树都没有人去砍伐，是放松油最好的资源。当地劳力少，都不愿干这个活计，所以一般都由外地人来干。常常是外地组织来一帮人，同当地支书或生产队长估好价，一个山头交多少钱，然后就由他们去放油。放完油采集起来，再挑到附近松脂收购站去变卖，卖完交付租金，余下的便带回去。带回去的钱先交部分给生产队，将几个月的工分抵回来，所剩的便是自己的收入了。因此放松油虽然辛苦，收入还是可观的。

城步、绥宁位于越城岭的北麓，与雪峰山交界，山高坡陡，山脉连绵起伏，山中长满各种原始次生林或人工森林。因为人迹罕至，森林里有各种野生动植物，还有毒蛇猛兽出没。

放松油的队伍一般由年岁大点的人牵头，因为年纪大的人走南闯北，见世面多，属老江湖一类。另一方面，这些人都有那么一点生存绝技或功夫，到外面不至于吃亏。一些年轻人则是跟着去闯世界的，多次以后，也就多年的媳妇熬成婆了。

大山有大山的神奇，也有大山的规矩。不懂山里规矩的人，往往是要吃亏的，有些丢了性命都不知道。

老人们一进山里，先要烧香化纸，敬土地神，祈求平安。还要会"打煞"、"起水"、念"开山咒"。这"开山咒"是一种巫术咒语，念了"开山咒"之后，将山中的妖魔鬼怪全部请走或赶走，人们就可以任意放松油了，可免一切灾难，保证平安无事。

来到山下，见到土地庙或者很小的土地屋，老师傅示意大家蹲下来，插上香，取出纸钱焚烧。老师傅一边口中念念有词，一边带领大家磕头作揖。简单仪式一弄完，师傅说可以进山了，人们一般分两三人一组，进入深山老林里去放油。

深山中长满各种小灌木和荆棘，先要砍开一条条路，叫清山。从一棵树到另一棵树都要开好路，以利于日后取油行走。

路砍好了，就开始放油。松林有两种：一种是没有放过油的林子，俗称"黄花林"，意思和黄花闺女一样；一种是放过油的老林，每年都可以继续放，直到放到根部不能再放为止。

新树放油时，先在树蔸上部约二、三米的地方，用专用锉刀凿一条槽。再向两边斜着往上凿，锉刀凿开树皮，在树身上刮出齿印，以利于松油渗出。然后在直槽的下面，装上半边小竹筒。之后在竹筒的下部装上一个活动的竹筒，便于将松油导进竹筒。

原来放过油的老树，只需在老口子下面接着开凿，装上竹筒、竹筒就行。别看程序这么简单，其实都是力气活，要很大的手劲，没有力气是不行的。一天下来，一个人要放几十株大松树的油，骨头都会累散架。

初学放松油的人，师傅都要手把手教，开凿的口子一般要开在人的上方，便于人们站立，好操作。也便于以后开凿、取油。一般每隔一天开凿一刀，让油慢慢渗出，流下来。每年每棵树开凿二三十公分左右，开多了，就像人流血过多一样，会把树放死。

放油的人沿途还要留下记号，便于返回时不迷路。因为在那大山林里，森林蔽日，雾气很重，几乎见不到太阳，是很难辨别方向的。有些没有经验的，天一黑就会迷路，根本走不出林子。而深山里豺狼虎豹多，一个人是斗不过野兽的，所以如果走丢了人，要发动所有放油的人敲着竹梆子去山上喊，一方面可以驱赶野兽，另一方面，人听到声音也可以找回来。

每年放油的季节，从开春三、四月开始，到九十月霜降时结束，约半年时间。松油多的树，有三四竹筒，五六斤油，出油少的也有两三斤油。

　　大山里，居住的多是苗族和瑶族同胞，他们有自己的语言，很少与外界交流。外界对他们也知之甚少，因此，放松油者进山后，对当地民众一般敬而远之。而当地老百姓，对外来人员也有戒心，彼此很少交往。但领头的人要和地方领导或长者、头人搞好关系，也要和一些猎户搞好关系，进山前，要猎户将装弩箭、弩铳和铁夹子的地方做好记号，不然会出人命的。

　　弩箭是一种设定好的箭，箭已拉在弦上，上有一个机关，连在箭头前方的线上，只要动物绊倒线，箭头即刻射出去，命中动物。弩铳的原理也一样，只要动物碰到线，立即枪响，动物中弹。铁夹子也是捕捉野生动物的一种工具，由两块锯子形状的铁块组成，中间用一根轴连着，轴上有一根很大的弹簧，将两块锯子形铁片夹紧。使用时在小路旁挖一个洞，将铁夹子的一端相对固定，然后设置机关，将铁夹用力张开，像张开血盆大嘴一样，再在上面覆盖一些松针什么的做伪装。野生动物们一不小心就会踏进夹子里，碰动机关。夹子"啪"的一声，即刻夹紧，动物很难跑掉。有些动物因为挣扎，会越夹越紧，脚甚至会被夹断。同样，人如果踩到夹子，也无法解脱，在大山中，哭天无路，哭地无门。

　　当地竹子很多，有些猎人还会利用竹子装铁夹子。他们将竹子扳弯固定成弓状，砍去竹尖，将竹竿顶部套在铁夹子上，做成机关，猎物一旦踏进夹子，脚就会被夹住，竹竿也会一下弹起，把猎物吊在空中，直到把猎物吊死。

　　按当地的民俗，打到猎物，见者有份。发现夹到猎物、前去给猎户报信的，可以分到一腿肉。将猎物捉到，送进猎户家的，可以分到半只。捕获大的野生动物，全寨人都可以去吃，叫"打牙祭"。

　　山里面林多田少，老百姓往往在山中地势平缓一点的地方或沟边有水的地方开些田土，种些庄稼。到了秋收季节，为了防止飞禽糟蹋粮食，山民们在每块地里都放有稻草人，还将破烂衣裳披到稻草人身上，远看和真人一模一样。每当风吹时，那稻草人一晃一晃的，伴着野鸟野兽的怪叫声，感觉阴森森的，十分恐怖吓人。

　　那时山中还有老虎、狗熊、麂子等。野猪出奇地多，一群有几十只，经常出来糟蹋庄稼。它们最爱吃的是红薯、玉米，也吃稻谷、小米等杂粮。他们成群结队的，喜欢到庄稼地里踩踏，将好端端的庄稼踏得不成模样。为了对付这些野兽，猎户们经常装弩箭、弩铳和夹子，猎获它们。这还不行，每到秋收前，当地老百姓在各个山头烧一堆堆篝火，每过一阵，敲起竹梆子齐声吆喝，喊声从一个山头传到另一个山头，野兽们听到这排山倒海的声音，一般就会被吓跑了。

放松油的一般住在村干部家，有些山林离村寨太远的，人就住在山上，靠近大树搭一个简易棚子，砍些树枝，围上篱笆，主要是防止野兽夜里来犯。为了防止毒蛇和毒虫来袭，要在周边撒一些雄黄。山中蚊子既多又毒，为了驱散蚊子，就用自制的土蚊香去熏，往往能把蚊子赶走。

在山里时间长了，他们中个别胆大者尝试着主动跟土著们交往，一来二去，竟成了朋友。每年进山前，他们必要到外面市场上采购一些时髦物资进去，送给当地人的头人或朋友，当地人自然满心欢喜。人情是把锯，你有来，我有去。山民们是最讲感情的，每当捕获猎物，必喊去一起分享，大碗喝酒，大块吃肉，大声吆喝，气氛热烈。每遇到当地的节日，或者婚嫁喜庆，也把客人请去，列为上宾，喝酒吃肉，载歌载舞，十分热闹，为山外罕见。

慢慢地，当地人开始接纳这些外地人。尤其是山里的姑娘们，很喜欢这些外来的小伙子，喜欢听他们讲外面的世界，争相为他们洗衣裳，为他们绣荷包。日子长了，也有个别年轻人把持不住，把姑娘肚子搞大了的。遇到这种情况，寨上人都会出动，强行要这小伙子在这里同姑娘结婚，当上门女婿。要是不干或逃跑，寨上人会取他性命的。这是当地民俗，道理很简单：既然把生米做成了熟饭，就要对人家姑娘负责。这个是在进山前，带队老人反复交代过的。

也有放松油的中年人与山里的寡妇相好，或者年轻人与山里姑娘相爱，结盟发誓，永结白头。要离开了，女方会给男方悄悄放了情蛊，要他第二年什么时候一定要来，千叮咛，万叮咛。男方自然满口答应。但到第二年春季，个别男人早就把盟誓忘到九霄云外了。这样，时间一到，情蛊发作，男人就会得病，浑身无力，要死不活。任你到医院检查治疗，就是找不到病因，治不了。要是男方觉悟，上门找到相好，求得解药，尚且有救。要是执迷不悟，迟早会要了卿卿性命。这就是不负责任的结果。

每株松树放油半月左右，松油从树干中渗出来，流进竹筒里，凝固起来，形成松脂。油多的，一竹筒满了，要换一个新竹筒装上，这取下的就是一筒纯净的松脂了。收好后，可以挑到附近松脂收购站变卖。那时只有两毛多钱一斤，现在都七八元上十元一斤了。收购人员用收油刀在竹筒里凿几下，那松脂就可以倒出来了。那松油凝聚着松树的精华与大山的雨露，大多呈乳白色，有点像白玉一样。有些呈黄色，像琥珀一样，晶莹剔透，看上去煞是可爱。

松油上交后，那剖开的竹筒上面沾着一些松脂，是最好的燃料。而松油树口的那一截，上面都是松脂，也是最易燃耐燃的燃料，当地人叫枞膏。附近的成年人和孩子们常常从放松油的口子上劈下一些树片，用铁篓子装着，点燃，去照泥鳅，或山里岩蛙。那篓子里枞膏烧得正旺，远看像一只只红灯笼，将黑漆漆的大山都照亮了。

到了霜降时节，天气寒冷了，松树油脂渗不出来了，放松油者便停止工作，叫做"收刀"。然后，卖了最后一批松油，清点家什，辞别当地朋友，有点不舍地打道回府了。

不用担心，他们中的部分人第二年还要来的。

秋山如画

摇篮里的歌谣

从乡下回来，我便常常做梦。在梦中，我仿佛又回到故乡，回到了儿时的摇篮，听母亲唱着童年的歌谣：

麻鸡婆，肥坨坨，三岁伢子会唱歌。唱个什么歌？唱个东门李大哥。大哥穿皮鞋，二哥打赤脚。签子（竹木签子）签了脚，回去喊哎哟。阿母寻的药，贴上生波罗。爹爹扯根草，敷上就好了。

朦胧中，我睡醒了，母亲轻轻地把我翻个身，唱道：

摇篓篓，米篓篓，打个翻身又转来。

有时候睡觉时，脚杆曲着，一觉醒来，脚痒得难受，不经意间，便哭出声来。这时，母亲便会唱：

麻阳子，莫麻脚，擦点口水当得药。

母亲真的用手指沾点口水涂到我的脚板心里，并用手指轻轻地在我脚板心摩挲着，脚板心顿时发痒，我忍不住，便"噗嗤"一声笑了出来。

闲暇时，母亲一边坐在摇篮边纺线，一边逗着我：

桐子桐子飞，一飞飞到大湾里，捡个咯咯蛋，拿给宝宝当早饭。

因为不经意间受到惊吓，儿时的我经常发烧。高烧时，时常梦见自己从高空中跌落下来，急得直哭。母亲守在旁边，这样唱着：

天王王，地王王，我家有个哭心王。过路君子念一念，一觉睡到大天光。

不仅如此，母亲还请人打了一块石碑，叫"挡箭碑"，上面刻着"箭来碑挡，弓开弦断，右通××，左通××"字样，把它埋在离家不远的三岔路口，作为路碑，为陌生人指路。据说这样，孩子的病很快就能好了。

母亲还唱了很多很多的歌谣，因为日久天长，好些记不住了。而在母亲的歌谣中，我慢慢长大了，离开了摇篮，走出了乡村。

但我常常记起母亲的歌谣，记起摇篮里的爱……

崀山山歌

　　"十一"黄金周，我陪几位朋友到故乡的夫夷江漂流。秋风送爽，田野金黄，天空蔚蓝，水波荡漾，好一派山川胜景，田园风光。漂到河心，夹岸翠竹摇曳，小鸟飞翔，诗情画意，让人心旷神怡，神采飞扬。有人倡议：来一首山歌吧。大家齐声附和，推导游小姐来唱。没想到，女导游为我们唱了几首湘西的民歌。我看不行，要她唱几首崀山民歌，她却很不好意思地对我说她不会。

　　我觉得怪了，故乡不是有很多山歌吗？难道他们不知道？在崀山唱外地的山歌，岂不贻笑大方？也怪不得，他们这代人，自小离家读书，也许压根儿就没听过山歌，又怎么会唱呢？而作为旅游区，没有自己的本土文化，不将自己有特色的东西展示出来，那是可悲的。只有将本地山歌挖掘整理出来，让游客们来欣赏，来传唱，才能给游客留下深刻的印象。

　　朋友蒋兄是新宁人，比我们大些，年轻时便收集过山歌。这时他激情澎湃，站在竹排上，便唱起来：

种田要种过水丘，干旱三年有禾收。
连妹要连当家妹，好酒好菜把郎留。

情妹脸上白漂漂，好比广西白胡椒。
妹是胡椒哥是纸，胡椒还要纸来包。

这是两首男青年求偶唱的山歌。一唱完，便赢得朋友们的掌声。蒋兄来劲了，接着唱道：

> 送妹送到鹅梨山，摘个鹅梨打口干，
> 鹅梨结果成双对，我笑自己单对单。

> 送妹送到竹子山，抱到竹子哭一餐。
> 人家问我哭么咯？我哭竹子无心肝。

这是失恋的男青年送分手的妹妹唱的。唱毕，朋友们欢呼起来，缠住蒋兄再唱。蒋兄一边回忆，一边继续唱道：

> 你看天上那朵云，又像雨来又像晴。
> 你看路上那个妹，又想哥来又怕人。

> 妹是天上那朵云，为何不替郎遮阴。
> 情妹眼里那汪水，为何不救口渴人。

> 相思树下画眉叫，等哥不到妹心焦。
> 眼泪如同下春雨，手巾抹烂好几条。

> 阳雀叫来春日忙，满山下蛋满山忙。
> 有心下来无心孵，有口无心莫哄郎。

> ……

朋友们饱览了夫夷江的自然风光，又听到了这里的山歌，像喝了本地醇醇的米酒一样，十分尽兴。他们看到夫夷江清澈的江水，激情难抑，也不顾秋江的清凉，纷纷跳到水里游泳去了，从而使这次漂流成为兴致最高的一次活动。

漂流归来，我想了很多。崀山也是出山歌的地方。崀山位于湖南的西南部，它的南边便是桂林，那是出刘三姐的地方，是广西山歌的故乡。而岚山的西北面，即是湘西，也是湘西民歌产生的地方。岚山历来便唱山歌，只是岚山旅游开发较晚，许多山歌没有被搜集整理出来罢了。

同其他地方一样，岚山的山歌也以情歌为主，表达男女青年相恋的经过和感受。山歌借用比兴的手法，缠绵悱恻，形象生动，将山野农民的爱情渲染得淋漓尽致，不失为优秀民歌。

因为大学毕业后，就到外地工作，回故乡的机会少，时间也短，所以我没有时间去搜集整理山歌。希望故乡的朋友们有时间去收集，为岚山的旅游，也为民族文化的继承和发展尽自己的力量。

瑶族的山歌

　　八峒瑶族居住在新宁麻林、黄金一带高山之中，历来就有唱山歌的习俗，他们唱的山歌被称为"瑶歌"。这些山歌，多从劳动中产生，反映一年四季的劳动生活、男女爱情、丧葬祭祀等。因为地处偏僻，受外界影响少，有些地方还保留着一些古老山歌，引起了有关专家的重视。著名作曲家白成仁在新宁瑶山抢救山歌的故事就颇耐人寻味。

　　白成仁，被誉为"湖南民歌之父"。他1932年出生于四川，1955年从鲁迅艺术学院毕业后分到湖南，一生搜集整理几千首湖南民歌，并创作了1000多首歌曲，其中《浏阳河》《挑担茶叶上北京》《洞庭鱼米乡》《小背篓》等传遍了大江南北，培养了何继光、宋祖英、张也、吴碧霞、湘女等一大批优秀民族歌手，是中国继王洛宾之后又一个"民歌王"。2011年12月在长沙逝世。

　　有一次，白成仁听说新宁花竹山一位身怀绝技的瑶族老人快要病死了，但还有几首歌没有人能记下来，他知道瑶族留下来的歌曲不多，便连夜从长沙坐火车赶到邵阳，然后转汽车到新宁，又走了80多里山路赶到老人病床边。对老人说明来意后，他得到老人的赞许。老人这时已经病重，说话唱歌都很困难，他就把耳朵贴到老人嘴边，老人用微弱的声音唱一句，他就记一句，坚持了半天，终于把几首民歌抢救整理出来。几天后，老人就去世了。后来，白成仁先生才知道，这是一首传唱了几百年的古瑶歌。

近些年来，八峒瑶族的文化引起了人们的重视，一些山歌也被陆续整理出来。瑶族群众就地取材，制作了竹鼓、竹梆、竹葫芦丝等民族特色乐器，整理出《瑶家乐》《迎宾歌》《采茶歌》等传统歌曲，进一步丰富了瑶乡山歌内容。

他们还成立秧歌队，经常深入临近的黄金瑶族乡大龙、金沙等村及崀山镇深冲、黄背等地采风，遍访瑶族长者，编撰完善了《瑶族歌谣选》，秧歌队还开始有组织地排练表演瑶族传统歌舞。2009年，麻林瑶族乡"八峒瑶山跳鼓堂"成功申报湖南省非物质文化遗产。2010年上海世博会上，以"八峒瑶山跳鼓堂"为题材的歌舞表演《溜溜歌》大放异彩，精彩的演出吸引了在场的国内外游客。

花瑶学艺

八峒瑶乡跳鼓堂

八峒瑶山是指新宁的麻林和黄金两个瑶族自治乡所在地和周边地区，这里位于新宁县的西部，与城步苗族自治县接壤。再往西南，就是广西壮族自治区的龙胜了。

这里位于一片高山台地上，境内山重水复，竹木葱茏，有着良好的生态环境，瑶族的先民们便在这里繁衍生息着。

明清时代，这里又称为"峒"。所谓"峒"，本意是指山洞，后引申为指石头较多的偏僻落后峡谷山区，也指少数民族聚居区。新宁旧时共有"八峒"，这"八峒"是指麻林、大绢、罗尧、圳源、黄崖、桃盆、深冲和黄背，为瑶族、苗族少数民族聚居区，中华人民共和国成立后主要划为麻林和黄金两个瑶族乡，部分划为崀山镇管辖。八峒瑶乡有瑶族居民 2 万多人，他们属于"过山瑶"的一支，有自己的语言，称为"峒话"，用于内部日常交流，也有自己的风土民情，与汉族迥异。

跳鼓堂俗称打鼓堂、庆盘王，又称盘王节，是新宁八峒瑶族的一种祭祀活动，最早可追溯到三国时期。

每年的农历十月十六日，相传是瑶族祖先盘王的生日，时值丰收季节，瑶族人民饮水思源，为纪念先人的艰苦奋斗精神，杀猪宰羊，举行隆重庆典。有三年一大庆、一年一小庆之习俗。小庆为 3 天，大庆为 7 天。

八峒瑶族跳鼓堂内容主要包括告报（设圣）；请水净坛；立五楼、四寨；朝幡、朝榜；打五猖；接姑娘；上刀山，下火海（穿犁头）；开天煞（传说谁要喝了开天煞的血酒百病不侵，心想事成，消灾除邪，延年益寿）；五祭盘王，庆五大王，跳鼓堂舞；游山打猎，走长风，唱谢情歌；打清醮，收五猖，扎三殃，纸船收瘟，做辞送；古堂会（在空旷的古堂地燃起熊熊柴火，人们围着火堆尽情歌舞，演示瑶族人民驱魔赶兽、开山辟地、顽强生存的雄风）等。它是集歌、舞、乐、傩及祭祀仪式于一体的综合性艺术，是新宁瑶族传统文化的集中体现。

有关专家们认为，"跳鼓堂"源起于瑶族祭祀祖先的"庆盘王"活动，之后复合了古夜郎国的竹崇拜文化层和汉民族的盘古信仰文化层，具有深厚的传统文化内涵，对研究原始文化、瑶族文化、古夜郎国文化有极高的学术价值，也是研究民族文化复合的极好材料。同时"跳鼓堂"中的民族精神、优秀道德规范和民族民间文艺是建设具有中国特色社会主义文化的重要资源。

2009 年，"八峒瑶山跳鼓堂"已成功申报为湖南省非物质文化遗产。

乡村的谜语

春节回乡，我无意中与乡亲们聊起乡村的谜语，觉得十分有趣。这是乡里人从生活中提炼出来的，形象生动，甚至很有诗意，虽然难登大雅之堂，但也是好的民间文学作品，只是没人整理罢了。这里记录几则，与朋友们分享。

其一：

远看蜘蛛网网，

近看棍棍棒棒，

二十四把铜壶筛酒，

中间弹琴吹唱。（打一农业生产工具）

这则谜语的谜底是筒车，水车的一种，是农村用来引水的工具，靠水的推动旋转，将水引到高处，不需任何能源、人力，是乡村的一道风景。至今在湘西南地区尚有许多。

其二：

远看观音坐莲，

近看猴子打拳，

身上没有一根纱，

手中还拿四两棉。（打一日常生活动作）

这是农村妇女洗澡的镜头，是在生产劳动中，男人即兴创作出来，与妇女调侃的，显得形象而不失风雅。

其三：

八弟兄，抬只鼓。

文的文，武的武。（打一水中动物）

这则谜底是螃蟹。螃蟹共八条腿，拱着它圆形的身躯，像抬只鼓一样。而螃蟹又是横着行走的，一会朝东，一会朝西，所以说"文的文，武的武"，十分贴切。

其四：

两兄弟，隔墙壁，

呼噜呼噜煮粥吃。（打一人体器官）

这则谜底是鼻子。两个鼻孔像两兄弟一样紧靠着，他们呼吸时会发出"呼噜呼噜"的声响，像煮粥一样。这是嘲笑小孩子的，因为孩子常流鼻涕，鼻子经常呼呼作响。

其五：

年轻青东东，

中年半节红彤彤，

老来穿叉裤，

露出黑东东。（打一食用植物果实）

这则谜底是花椒。花椒嫩的时候是青色的，慢慢变红色，成熟时开叉，露出黑色的籽来。

其六：

高鹞子，五支须，骑将军，团团围困穆桂英，杀进古城。（打一卫生工具）

这则谜底是扫帚。那种高粱竿做的扫帚，一般分五支，削好，然后用竹篾将它们一圈一圈捆起来，所以叫"团团围困"，最后要在中间插一根削尖的木棍，才好用，所以叫"杀进古城"。几句话，简要描述了扫帚的制作过程，而以将军战古城为内容，想象丰富，妙趣横生。说明制作谜面的人也是懂得历史文化的，从中也能看出老百姓的聪明智慧。

其七：

长竹篙，赶白鸟，

赶着赶着进洞了。（打一日常生活动作）

这则谜底是吃饭。用长长的筷子，刨着白米饭，送进嘴里，很形象。

其八：

远看有座庙，近看有个灶。

灶上有个人，手里拿张票。（打一日常生活动作）

这个谜底是蹲茅房。凡是在乡村生活过的人都能领会，真是妙在其中。

乡村还有许多谜语，几乎每一样事物，都可编成谜语。可惜现在的年轻人大都不知道了，因为他们少小离家求学，很少接触这些。要是有心人有时间收集整理，倒不失为民间文学精粹。

朋友们，有兴趣吗？

宛家岔惜字塔

乡间的字谜

我们小的时候经常跟着大人们参加劳动，在劳作休息的时候，大人们会出一些谜语，让孩子们猜。这些谜语，大都来源于生活，就是我们身边的事物，一旦猜出来之后，觉得谜面出得真好，简直妙不可言。尤其是好些字谜，形象、贴切、生动、奇妙，给人留下深刻的印象。

有位大爷出了这样一则字谜：

土地下面一丘田，一共种了十八年。

有个驼子来看水，踢一脚，打一拳。

我们猜呀猜，就是猜不出来。

最后，老大爷用棍子在地上写出来，原来是个"戴"字。

这则字谜的精彩在于下半部分："有个驼子来看水"，代表一弯钩。驼子是弓着腰的，表示弯；看水人是扛着锄头的，表示钩。既反映农村的劳动生活，也将字的笔画简单传神地勾勒出来。而"踢一脚，打一拳"，分别代表一撇、一点，用农民的生产动作来描绘，曲尽其妙。

有位伯伯出了一则字谜：

两边木坨坨，中间喜鹊窝。

大人张开胯，手在胯下摸。

我们想呀想，最后猜出来了，原来是个攀登的"攀"字。这字谜既贴切生动，又风趣幽默。

有位叔叔出了这样一则字谜：

一点一横长，一撇朝东方。

肚子生得丑，嘴长屁股上。

一开始，我们猜不着，叔叔提示我们：是一个姓氏，我们生产队就有。很快，我们猜出来了，是"唐"。这谜语看起来有点粗俗，然而却十分形象。

那时候有驻村干部，一般也参加生产劳动。看我们热闹，也出了一则字谜，五句话，每句话打一个字，可以连成一句话：

两木（目）共一心，

火烧东门城，

正午冲上顶，

月从土旁升，

了字加一横。

有几个字简单，好猜。只有第二个字"火烧东门城"把我们难住了，怎么也想不出来。最后，驻村干部提示：这是一个繁体字。于是有人猜到，是个"爛"字，五个字连成一句话是"想爛牛肚子"。虽然猜出来了，但谜底带有嘲笑人的成分，把大家逗乐了。

还记得读中学时，有个老师给我们出过一则字谜：

一点一横长，一撇朝东方。两边丝绕绕，中间一言堂。下面一匹马，左也长，右也长，心字底，月字旁，磨快大刀杀霸王。

这是一个很生僻的字，老师说叫"biang"字，《新华字典》没有，《现代汉语词典》没有，据说《康熙字典》也没有。我们怀疑是老师编造的。前些年到了西安，我看到一种面的名称，叫"biangbiang 𰻝𰻝面"，看到那个字，好生熟悉，原来同老师讲过字谜的那个字十分相似，它的写法是这样的：

一点飞上天，黄河两道弯。八字大张口，言字朝里走。左一扭，又一扭。你也长，我也长，中间夹个马大王。心字底，月字旁，弯个钩钩挂麻糖，坐上车车逛咸阳。

这种面是陕西关中特色风味面食，是传统的陕西裤带面，因为制作过程中有"biang、biang"的声音而得名。看来老师所讲字谜不是虚构的，是有来头的。也许就出自西安的那种面的名称，至于后面有了一定的变化，则是传播过程中的变异了。

总之，中国的字十分复杂，但只要弄清楚它的来龙去脉，是很有意思的。

打草鞋

生成一双大赤脚，山里田里把土壤。

漂江过海何所惧？草鞋作船我是篙。

这是故乡的一首山歌，是脚穿草鞋的农民伯伯唱的，唱的是实实在在的乡村生活。草鞋是农民生产、生活中不可或缺的东西。

草鞋，顾名思义，就是稻草加工成的鞋子，不过这稻草可不是一般的稻草，是那种杆高细长的糯米稻草。

在故乡，做草鞋俗称"打草鞋"。打草鞋先要搓绳子，用搓的绳子做草鞋的"骨"，再用稻草在骨架上编织。

搓绳子的草是一种叫"龙草"的，也叫"龙须草"，这是生长在高山石壁上的一种草，每根有一米多长，有打毛线衣的针那么粗，绿色，软硬适中，因为长长的有点像龙须，故名龙须草。

它们长在高山石壁上，常常一棵草有几十根上百根，所以上山割龙草时，往往割几棵就够用一年的了。龙草割下山后，要让它风干，下雨不能到户外干农活时，用手把它搓成绳子，再打草鞋。

穿草鞋是需要套绳子的，这绳子和套绳子的"耳子"一般是用麻绳，只有麻绳才那么结实耐用。所以还必须搓好麻绳。

打草鞋的稻草需要糯米草，也就是生产糯谷的稻草。糯米草比普通稻草长一些，也结实一些，这样打的草鞋才经久耐用。

打草鞋一般都有个模具，我们叫做"草鞋耙子"。它是杂木做的，前有一个弯钩，可以扣在板凳上。上边装有一排竹钉。打草鞋时，先将模具固定在板凳的一头，人坐在另一头，将搓好的绳子从耙子上扭过来，在腰后打结，使绳子绷直起来。然后用麻绳把它编织起来，做成鞋尖的模样。再将绳子排开，开始编织。因为稻草太干燥，有时需喷点水才行。这编织要将几根稻草搓软，搓成麻花状，再编织进去。这草还必须连接上，以免断裂。接稻草时，一般将草篼的一头插进鞋子底部，再搓软，编织进去。每编织那么一段，要将它们压紧，这样，鞋底才结实、耐磨。到了需要装"耳子"的地方，要将麻绳耳子装上去。根据人脚板的大小，鞋底长短差不多了，就开始收口，做成鞋底根部，再将绳子折回来，连在后跟的耳子上，就做成了鞋的后跟。这样，一只草鞋算基本完成了。这时，需用剪刀将稻草须剪掉，特别是在鞋子底部，很多稻草头露出来，要把它们一一剪整齐。那稻草头在鞋子底部，是最好的防滑材料。至此，一只草鞋全部完成，只需穿上绳子，就可以穿了。

这种草鞋的好处，一是轻便，稻草做成的，当然很轻，穿起来步履轻快，行走如飞。二是防滑，不论泥泞沙石，还是冰天雪地，穿上草鞋走路，绝不会滑倒，哪怕挑着一两百斤担子，也不会摔倒。三是节省，这是自己加工的，材料也是自己找的，除了花点工夫，基本上不要成本，虽然麻烦，大家还是乐意去做。

要说草鞋的缺点，就是不太耐穿，毕竟是草做的，远没有橡胶的耐用。一般只能穿两三个月，有些做重体力活儿的，只能穿一个月左右。还有就是新鞋子"打脚"，刚穿上去，会把脚磨破皮。穿久了，脚上长出一层厚厚的茧，就不怕了，反而觉得舒适。

这草鞋不仅是人们的日常必需品，也是一些活动的赠品。在故乡，每有老人去世，请来抬丧的脚夫，除了请他们吃饭喝酒外，不发工钱，每人就发一双草鞋，相当于脚夫钱。在农村，还有一种说法，就是农村有腰椎盘突出的人，只要抬几次丧，就会自然好了，比吃药还见效，所以农村人都乐于去抬丧。这其中，除了做好事之外，抬丧时，腰上所受的压力不均，对腰椎盘的复位应该能起到很好的作用，所以是有一定科学道理的。

事物是发展进步的，草鞋也一样，到了20世纪六七十年代，又出了一种皮草鞋。这种鞋子是橡胶的，就是用废旧车轮胎加工成的。加工的师傅就是皮匠，他们将车轮胎用很锋利的刀子划开，做成鞋底和耳子，再用橡胶带穿进耳子，就成一双鞋子了。这种皮草鞋有板车轮胎的，也有汽车轮胎的，规格不一，质量不同。记得有一次我们几个孩子没事聊天，就比较谁父亲的皮草鞋好。一个说他父亲的皮草鞋是拖拉机轮胎的，另一个说是汽车轮胎的，还有个说是飞机轮胎的，有一个急了，非说他父亲的皮草鞋是火车轮胎的，结果闹了大笑话。

后来，皮草鞋也有了进步，就是只用车轮胎做鞋底，市场上专门有一种橡胶的鞋带卖，在鞋底打几个孔，将鞋带安装进去，就成为新式皮草鞋了。其实，这已经算是凉鞋了，当然，式样比皮草鞋洋气得多。

记得我上大学时，哥哥就在皮匠店给我定做了一双这种皮草鞋，好像是三块五毛钱一双。我就穿着这种草鞋，挑着担子，晃悠悠走进了大学。

老民居

纺麻线

"妈妈在不停地纺麻线，日日夜夜把纺车摇……"偶尔听到了日本民歌《母亲之歌》，那朴实优美的歌词、婉转动听的旋律，一下子感染了我，使我回想起母亲纺麻线的情景来。

以前纺织工业没有现在这么发达，在故乡农村，好些东西需要妇女亲自动手纺织。纺麻线就是众多纺织中的一项。

纺麻线是从种麻开始的。

那时候农村都时兴种麻，种一种名叫"苎麻"的麻。每家都用那么几平方米到十几平方米的自留地，种上一块麻。那麻杆约有一米多高，叶子有巴掌大一块，正面是绿色的，风吹时，那叶片翻过来，是白色的。这麻是利用麻蔸栽种的，从人家麻园里挖一些多余的麻蔸，栽到自家地上，施好猪牛粪，那麻很快就发出苗，生长起来。约两三个月，就长到一人高了，可以采麻了。每年可以采三次，都是有季节的。母亲说："头麻不过端午水，二麻不过七月半，三麻不过重阳节。"意思是采麻要在这三个季节前，不能错过，因为这时候的麻成熟得最好。采早了，麻没有成熟，不结实。采迟了，麻会黏骨，也不便于刮麻抽丝，所以必须把握好季节。

采麻就是将麻全部砍下来，去掉叶，像捆柴一样全部扛回来，放到自家院子里，再用刮刀来刮麻。那刮刀是铁匠加工的一种专用工具，中间有一条槽。原来这麻杆是空心的，里面有一层骨，麻就是贴在骨上的一层皮，皮上面再有一皮薄薄的壳。所谓"刮麻"，就是将麻去了骨和皮上的一层壳，将麻丝抽出来。这刮麻看似复杂，但农村妇女用麻刀几下便能把麻剥出来，然后放到竹篙上像挂面一样晒干，以备下一个工序用。

接下来，有三种加工办法：一种是搓麻绳，一种是夹麻织蚊帐，一种是纺麻线。

搓麻绳主要用于加工做鞋子的线，纳鞋底、上鞋，必须用这种麻绳，比棉线和别的线结实得多。

搓麻绳全是手工活，就是把剥好的麻丝搓成细小的绳索。农家妇女的习惯，这麻绳必须放在大腿上搓，因而只能在春、夏、秋季进行。那时农村经常利用雨天或晚上开会，女人们就利用这个时间，搓麻绳、纳鞋底等，忙得不亦乐乎。搓麻绳就是把两股小麻丝放在大腿上，再用手板在上面搓，让它们交叉成一根小绳子。大概三米长一根，一会儿便能搓成一根。生产队长和驻村工作队员在台上讲得唾沫横飞，妇女们则专注于自己的活，在大腿上搓来搓去，那绳子在雪白的大腿上飞旋着。

"夹麻"就是把麻丝分成很细小的一根，将它们连接起来。那麻丝本是一米左右长一根的，妇女们找到两根丝的接头，用一只手的大拇指和食指，沾点水不停地搓揉，一下就连接上了，而且没有接头痕迹，真是神奇。

这麻接好后，要把它们放进一个专用的麻桶里，让它们在里面叠着，以免搞乱。那麻叠起来一层一层的，成网状，蓬松着，最怕搞乱。乡里有句俗话"鸡婆跳进麻桶里，理不清头绪"，就是这样来的。还有句成语"快刀斩乱麻"，我估计也是从实际生活中来的。一个桶满了后，要把它们绕成一个个"麻球"，然后又开展下一个工序。

织蚊帐就是将这种麻球背到有家庭老式织布机的地方，将它们织成一块一块带网状的蚊帐条幅，然后带回家进行漂染，再缝合成蚊帐。

纺麻线就是用手摇纺车将两个麻球的丝纺成一根根线。这种纺的麻线与手搓的麻线不同，它更细小些，主要用于纳袜垫、钉扣子、缝合蚊帐什么的，比买的棉线要结实得多。这种纺线更是神奇，要从麻球里面将丝头取出来，放到纺车上去纺。妇女们每摇那么三四圈，又要倒回来摇两圈，主要是让线均匀，不绞在一起。那纺车摇起来影子模糊，吱呀有声，很是好看。偶尔看到妇女们纺线，就像看到一场艺术表演一样，特别是孩子们，好奇心强，总是不肯离去。

上面几种办法加工出来的麻线和麻蚊帐还都是原色——黄色的，质地比较硬，不柔软，还要将它们染白才行。乡里的土办法是把稻草灰、桑叶等材料和麻线放在锅里一起煮，然后到河里去漂洗，用棒槌捶，再去河滩上晒。如此反复几次，那线就成雪白的了，而且软绵绵的，好用。

晒麻线可好看了，特别是把一幅一幅的麻蚊帐拉直，铺到长满绿草的河滩上，妇女们扎起衣袖和裤腿，在草地上铺撒着，孩子们帮忙拉着，然后在草地上翻跟斗，远远看去，简直就是一幅江南的风景民俗画。

这种麻加工的蚊帐最结实耐用，要是保管得好，可以用五十到一百年以上，是农村姑娘最好的嫁妆之一。

挖蕨粑

旧时代，因为粮食紧张，老百姓常常吃不饱饭。在故乡，于是出现了许多挖蕨人，甚至形成了一种挖蕨的职业。

蕨是一种高山野生植物，常生长于高山陡岭不长树木的地方。每年开春时，长出的新苗呈握拳状，这就是蕨菜。长大后，其枝叶成篷状，漫山遍野，把土地遮盖得严严的。其根部就是蕨根，比筷子略粗一点，表皮呈黑色，捣碎后，里面为白色的浆，沉淀后为蕨粉，也称蕨粑，是一种很好的粮食，可煎成粑粑，也可加工成粉条。可作为主粮的一种补充，特别是在灾荒岁月，养活了很多人。

故乡在湘西南的一个山区，其挖蕨的历史无从考证，应该是很久远了，因为历代有专门的挖蕨人在传承着。他们踏遍了那些高山野岭，知道哪里蕨多，怎么去挖掘，怎么花很少的时间挖出更多的蕨来。老百姓对他们很崇拜，称他们是命中带蕨的人。

我们那里挖蕨一般是在水潮源上面的大云山上一个叫白羊坪的地方。那里接近大云山的顶部，海拔有1800多米，因为山高风大，面北的地方一般不长树木，就长这种野生蕨。又因为人迹罕至，山中草木多而腐烂，土壤中腐殖质厚，十分肥沃，所以蕨根粗壮，含淀粉多，又便于挖掘。

挖蕨一般是在秋天、冬天，这时候蕨完全成熟了，淀粉最多，这时也正值农闲，农村的活干得差不多了，人们才有工夫去挖蕨。

经常从事挖蕨的人都知道，这挖蕨并不是一上山就能挖到的，第一年冬天就要做好准备。即头年冬天上山去，将山中的蕨的枝叶全部砍倒，让它们晒干，然后点一把火，将它们漫山遍野烧一遍。主要是让它们第二年重新生长，这种新蕨淀粉最多。而且，那火烧的草木灰是天然的肥料，可以让蕨长得更好，淀粉更多。第二年秋冬再去开挖，自然会有不错的收成。

挖蕨前还要进行砍山，用长长的"毛镰刀"，将蕨的茎叶全部砍倒，置于一旁，便于开挖。然后用锄头将土翻开，将里面的蕨根取出来。

蕨根挖出来后，把它们挑到溪边洗干净，然后找一块平一点的大石板，用一个大木锤将它们一一捣碎，再放到木桶中去冲洗，将蕨根的淀粉冲出来，让它们自然沉淀。经过几个小时的沉淀，下面一层白色的淀粉就是蕨粉了。再将它们取出来晒干或烘干，就是最好的蕨粉了。一般情况下，用于沉淀蕨粉的大木桶有三个，从上到下排成一排，中间用竹筒连接着，有水流下去。常常在第一个木桶中将淀粉冲洗出来，让它们沉淀一些；水流到第二个木桶，又沉淀一些；水流到第三个木桶，再沉淀一些。这样，第一个桶的淀粉粗些，叫粗粉；第二个桶的淀粉细些，叫细粉；第三个桶的淀粉最好，叫精粉。又因为每天挖掘冲洗，那粉每天沉淀一层，取出来时一层一层的，很好看。可以背下山去，根据粉的粗细换个好价钱，或者自家吃，缓解一段时间的粮荒。

这挖蕨是个苦力活，我们那里有句俗话说"穷得挖蕨粑了"，就是说，只有穷得没办法了，才去挖蕨。还有一句话叫"蕨粑好吃锤难打"，意思是那打锤的事是特别苦的。尤其是那挖蕨人，常常是饿着肚子去挖蕨的，其体力透支是可想而知的。

蕨粑虽然好吃，但经常吃皮肤会变得很黑。因为蕨是山中的植物，最刮油，会越吃越饿，越吃越多。吃多了，面部皮肤会越变越黑，所以我们那儿又有一句话，形容某人皮肤黑，"就像挖蕨粑的"，意思和现在挖煤炭的差不多。

1949年后挖蕨主要是在三年困难时期，当时粮食非常紧张，许多人家都揭不开锅，生产队便组织人马去挖蕨，再按蕨的重量折算成工分。据老人们说，挖蕨最厉害的人，每天能生产 20 多斤湿蕨粉，最差的只有三五斤。在那时多少能减少了部分人的饥饿，甚至可以说是挽救了不少人的生命。

现在不同了，这蕨成了都市人家桌上上等的佳肴，因为其生态、绿色，加上其保健作用、防癌功效，其价格已经很高，但销路一直很好，可以说供不应求。

老一代挖蕨人大都不在了，年轻人喜欢进城、外出打工，而不愿意上山去学挖蕨，看来这挖蕨的手艺将要失传了，我不知道该为这个惋惜还是庆幸，毕竟蕨是个好东西。

山间小溪石上流

过全州

过全州犹如西北的"走西口",不过"走西口"的主人公一般为男人,才有"哥哥走西口,妹妹泪花流"。"过全州"的一般为女性,大多为逃婚等跑过去的,没有山歌相伴,没有亲人相送,个中滋味,只有她们自己知道。

还在很小的时候,我常听到大人念叨:这孩子不听话,把他卖到全州去换糖吃。卖到一个陌生的地方去,当然不愿意,但想到那个地方有糖吃,也不至于很差吧。

后来又常听说某某女人又跑到全州去了,在那边找了一个好婆家,不用干苦活,有吃有喝的,于是我对全州有了更多的想法:到底是个什么地方呢?

渐渐地,我从大人们的口里知道:全州是个地名,是与故乡新宁相邻的一个县。历史上,它曾属于湖南管辖。明洪武年间,划归广西管辖了。因为属于不同省份,因而政策上有点不一样,两边常有一些物资贸易来往,也有故乡这边的妇女日子过不下去了,跑到那边去的,大都能过下去,只是在这边名声坏了,似乎永远也无法回来了。

上初中时,我们班有一个姓邓的同学,比我大一岁,与我同桌。人长得浓眉大眼,爱看小说,是有名的"小说迷",作文写得很好,立志长大当作家。他的母亲是跑到全州去的,他也去全州生活过几年,便给我讲了一些他母亲到全州后的情况。

他母亲是在他六岁时跑全州的，因为父亲性格暴戾，经常打骂她，她实在受不了，便跑到全州去了。全州是广西壮族聚居区，因为当年贫困等多种原因，很多男人找不到老婆。他们喜欢汉族女人，特别是湖南女人，因为湖南女人勤劳，会持家，把家里打点得井井有条，教出的儿女也聪明能干。

他母亲出走后，他父亲带着他翻山越岭，到了全州很多地方去寻找母亲。开始全州的百姓都不肯讲，后来他就哭，哭得让人心酸。好心人悄悄指点，他们终于找到了母亲所在的村庄。母亲其实已看到他们来了，躲在暗处，就是不肯出来。后来孩子哭得伤心，母亲也忍不住痛哭起来。婆家人看了于心不忍，便找了村干部做见证人，事先说好：让母子见面可以，要接母亲回去可不行。答应了，便约他们父子到家里见了一面。母子相见，自然是抱头痛哭，搞得围观的人也忍不住掉泪，唏嘘不已。

那家人还挺客气，杀了一只鸡招待他们。看见这儿子长得好，还答应以后孩子都可以去看母亲，可以去读书。

我的同学后来便经常奔走于新宁与全州之间，在母亲处读了几年小学，父亲又把他接回来读初中，恰好与我同班。

因为与这位同学交好，我也成了个"小说迷"。有一次，一位很关心我的老师把我叫进房间，对我说："你怎么和他玩呢？他母亲是跑全州的。"言下之意是，他母亲跑全州了，他从小缺少教养，近墨者黑啊。我倒不觉得，照玩不误。

初中毕业后，我进了高中，这个同学便又回全州去了，只听他们同村的同学说，他到全州后，高中没读完，按当地早婚的风俗，便在父母的操持下，与当地的一个壮族姑娘结婚了。后来有了孩子，过早地当起了父亲，作家梦也似乎烟消云散了。我苦读几年后考上了大学，就同这个同学失去了联系，再也没有见过面。

一般妇女过全州是有一定风险的，意味着背水一战，再回头是很难的。一方面，人一出走，给娘家带来的负面影响是很大的，可以说是把娘家的颜面丢尽。娘家会当即宣布，再没有这个女儿，从此断绝相思路一条。另一方面，到了全州，选老公最重要，遇到好人自然好说，要是遇到不好的人，则打落牙齿往肚里吞。新男人看管得特别紧，当地少数民族也很团结，一旦出走，则四邻八寨的人都出动来寻找，任你三头六臂，也插翅难飞。要是抓住了，暴打一顿不说，还会把人锁在家里，不让见天日，凄风苦雨终其一生。不过这种情况似乎很少，当地人大都淳朴善良，待人是很好的。

后来我有机会去了全州边界，当时已修建了新全公路，只是没完工，很不好走。其实从新宁到全州也就七十多公里，但要翻越南岭五岭之一的越城岭。我开车到了边界的一个叫炎井的地方，那里有一股天然温泉，温度很高，要掺冷水才能洗浴。只是因为公路尚未完全建好，前来泡温泉的不多，设施比较简陋。去全州的路相当艰险，弯弯曲曲，山重水复，遥想当年没通公路前，靠走小路，又是如何的难行。

我们当地一些老人年轻时"挑脚"，即当挑夫，大都到过全州。当年他们将湖南的土特产如药材、白蜡、土纸之类，挑到全州卖掉，再买一些红糖回来。广西产糖，所以糖比较多，即使是在20世纪六七十年代物资极其匮乏时期，在广西买糖也是不用糖票的。所以大人诳孩子卖到广西换糖即来源于此。

至于故乡的妇女嫁到全州的还是比较多，有这边过不好日子跑过去的，也有想过去图享清福的，还有被人贩子拐卖过去的，不一而论。她们每个人都有一段故事，只是这故事的酸甜苦辣写在她们心里，自己不说出来，别人永远无法知道。

那些接地气的事儿

现在有一句比较时髦的话，叫做"接地气"。这让我想起许多接地气的事儿来。

小时候，每到夏天，气温高，鸡蛋容易变坏，那时可没有冰箱，全靠自然保鲜。不过不要紧，农村人自有办法。记得奶奶把鸡蛋从篮子里取出来，放到房子角落的泥土地面上，一个一个放好，再在上面盖上东西。我问奶奶为什么要放在地上，奶奶说，主要是接地气，地上凉快，不容易坏。为什么要盖着呢？主要是防止老鼠偷吃。这是我最早听说的接地气。

在农村，每年秋天挖下红薯，除留下部分现吃的以外，大部分要放进地窖，窖藏起来。地窖里，气温相对均衡，保持湿润，红薯放在里面，不容易干燥，也不容易腐烂。待到第二年春天，再把它们取出来食用，同样新鲜。尤其是留做种子的，非要窖藏不可，这实际上也是一种接地气。

到了秋冬，地里的生姜成熟了，要挖出来，不然会在地里腐烂。挖出来多了，不好好保管，就会变干、失水，不好卖。这时候，老百姓有办法，就是在屋角落处放一堆干沙子，将生姜放进里面，用沙子掩起来，因为扯上地气，那生姜不会干，取出来像新鲜的一样。

食物是这样，花木也一样。

一些花卉树木移栽，必须带土才容易成活。特别是珍稀植物，必须带很多老土，再在周边培上新土，不然是很难成活的。

我曾经听到一个故事，一乡人移居美国，20 世纪 90 年代回乡探亲。返回时，亲人们给他准备了一些土特产品，他却什么都不要，提出要将家中老父养的兰花分出一盆，带回美国。怕兰花到美国之后水土不服，他特意用口袋包上一些家乡的泥土一起带回去。后来这兰花在美国生根开花，飘香海外。

植物需要接地气，动物也一样。

小时候我家里养鸭子，有时不小心，无意中会踩着小鸭子，鸭子就会在地上翻滚，挣扎着爬不起来，奄奄一息。遇到这种情况，大人们告诉我们一个法子：让受伤小鸭子躺在地上，不要动，用一个搪瓷盆子将受伤的鸭子罩住，然后用筷子在搪瓷盆子上面打鼓似的敲打着，发出"叮叮当当"的声音，据说这样便能将要断气的小鸭呼唤醒来。这么一弄，有些受伤较轻的小鸭真的活过来了，而受伤严重的则没有办法。

孩提时，我还见过顽皮的孩子爬上大树掏喜鹊窝，不小心从树上摔下来，晕死过去。我们见了害怕，便叫来大人。大人摸摸孩子的脉搏，在动，就告诉我们，不要紧，就让孩子躺在地面上，不要动，说"土"一会就会醒来。果然，一会儿，孩子就醒来了。

以前农村用电没有现在这么安全，有时候农民抽水，或者接线，不小心触电，常常被电晕死。有经验的人前来抢救，就将伤者身体移到木板上，最好是杉木板上，但手脚要靠在地上。因为伤者心脏受到严重摧残，必须离开地面，而手脚却要接触地面，也是为了接地气。不知道这个说法是否科学，但农村这个办法却救了好多人命。

我曾经看到一篇文章：一位年近花甲的老人，去台湾某陵园寻找并祭祀他那为抗战牺牲的父亲。他特意从故乡母亲坟上带来一包土，放在父亲墓碑后的坟堆上，以让父母在天堂团聚。这里，一包乡土，可以牵连起海峡两岸的灵魂在天堂里团聚，这可以说是接地气的最高境界了，让人感动落泪！

中国是这样，外国又怎样呢？

古希腊有一则神话：安泰是古希腊神话中的巨人和英雄，是海神波塞冬和地神盖娅的儿子。他的力量来源于大地母亲，只要身不离地，他就力量无穷，所向无敌。每当他与对手交战出现困难时，只要回到母亲——大地的怀抱，便重新获得无穷的力量，能够战胜敌人。后来，他的对手获悉了这一秘密，想办法诱使他离开大地，最终在空中将他扼死了。

看来，人类只要生活在地球上，就要接上地气。

所谓接地气，本意是指承接大地的气息，顺乎人理，接其自然。通俗一点讲，就是要亲近大地，让大地的气息来滋养我们，培育我们。

后来，接地气得到了引申，主要是指国家公职人员要接近普通老百姓的生活，与人民群众打成一片，想为老百姓所想，做为老百姓所做，全心全意为人民服务。否则，就接不上地气。

人们生活在地面上，就要遵循自然规律，为人处世都要接地气。如果高高在上，把自己架空到云雾中，那不仅接不到地气，终究会像鲜花一样枯萎，永远失去生命力。

高山田园

挑脚的与跑脚的

在故乡，旧时代因为地广人稀，交通闭塞，通讯不便，便产生了两种特殊的职业——挑脚的和跑脚的。

挑脚的是指肩挑背负、搬运东西的人，简称挑脚。跑脚的则是指传递邮件、跑腿送信的人，简称跑脚。

挑脚是一种体力活，其实是卖苦力。旧时代，新宁不通公路，只通水路，陆路运输全靠挑脚。这活儿一般人是不愿干的，一是挑不起那么重，二是吃不了那种苦。只有那种家庭特别困难，又没有其他特长赚钱的人，才肯干。也有那种急于找活、实在没有活路的，临时干干。又因为那时货物运输距离远，需要的人多，加之山高路远，怕土匪抢劫，因而往往形成一个群体，也就是货运大军。

新宁靠近广西的全州、资源两县，离桂林也不远。全州在旧时代是靠近湖南的一个重镇和物资集散地，一般的物资都从全州出入。从新宁县城到全州城走小路大约70公里，需要两天。

新宁这边出产桐油、草纸、黄豆、辣椒等土特产品，需要运出去卖钱，广西那边产食盐、蔗糖、咸鱼，全州、桂林还有特产豆豉等，都需要运进来，这就形成了一条运输链，源源不断，络绎不绝。

新宁去全州的路线主要有三条：

一条是县城金石镇—水头—独石岭—大云山—瓦呛水双江口—磨家山—全州。

第二条是飞仙桥—梅里—崀山石田—肖市—洗马坑—界牌—磨家山—全州。

两条线路都到全州境内的磨家山汇合，然后直达全州。

第三条是白沙云里倪家—跳石—李子山—雷劈岭—东安白牙市—全州。

第一条线路近一些，然而山路陡峭，全要翻山越岭。特别是那个叫瓦呛水的地方，是一座高山，上七里，下八里，曲折艰险，是最难走的。到了磨家山以后，就是一马平川，很好走了。第三条要经过李子山，该山多土匪，所以新宁有一句骂人的话："你是从李子山下来的呀！"意思说你是土匪呀。

还有一条新宁到桂林的路线：县城或飞仙桥—崀山—窑市—资源县的梅溪口—大埠渡（今资源县城）—黄茅岭—华江—司门前—桂林。这条线路需要走三天，其中到大埠渡和华江各住一晚。

挑脚人，不怕苦和累，就是怕土匪。沿途山高路远，渺无人烟，土匪时常出没。遇到土匪抢劫，货物全被抢走不说，有时还要挨打，甚至被绑架，俗称"吊羊"。每到险要地方，一般情况下，挑脚人先让一个胆大机智的小孩戴着斗笠，走在前面。遇到匪情，孩子就将斗笠取下，后面的挑脚人就停下不动，手持扁担，准备对付土匪。要是孩子不脱斗笠，说明平安无事，一行人则顺利过关。

那时土匪人数不多，多了会养不活。一般三五个，把脸涂黑，手持长枪，有些甚至是假枪，凶神恶煞，拦路打劫。一般情况下，只劫财，不伤人。他们先把挑脚的吓唬住，然后将人一个个捆绑到树上，将东西挑走。最后才把其中一个人的绳索解开，待到这人将所有人的绳索解开时，土匪已经走远了。

也有胃口大的土匪，得知有富商或其子女经过，就把他们绑架上山，索取巨额银两，这就叫"吊羊"。收到钱财，才肯放人。没有钱财，则会"撕票"。报告官府，官府也没有办法，天高皇帝远的，派兵来剿，人早不知跑到哪里去了。

挑脚的把货物送到全州或桂林，领取"脚钱"，即酬金，便住到新宁人办的客栈里。那时全州新宁人办的客栈多，最有名的是水头拱桥一个姓邓的老板办的客栈，生意十分兴隆。入住后，晚上联系返程的货源，第二天又走回头路了。有些累了的，第二天上街采买些物资，第三天才返回。有时，他们领了钱，不敢带在身上，怕土匪搜身，就把银圆包在豆豉中。豆豉是一斤一包的，叠成一堆，土匪也不会一包一包去翻，就能侥幸躲过。

挑脚的经常挑着上百斤担子来回奔走，锻炼出一身好力气，一脚好腿力，一般人是走不过他们的。乡里有句俗话说，练武的把式，跑不过挑脚的腿子，就是说的这个。当然，他们消耗的体力大，饭量也吓人，吃的又多又快。

再说跑脚的。这跑脚的就是邮差，跑着送信件的。一般每条邮路都有固定跑脚的。时间长了，上下都混熟了，不仅跑出了两条好腿，也练就了一张好嘴，口齿十分伶俐，能见人讲人话，见鬼讲鬼话。新宁最有名的跑脚的要数扬二爹。他本姓李，大名李昌扬，因在家中排行第二，人们都称他为扬二爹。他是清咸丰年间人，住在县城的大兴阁，家贫，以跑脚报信为职业。他生性正直善良，喜欢作打油诗，评议时政，其诗幽默诙谐，抑恶扬善，深受群众喜爱，流传甚广。如他的自嘲诗："角色原不错，住在大兴阁。天天有人请，（哎呀）跑脚。"还有他的即景诗："人说观音阁，风景蛮不错。挂在半山腰，夷水来洗脚。"其打油诗浅显易懂，生动风趣，念起来朗朗上口，至今在一些老人中流传。

母亲的土方子

　　我家兄弟姐妹多，共有 5 个。小时候，家住农村，生活条件差，难免闹各种病痛，好在母亲有各种土方子，包治各种小病，总算把我们拉扯成人。

　　小孩子最爱犯的病不外乎肚子痛、拉肚子和感冒发烧等。肚子疼一般有两种情况：一种情况是肚子长虫，一般定期吃一种叫"宝塔糖"的药就能打虫，然后把虫排出来。宝塔糖形似宝塔，香甜可口，在当时很少有糖吃的情况下算是难得的口福，所以有时我们肚里没虫也吵着要糖吃。

　　另一种肚子疼找不出什么病因，反正隔那么一段时间就会痛。每到痛时，母亲叫我们用桐油烫肚子，实际上是用洗干净的布鞋底，上面涂一层桐油，然后放在火上烤，烤热后放在肚皮上像熨斗一样熨烫着，反复几次，肚子就好了，只是肚皮上留下一股难闻的桐油味儿。

　　治拉肚子母亲用的是另两种方子：一是酸水治疗法。将老坛子里的酸水装一碗，另取一块老酸萝卜，然后连萝卜带酸水要我们灌下去，说来也怪，十之八九能奏效。而且酸水开胃，喝过后特别想吃东西。

　　还有一种办法是烧鸡蛋吃。摘一种我们叫"狗屎泡"的结乌黑色的刺莓的植物叶子，把生鸡蛋包裹几层，放在柴火堆里烧熟，冷却后吃下去，也有神奇的疗效。但烧鸡蛋时不能用大火、明火，否则鸡蛋会炸开，弄得到处是灰。

最难办的要算感冒。感冒时，头痛、咳嗽、发烧，有时讲胡话，好生厉害。因此，治疗的办法也复杂一些。母亲总结的办法是"一喝二泡三刮痧"。

"喝"就是采草药煨水喝。从地里或田坎上扯一些"蛤蟆精"、半边莲、麦冬、鱼腥草等草本植物，洗干净后用砂罐煨成茶水，味甘苦，清凉，是最好的降火消痰药，发烧和喉咙肿痛的话，多喝准好。要是咳嗽得厉害，则加点枇杷叶子。后来看到药店有什么枇杷止咳冲剂，才发现枇杷叶是止咳的，属于同一原理。

"泡"就是泡脚。母亲用生姜、小捆的葱和橘子树叶熬成一大锅汤，煮沸，然后倒进洗脚盆，让我们泡脚。这种水有一股特殊的香味，闻起来神清气爽。泡完后还要我们用姜擦脚板。轻微的感冒一泡就好。

刮痧其实是擦痧。母亲把少许白酒倒入碗中，再加点盐，然后用老姜蘸着酒和盐，在我们身上擦。从脖子开始，一路擦下来，擦完背又擦胸前，直擦得通体透红，浑身疼痛。但过一会，病情就会好些。我不知道这是什么原理，听母亲说，通过擦痧，将身上的寒气逼走，病自然就好了，似乎也有点道理。

前几年，我回邵阳的南山拍片，因受了高山的风寒，在山上就感冒发烧，畏寒畏冷，发烧时一天要汗透几床铺盖。可能是受寒太重，比任何感冒都严重些，吃了各种药，几天不见好转，喉咙肿痛得吃不下东西，咽水都困难。后来下了山，回到老家，我让母亲用土方子给我治一下。经过母亲的"一喝二泡三刮痧"，真怪，第二天便轻松了许多，第三天就基本痊愈了，接着就能赶回长沙。在车上，我一直在想：母亲的土方子还真灵！

三姨的绝活

　　三姨是母亲的堂姐。她身材高大，个性爽直，还有一手行医的绝活。

　　听母亲说，三姨的继母是我们县城有名的医生，在给小孩诊病方面很有几手。三姨自小耳濡目染，学到了些医术，治小孩疾病、烧烫伤、无名肿痛等，有特效。

　　三姨夫是中华人民共和国成立前的老中专生，在省城长沙工作，因为家庭成分不好，1949 年后，被下放到湘西吉首工作。三姨拖儿带女，也来到吉首。附近有人生病，没有钱去医治，三姨出于善意，经常用土方子为人治病，治好了一些人。慢慢地，周围的人都上门看病来了。

　　三姨侠肝义胆，替人治病从不要报酬。遇到十分困难的，还经常贴药费。久而久之，周边的人都传开了，送的匾牌锦旗之类的东西摆满了一屋子。也正因为此，附近群众都觉得她是个善良的好人，在多次运动中保护了她。

　　三姨没有上过正规的医疗学校，但从民间学到的几手还真是绝活。

　　一是治烫伤。什么烧伤烫伤经她一治，效果好得出奇。记得我孩子小时吃甜酒粑，一碗滚烫的甜酒因为烫，她母亲顺手把它放在沙发靠背上。孩子顽皮，坐在沙发上摇摆，一碗甜酒便从她脖子里灌进去，她立时号啕大哭。我赶紧骑摩托车，将孩子送到三姨处，沿途孩子仍大哭不止。

到了三姨家，三姨轻轻揭开孩子的衣服，只用她自制的药水涂了一遍，孩子便立即止住了哭声。以后换过几次药，便痊愈了，也没留下什么疤痕。

二是治炎症。她把自制的药贴在炎症的外部，透过皮肤便能将里面的炎症治好，真是神奇。

三是治无名肿痛。我看过她用的药，从一个老酒瓶里用大棉签蘸点药涂于患处，保证药到肿除，效果好得出奇。她告诉我，药的主要成分是桐油和蜈蚣。把多年的老蜈蚣放入老桐油里，让它在桐油里挣扎、搅动，最后化成了白雾状的东西，再加上别的药掺进去，便是最好的药了。她又说，现在的桐子摘得太早，榨出的油质量没以前好，效果会差些。

记得有一次我患重感冒，咳了一个多月，吃尽了各种咳特灵、止咳糖浆也不见好。到三姨家，她给我脖子按摩了一阵，慢慢就好了。她告诉我，这一招是从一个瞎子婆婆处学来的。以前她下放乡下时，隔壁住了一瞎子婆婆，无依无靠，很是可怜，三姨有时间便照料她。老婆婆很感动，收她为义女，并将自己的祖传医术传给了她。

山中野果

神奇的草药

在民间，有许多草药郎中。他们主要以采药、卖药为生，一般的病基本能治好，对一些疑难杂症也有一定疗效，甚至有特殊的效果。

我认识一位老大妈，她曾经是一位乡村教师。由于她在乡下的时间长，接触的老百姓多，加之为人谦和，爱好学习，学到了很多的草药知识，老百姓也乐于教她一些土方子，因而她所知甚多，成为一个乡村草医。

她谈及乡村的草药，娓娓道来，头头是道。尤其谈到的一种草药，简直神奇。

她说，那是她在县医院陪护病人时，一位老医生见她质朴善良、耐心细致，专门传授给她的。她已经用那个方子治好了上百例怀孕困难的妇女，屡试不爽，十分灵验。

其实那是一种很普通的草，长在田间地头，以前乡下扯猪草也看不上。扯那草七株，洗干净，放在锅子中用清水熬。煮开一阵后，把一个鸡蛋打通一个小眼，将蛋清流出来流进锅子里一起煮熟，冷却后，将蛋清和水一起当水喝，喝完后就好了。

这药最大的作用是保胎。一般人怀孕后感觉身体不适，或者习惯性流产，吃了就好。有一对夫妇，结婚十多年，怀孕多次，但女方习惯性流产，始终保胎不住。进医院治疗多次，民间方子也用了不少，就是不见效。两人为此准备离婚。刚好女方又怀上了，听说有这方子，主动找上门来。老人给他们找到药，吃后不再流产，终于生下一个胖小子，小两口和好如初，其乐融融。

还有一个妇女，20多岁结婚，怀孕多次，保不住胎儿。差不多到40岁了，再次怀孕。去医院治疗，医生说先打三个月保胎针再说。她听人说起，找到老人。老人给她配了药，只吃了两次，就好了，生下一个健康的孩子。

老人说，小小的一种野草，根本想不到这么有特效。为了给人治病，她在自家庭院中专门栽培了这种药，还有多种别的草药。人家找上门来，她都热心为他们找药、配方，耐心介绍使用办法，而从来不要任何报酬。她说，这是做好事，是积善，想到能给别人解除痛苦，心里就高兴。

以前在采访时，我还听到一个土方子。一个5岁孩子，因为肾炎住在医院很久了，病情严重，已经转为尿毒症，全身浮肿，面无人色。医院表示没有办法，劝孩子出院。这等于宣判了孩子的死刑。当时医院有一位右派老医生，人很善良。有一天，孩子的父亲问老医生到底还有什么办法没有，老医生沉思良久，然后小心翼翼地说，曾有一位国民党的老军医告诉他一个偏方，但他从未试过，说："你倒可以试试，但结果我不能保证，此事千万要保密。"

父亲终于把尚有一口气的孩子带回了家，按照老医生的方子试着采药、熬药，然后给孩子服下。没想到，竟有奇效，服用一段时间，孩子病情大为好转。最后彻底痊愈，长成一个近一米八的大汉。

其实药方也很简单，是栀子花树根、路边鸡、棕树根、草根之类，砍点猪肉末和水一起蒸，不放盐或放少许，煮熟后让孩子将肉和汤一起喝下，竟然有特效。

乡村中还有许多土方子，只是我们没有好好挖掘出来，要是挖掘整理出来，可以治好许多病痛，而且这些草药，价格很便宜，甚至也没有什么副作用，实在是好东西。

新宁几个地名的演变

金紫岭—金子岭

在新宁县城对面,有一座拔地擎天、高耸入云的大山,原名金紫岭,又名金城山。

金紫岭为南岭五岭山脉越城岭的一座高峰,海拔 1772 米,为道家六十八福地之一。因为它位于县城正东方,每天早晨,太阳从山顶喷薄而出,霞光万丈,有紫气东来之意,故称金紫岭。

但现在人们称呼此山,一般都称金子岭。主要是紫、子同音,老百姓习惯成自然,所以叫成了金子岭。另一个原因是,旧时新宁人到外面吹牛,说新宁是个好地方,"用钱有个金子岭,恰饭有个万(饭)子寨"。这里故意说成金子岭,让人认为是出产金子的地方。事实上,金子岭虽然不出金子,但蕴藏的矿藏特别丰富,有朝一日开发出来,倒是金山银山,取之不竭。

浮桥头—扶桥头

新宁县城隔江对面有一个村落,原名叫浮桥头,后来演变为扶桥头。

为什么叫浮桥头呢?旧时该村村民进城要过渡,渡口架着一座浮桥，经箭楼边入城。浮桥的一头，故名浮桥头。

太平天国起事，打到新宁。为防止太平军进城，当地守军把浮桥拆了。于是，人们只好靠摆渡过河。

浮桥没有了，因浮、扶基本同音，后来变成扶桥头。又因为该村位于扶夷江岸，后来变成扶夷村。近年乡村合并，扶夷村与上面的金子岭村合并，改为金夷村了。

不过，浮桥头的名字，至今还被老一辈人叫着。

狮象桥—丝线桥

在今万塘乡白马田村田垅中央有一座古风雨桥，原名狮象桥。因当地整个山势像一群狮子和大象，有"九狮二象拜田堂"之说，当地称为万象山与狮子岭，也简称狮象山。该桥架于山岭之中，故名。

该桥呈南北走向，小河自西向东穿桥而过。桥为瓦木结构，长 20 米，宽 5 米，桥面至桥顶高 6 米，共 10 排、3 亭。南、北两亭形状大小一致，均为飞檐斗拱，玲珑雅观；中亭高出两端亭台 1.5 米，顶部为三球状青石，高约 1 米。桥亭四角为腾龙昂首飞檐图案，有吞云吐雾之势。桥身两面围有竖木栏栅，设有供行人休息的长条木板。整座桥梁结构紧凑，三亭浑然一体，工艺精湛，令人赏心悦目。

该桥始建年代不详，现为清光绪二年（1876）由刘氏宗族捐资复修。最近一次修缮于 2000 年，目前保存十分完好。1988 年 9 月公布为县级文物保护单位。

现在到白马田去问当地百姓，一般叫"丝线桥"，而不知道它原来叫"狮象桥"。主要是两者音相近，老百姓不明就里，以讹传讹。

鹜集塘—木鸡塘

在新宁县白沙园艺场橘园附近有一座名人墓葬，系清末湘军名将、兵部尚书、两广总督、直隶总督、云贵总督刘长佑之墓。

墓葬所在地，原名鹜集塘。鹜集塘因一口约十几亩见方的池塘而得名。鹜的原意是鸭子，鸭子众多，趋之若鹜，聚集一塘，故名鹜集塘。该山塘位于几座山的包围中，东西北三面是山，东南方向有一个缺口，下面是成片农田，所以筑坝修建一口山塘，以便蓄水灌田。

刘长佑墓地在山塘的正上方。墓葬坐西北朝东南，卯山酉向，地势后高前低。后山叫龙头山，一条长长的山脉逶迤而来，到此歇伏下来，像是张开龙口吸水，前面视野十分开阔，正前就是鹜集塘。左右分别有马鞍山、鱼望岭紧紧环抱，为一方风水宝地。

但不知道从什么时候开始，鹜集塘变成了木鸡塘，原因则是当地老百姓不明白鹜集塘的意思，叫来叫去，就成了"木鸡塘"。

原名鹜集塘，有王勃《滕王阁序》中"落霞与孤鹜齐飞，秋水共长天一色"的意境。现在变成"木鸡塘"，让人啼笑皆非，有呆若木鸡之感。

故乡的小桥

乡土美食
Xiangtu Meishi

百里脐橙香

正是橙花开遍时，我们来到新宁崀山，不仅饱览了崀山"丹霞之魂"的美景，也领略了数万亩脐橙花竞相开放的壮观风光。

汽车一进入新宁，窗外，一股股浓郁的芳香袭来，使舟车劳顿、昏昏欲睡的我们精神为之一振。

这是什么花？太香了！

朋友告诉我们，这是崀山的脐橙花。新宁夫夷江沿岸种植脐橙 50 多万亩，这时，正是橙花盛开的季节，不是香飘十里，而是香飘百里！

"春日载阳，有鸣仓庚。"春日的骄阳把大地装扮得格外美丽，绿油油的脐橙叶在阳光下闪着亮光，洁白的脐橙花则在和风的吹拂中绽开了笑脸，芳香四溢。我们不论是爬上骆驼峰、丹霞峰顶，还是置身脐橙基地，每天沐浴在脐橙花海中，简直有点陶醉了。

在黄龙镇脐橙基地，我们看到了一番见所未见的场景。

一辆辆外地牌照的卡车缓缓地开进连片的脐橙树丛中。当地的老百姓正在帮忙从车上搬下一个个蜂箱，然后按次序摆放在车道边的脐橙树下。只见养蜂老板走近蜂箱，轻轻地打开蜂箱门，一群群蜜蜂很快飞出来，"嗡……嗡……"地叫唤着，飞入脐橙园中，迫不及待地采蜜去了。

当地老百姓告诉我们，每年的清明过后，崀山脐橙开花之际，陕西、山西、河南、河北、内蒙古一带的蜜蜂养殖户，专门租车将一箱箱蜜蜂带到崀山来采蜜。这些养殖户都是走南闯北的，哪里有好的花源，他们就奔向哪里。崀山因为生态环境好，脐橙花多，成为他们每年必到的地方。当地人对蜜蜂是很欢迎的，因为蜜蜂在采花过程中，会传授花粉，有利于脐橙的坐果。

据不完全统计，每年约有上百外地蜜蜂养殖户来到崀山，每户携带100～200箱蜜蜂。一个月花期，每箱可产蜜100～200公斤，产值近1000元，每个蜜蜂养殖户可收入十多二十万元。而本地的蜜蜂养殖户就更多了，达500多家。他们都是生活在附近的，屋前屋后就是脐橙园，蜜蜂采蜜更方便。据农业部门统计，每年新宁县仅脐橙花所产的蜂蜜，产量达100万千克，产值5000万元以上。

新宁属华中热带季风性湿润气候区，具有气候温和、光热充足、雨量充沛、无霜期长等特点，适宜种植脐橙的土地面积达4万公顷。新宁县是我国脐橙的发源地，现为全国四大脐橙出口基地县和国家柑橘产业带脐橙生产重点县之一。著名的赣南脐橙发源地江西信丰县，1971年才从新宁引进华盛顿脐橙146株，首批种植在信丰安西镇，带动了整个赣南脐橙产业的发展。

为了发动农民种植脐橙，脱贫致富，县里免费提供种苗、技术，村里帮助选择适合栽种的地块，农技人员上门指导。起步三年，政府每亩每年解决1200元的脐橙生产管理费用，直到第四年挂果为止。为了扶持缺少资金的贫困户，县里还给每一个贫困户资助5万元扶贫资金，并拿出专门的资金奖励销售大户，实施大户带动举措。

经过这些年的发展，全县脐橙种植面积已发展到50万亩，年产量达41万吨，年产值近20亿元。截至目前，已经带动全县近7万人口精准脱贫，40万人因此受益，受益人数占全县总人口的一半以上。

银杏下的故乡

对银杏树的认识，是在童年的生活中。

村头有一株古老的银杏，我们那里叫白果树，每到深秋，所有的树叶变黄，像一只只蝴蝶，翩翩飞落下来，轻轻拂过我们的脸颊，坠入已经积满树叶的地面。于是，满地一片金黄，绚烂着一个季节，把入冬的微凉也渲染得暖融融的。

与树叶同时落下来的，还有一颗颗圆形的果子，我们叫白果。那是一种可以入药的果实，晒干后剥开，里面的果仁可以炖鸡、熬药，也可以卖钱，是我们儿时最喜欢捡的果子。每到那时，生产队派人把果实打下来，收走。树巅上总有打不到的，风吹时会落下来。我们偶尔蹲守在树下，守株待兔般地等待着那一颗颗软软的果实，敲打着我们孤寂的童年，编织着儿时收获的喜悦。

那是一株上百年的老银杏，据老人说，这是一株母树，每年会结下数百斤果实。不远的山中，还有一株公树，是不结籽的，但会给母树授粉，让母树结下籽来。

还听说，故乡老地名叫白果坪。故居旁边原来是有至少几十株白果树的。"大跃进"时，为了大炼钢铁，其他的树都被砍伐了，付之一炬。独独留下这一株最大的，还是村里的老人躺在地上，求爹爹拜奶奶，死活不让砍，才留下来的。而山中的那一株公树，也正因为授粉的需要，才勉强活下来。

很快，最后一株白果树也被砍掉，成为新仓库的梁木。原来，我们生产队人多，每年收入越来越低，已经无法继续下去。村干部想了一个办法，就是把生产队一分为二。我们新生产队需要新修一个仓库，新队长看上白果树这片地方，于是决定砍伐白果树，修建仓库。

至此，最后一株白果树也消失了，留下一个孤零零的永远也装不满稻谷的仓库。

我很为白果树的消失而忧伤。

童年的失落转化成我对这种银杏树的疯狂的爱恋。从那以后，我不论走到哪里，只要听说有银杏，不管有多远，都要去看看，欣赏一番，算是对故乡银杏的最真挚的怀念。

2013 年，我到湘中的新化县挂职一段时间，听说该县大熊山有一株一千多年的古银杏，十分激动，选了一个好天气欣然前往。

大熊山是湘中最高峰，最高处九龙峰海拔 1662 米。整座大山由 40 余座海拔 1000 米以上的山峰组成宏大的山体，横亘湘中，连绵百里，蔚为壮观。

我们驱车从山下沿着蜿蜒的盘山公路攀爬，约行驶一个小时，到了大熊山古寺下，终于见到一株巨大的银杏。因为高山气候的变化，山谷中雾蒙蒙一片，我们走到近前，才看得清楚。古银杏长在山谷之中，树干粗壮，要六七人才能合抱。树冠庞大，挺立在云雾之中，居然一眼看不到顶。

据树上悬挂的标志牌显示，这株银杏树龄达 1600 多年，是湘中一带最大的银杏，素有"中华银杏王"之称。

大约在 2006 年左右，我来到桂林，慕名参观海洋银杏林。

该银杏林位于灵川县海洋乡境内，这是湘江的源头所在地之一。周围森林遍布，以银杏居多。据称，整个林区面积为 4 平方千米，有银杏树 100 万株，一簇簇，一排排，一片片，植于秀丽的田园间或村庄房舍旁。树龄一般为 30 ~ 50 年，林冠平均高度为 13 米。其中有 50 多万株年代久远的银杏树，最大的一株"白果王"高达 30 米，树干需 6 人合抱。百年以上的银杏则达 1.7 万多株。

这是海洋的银杏，也可称为银杏的海洋。

我们去时，正值深秋，微风轻拂，落叶缤纷，树上的、树下的，一片片落叶就像一片片黄金，和着林下拾叶子的老人或孩童，构成一幅幅别有意境的秋意图。

据介绍，像这样成片成林的银杏林景区全国罕见，广西更是绝无仅有。金黄的世界里，延续着童话般的梦想，那便是深秋的海洋秋语。

2015 年，我出差去湘西南武冈市，在武冈文庙大门口，发现了一株十分奇特的银杏。

该树的主干已经不见，旁边的枝干有些已经折断，裸露出业已死亡的朽木。从它们的根部，再生出一些枝桠，依然存活着，显得生机勃勃。有老人告诉我：据考证，这是西晋时期陶侃亲手所植的银杏。

陶侃（259—334），西晋名臣，是陶渊明的曾祖父，曾任武冈县令。他在任时，选定在这里修建学宫，并在学宫内种植了两株银杏。两株银杏树龄已达 1700 多年。1965 年 7 月，西向的一株在狂风暴雨中被雷击倒而死亡。东向这一株也在 1979 年 4 月遭遇不测，被大风吹折。所幸的是，该树的生命力极强，劫后余生，留下一枝，至今成活着。树干古曲遒劲，树叶苍翠，每年都挂着果实。

2016 年春天，我来到苏州，参观苏州文庙。

苏州文庙府学是北宋名臣范仲淹于景佑二年（1035）创建的，迄今已有 980 多年历史。范仲淹出任苏州知州的次年，在南园遗址上，设学立庙，实行庙学合一。他聘请当时著名教育家胡瑗为教授，因为办学有方，一时名闻天下，成为各地州、县学效仿的楷模。现文庙成为全国重点文物保护单位。

更为神奇的是，文庙里栽植着几株大银杏，有寿杏、福杏、连理杏、三元杏，每一株银杏都有不平凡的经历。而且，这些银杏有一个共同的特点，那就是都栽在砖石围砌的坛里，称为杏坛。

提起杏坛，就要追溯到孔子杏坛讲学的故事。

公元前 522 年，孔子三十而立，开始创办平民教育，收徒讲学。他的教育思想是一种民本思想：不分贫富，不分贵贱，不分老少，不分国籍，兼收并蓄。

这一天，孔家小院热闹非常，孔子带领一群青少年垒土筑坛，并移来一棵小银杏树栽在坛中。孔子抚摸着银杏树说："银杏多果，象征着弟子满天下；树干挺拔直立，绝不旁逸斜出，象征弟子们正直的品格；果仁既可食用，又可入药治病，象征弟子们学成后可以有利于社稷民生。此讲坛就取名杏坛吧！"此后，孔子每日杏坛讲学，四方弟子云集，共收弟子三千，授六艺之学。

宋天圣二年（1024），孔子四十五代孙孔道辅监修孔庙时，在正殿旧址"除地为坛，环植以杏，名曰杏坛"。于是，"杏坛"正式成为教育圣地的代名词，成为孔子教育光辉的象征。

我曾经来到湘潭的隐山，拜访两株枝干粗大的古老银杏。相传为宋理学大师周敦颐老先生亲手所栽，也有人说是湖湘学派的开创者胡安国所栽。树下有古碑，见证着古老与神奇。

我曾经慕名来到湖南永州双牌县的桐子坳村。该村素有"中国银杏第一村"的美称，景区古银杏观光区共有银杏树1000多株，百年以上树龄的有200多株，被誉为中国秋天最美的村庄之一。

我还多次来到长沙岳麓书院，拜访书院的古银杏……

这些银杏大多生长于名山大川，自然环境得天独厚，地域偏僻不为人知，因而历经千年甚至数千年，得以保留下来。

这些银杏也大多长于学宫佛院，为名人亲手栽植，受到后辈子孙的敬仰、爱戴与精心呵护，所以有幸存活下来。

银杏是一种长寿树，自古就有"千年银杏"之说。据有关资料介绍，银杏最早出现于3.45亿年前的石炭纪。曾广泛分布于北半球的欧、亚、美洲，中生代侏罗纪银杏曾广泛分布于北半球，白垩纪晚期开始衰退。至50万年前，发生了第四纪冰川运动，地球突然变冷，绝大多数银杏类植物濒于绝种，在欧洲、北美和亚洲绝大部分地区灭绝，只有中国自然条件优越，才奇迹般地保存下来。所以，银杏被科学家称为"活化石""植物界的熊猫"。

它们树干通直，叶似蝴蝶，春夏翠绿，深秋金黄，具有极强的观赏价值，是一种美丽吉祥的树。

它们雌雄分株，传花授粉，结下累累果实，是一种爱情树。

它们与名人结缘，留下许多生动而神奇的传说，是一种文化树。

它们全身都是宝，是一种用途十分广泛的奉献树……

我常常做梦，又回到故乡，又来到故乡的银杏树下。银杏叶金黄金黄，翩翩飘落，地面铺上一层金色的地毯，无边无际。我躺在金色的树叶上，像枕在母亲的怀抱中，呼吸平和了，心里宁静了，神态安逸了，人也精神了。

这就是我的故乡，银杏下的故乡……

崀山仙草

我在湖南师范大学读书时的一位老师，应邀参加新宁一中78届学生毕业35周年联谊会，会后，有学生送他一包土特产品——铁皮石斛。因为是新鲜的，回长沙后，老师顺手把它放在阳台上，想把它慢慢晾干。没想到，一个月左右，那铁皮石斛中的一根竟然开出鲜艳的花来。那花像兰花，色泽鲜艳，素雅高洁，有点凌波仙子的范儿。老师一家极为震惊，打电话告诉我说：这铁皮石斛太神奇了，生命力如此之强，难怪人们称其为"崀山仙草"。

铁皮石斛，为兰科多年附生草本植物，主要生长于大山悬崖峭壁背阴处的石壁上，因其表皮为铁绿色而得名。铁皮石斛具有独特的药用价值，1200多年前，唐代道家医学经典著作《道藏》将它列为"中华九大仙草"之首，其他8种依次为天山雪莲、三两重人参、百二十年首乌、花甲之茯苓、玉之苁蓉、深山灵芝、海底珍珠、冬虫夏草。野生铁皮石斛因发芽率极低、幼苗生长缓慢，加之采挖过度，目前已属濒危物种，面临灭绝。

我国的铁皮石斛主要分布在南方的浙江、湖南、广东、广西、四川、云南、贵州等地。湖南是铁皮石斛的原产地之一。《本草纲目》记载："耒阳龙石山多石斛。"新宁崀山的高山峻岭上，自古以来，就生长着这种铁皮石斛，当地老百姓称其为"吊兰"。这种野生铁皮石斛生长在崀山的悬崖石壁或深山古树上，属宽叶型正宗铁皮石斛，茎呈铁绿色，短而粗壮，质重，气微，嚼之有黏性，味甘，少渣。经中国科学院植物研究所证实，崀山铁皮石斛是全国少有质量很好的品种。自清代以来，就有江苏、浙江的药商常年来新宁崀山收购铁皮石斛，致使新宁衍生出一种绝壁上采挖"吊兰"的产业，并经久不衰。

铁皮石斛主要含有石斛多糖、石斛碱、氨基酸、菲类和联苄类化合物、微量元素等有效成分。现代药理研究证实，铁皮石斛对提高人体免疫力、抗衰老、降三高（高血脂、高血糖、高血压）、康复糖尿病及其并发症、抑制肿瘤及其放化疗调理康复等方面都有显著功效。

铁皮石斛生态环境独特，常年受天地之灵气，吸日月之精华，作为养生极品，自古以来深受皇宫贵族的青睐，因而价格不菲。在国际市场上，铁皮石斛被加工成一种叫"龙头凤尾"的中药，每千克售价 3000 美元以上，可以说是世界上最昂贵的草。

铁皮石斛因其稀有和濒危，被称为"药界大熊猫"，它的人工栽培技术攻关，被称为药学上的"哥德巴赫猜想"。从 20 世纪 80 年代，我国就开始进行人工栽培的研究。新宁是铁皮石斛的原产地，也是兰科石斛属植物自然分布较多的地区，特有的地理、气候、水文条件及森林效应，形成了特殊的生态条件，为石斛属植物创造了理想的生态环境。

从 2008 年 4 月开始，"十一五"国家科技支撑计划项目、重要兰科植物的繁育技术示范专题项目组与新宁县林业局密切合作，在中国科学院植物研究所罗毅波研究员的指导下，由新宁县林业科技推广站牵头，历经三年的科学研究攻关，总结出一套非常适合广大农村，特别是山区林农的铁皮石斛森林立体原生态栽培实用技术。该技术在 2011 年通过了湖南省科技厅组织、省林业厅主持的科技成果鉴定，鉴定结论评价该技术达到国内领先水平。

目前，在科研部门的扶持下，铁皮石斛已在崀山人工种植成功，"崀山仙草"将变身"植物黄金"，源源不断走出深山，进入寻常百姓家。

走进野生茶的自然王国

2020 年 5 月下旬的一个周末，在新宁舜帝茶业有限公司董事长唐爱民先生的邀请下，我专程登上故乡的舜皇山，走进野生茶的自然王国，探访野生茶的生长秘密。

舜皇山位于新宁县东南部的越城岭上，与湖南永州的东安县、广西的全州县交界。原名舜皇山林场，2009 年，已晋升为国家级自然保护区。总面积 21719.8 公顷，其中核心区 9073.4 公顷。境内最高海拔 1990 米，最低海拔 525 米。峰峦挺拔，溪沟纵横，森林覆盖率达 95% 以上，是生物资源和遗传基因资源的天然宝库。

舜皇山因舜帝南巡，在此狩猎而得名。舜帝又名虞舜，是中华始祖五帝之一。相传舜帝曾三次驾临此山，教当地老百姓采茶种茶、狩猎耕耘，并在此为崀山赐名——山之良者，崀也。崀山之名，便由此而来。后人为了纪念他，称这座山为"舜皇山"。它也是全国唯一用"三皇五帝"名号命名的名山大川。

2015 年，侨居美国的唐爱民先生发现，在美国，有机茶正在以一种从未有过的速度，成为美国 21 世纪最健康的饮料。恰好此时，湖南省委、省政府发出了"迎老乡、回故乡、建家乡"的号召，他毅然回到家乡的舜皇山中，投资成立了新宁县舜帝茶业有限公司。他依托舜皇山国家级自然保护区野生茶资源优势，确立了"名山有名茶"的发展目标，专注舜皇山野生茶的保护、利用，以及舜文化的传播和生态旅游的开发。

这天上午，我们驱车沿着蜿蜒的山路盘旋而上，很快爬上了舜皇山。汽车翻上山腰，唐总要我们下车，带领我们走上了一条原生态的古道——湘桂古道。

这是以前新宁到广西炎井、全州的古道。路面基本上是当地花岗石铺设的老石板路，因为年深日久，少人行走，路面上长满青苔，绿油油的，让人有点不忍下脚，有一种怕滑的感觉。不过当时天气晴朗，路面干燥，一踏上去，不仅不滑，反而感觉十分柔软、舒适，我们放心地行走起来。

这是莽莽森林中的一条山路。舜皇山层层叠叠，山重水复，里面长满绿色的古树与翠竹。这些竹木密密麻麻，郁郁葱葱，使整个森林弥漫着一股大山的生气，有一种说不出来的清新味道。人走在其中，只觉得大自然的博大和个人的渺小，从而对大山产生一种十分敬畏的心理。

古道被古树与翠竹掩映着，人在里面行走，几乎看不见一片纯净的天空。火热的太阳也照不进来，里面凉风习习，溪流潺潺，不时有鸟鸣山涧，使山林更显幽静，给人的感觉十分恬静、清爽。

最为神奇的是，古道两边生长着很多野生茶树。这些茶树，完全是原生态的，没有任何人去种植栽培，它们就在原始森林中自然生长着，没经过任何修剪，完全是恣意生长。远看过去，一蓬一蓬的；近看，则是一棵一棵的，但发出许多的枝叶。这些枝叶，簇拥着主干，顽强地向上生长着。

因为没人管理，它们中的老叶子呈墨绿色，像打了蜡一样，在阳光下油光发亮。有些叶子还有虫眼，一定是被大山中的虫子吃过的。很多茶叶树上还有蜘蛛网，有蜘蛛在网上歇息着。虽然看上去不是很洁净，但是十足的原生态。

古茶树上发出细嫩的芽，就像小鸟张开嘴，露出舌尖一样。这就是上等的茶叶了。走得渴了，唐总教我们摘几片嫩茶叶塞进口中，慢慢咀嚼。我们尝试着，开始有点苦涩；一会儿，感觉有点甜；再过一会，一股甘甜盈满唇间，就像喝了浓浓的绿茶一样，满口生津，甘甜持久，回味悠长。

在古老的森林中咀嚼新鲜茶叶，这是我们从未有过的品茶经历。但对当地老百姓来说，这是家常便饭。唐总告诉我们，品茶最高的境界，便是回归原始。当地老百姓在山中干活，口渴了，就嚼一把嫩茶叶，既十分解渴，也相当韵味和享受。

舜皇山素有"千年云雾茶谷"之称，山中有近 10 万亩野生茶林。其中具有开发价值的野生茶有 2 万亩，均为原生植物，树高 2～5 米，树龄可达数百年，年代之古老、品质之优良、数量之巨大，堪称自然界之奇迹。据权威茶学专家实地考证，舜皇山拥有中国乃至世界面积最大的野生茶林，已有四千多年的栽种历史，比云南腾冲的野生茶园面积更大、年代更久远。

说起舜皇山野生茶，唐总告诉我们：4000 多年前，相传舜帝南巡，来到舜皇山上。此时，山中正在发生一场大的瘟疫，山民们束手无策，相继倒下。舜帝一来，便教大家采茶、熬茶、喝茶。很快，山民们不治而愈。山民们为了感谢舜帝，也感激这种救命的植物，就把茶籽洒遍山中，于是，舜皇山上遍地长满茶叶。现在，当地人把舜帝教民制茶的地方叫"高茶园"；把舜帝教民采茶的地方分别叫"大茶山""小茶山"；把舜皇山近 10 万亩野茶称为"帝子茶"。在舜帝祭天的地方，保留有"舜皇宫古遗址"。

舜皇山茶叶还与唐代"茶圣"陆羽、"草圣"怀素有重大关联。

怀素（737—799），湖南永州人，唐代著名书法家，草书大家，人称"草圣"。唐贞元三年（787），怀素与陆羽相识并结为好友。陆羽为之写下了《僧怀素传》，这是至今研究怀素的第一手资料。而怀素写的《苦笋帖》中，仅有"苦笋及茗异常佳，乃可径来，怀素白"几个字。该帖现收藏于上海博物馆，是可考的最早与茶有关的佛门书法。翻译成白话文的意思是："（舜皇山）苦笋和茗茶两种东西非常好，请直接送来吧，怀素敬上。"

事实上，怀素常年居住的永州，就位于舜皇山的东部。怀素帖中提到的苦笋与茗茶，就是舜皇山的两大特产。舜皇山茶叶经怀素与陆羽的推介，唐代即已非常有名。

陆羽在《茶经》中说明：茶叶"上者生烂石，中者生栎壤，下者生黄土"；"野者上，园者次"；"阳崖阴林紫者上，绿者次"。翻译成白话文的意思是：上等茶叶生于乱石丛中，中等茶叶生于栎树下的土壤中，下等茶叶生于黄土中。凡茶叶，自然野生的，为最好；其次才是园中种植的。那种生长在悬崖绝壁受阳光照射，或在树荫中生长，嫩叶呈紫色的，为最好；其次才是绿色的。这是对当时好茶叶的最佳诠释，而舜皇山的野生茶叶，则是这类好茶的典型代表。

我们漫步在湘桂古道上，看到一座"老山界"的大碑，颇感震惊。经问询才知道，湘桂古道还曾留下红军长征队伍的足迹。

1934 年 12 月，湘江战役后，红军主力从广西全州进入舜皇山老山界，这里云雾缭绕，群峰耸峙，树木葱茏，遮天蔽日，敌机无法继续追踪和轰炸，让疲劳不堪的红军有了难得的休整机会，而沿古道绵延近 30 里的野生茶，更是红军消炎御寒、醒脑驱疲的神叶。

我曾经读过陆定一的《老山界》一文，一直以为在越城岭一带，没想到就在这里。

舜皇山野生茶主要分布在海拔 600～1700 米区域，这里常年云雾缭绕，雨量充沛，日照偏低。在此环境下生长的野生茶，原料中积累的茶多酚物质含量适中，氨基酸、黄酮类、糖类及芳香油类物质相对要高，对人体有利的锰、锌、硒等微量元素十分丰富。因为海拔较高，每年开采时间比平地茶园晚 20 多天。

舜皇山野生茶的采摘，必选在上好的晴天，及时加工，经摊青、杀青、萎凋、揉捻、发酵、干燥、提香等工序精心制作，因而具有外形条索紧细、色泽乌黑油润、有金毫，内质香气兰雅蜜柔浓郁、滋味醇厚甜爽、汤色红亮等独特的品质特征。

舜皇山发现的大片野生茶园吸引了各路茶学专家的关注，湖南省农科院副院长童雄才、湖南农业大学教授徐仲溪、湖南省茶叶研究所所长张曙光等茶叶专家，都先后跋山涉水、披荆斩棘深入到云雾缭绕的舜皇山中，对野生茶的研究开发进行指导。

舜皇山野生茶的开发也吸引了很多文化名人。著名画家、湖南省美术家协会原主席黄铁山深入舜皇山腹地写生，创作了《舜皇山上野茶香》等水彩画作品。

2016 年，湖南师范大学博士生导师、著名茶文化专家蔡镇楚教授将舜皇山野茶命名为"帝子灵芽"，一是表明舜皇山野茶与舜帝有关；二是舜皇山野茶"不种自生、多品种群生、与森林混生"的特征，保留着野茶的自然灵性，品质上乘。

在此基础上，唐总又投入巨资，在舜皇山自然保护区内设立舜帝茶庄。舜帝茶庄总建筑面积近 5000 平方米，是涵盖"野生茶园、现代茶厂、森林康养"的国际性茶庄，已获得湖南省农产品出口质量安全示范基地、湖南省大湘西茶旅融合示范基地等荣誉称号。

在湖南农业大学茶学专家徐仲溪教授的指导下，舜帝茶庄出品的帝子灵芽已获得美国 FDA 认证和中国、美国及欧盟有机食品认证，连获世界红茶产品质量推选金奖等 13 项金奖，是地地道道的天然有机食品。而专利产品青钱柳红茶，更被列为湖南省 2018 年"100 个重大科技创新项目"和"湖南茶叶千亿产业十大创新产品"。

舜皇山野生茶干茶存量约在 40~50 吨左右，目前，每年能采集加工的野生茶仅 5~6 吨，所以，采摘、利用舜皇山野生茶叶，把宝贵的纯天然茶叶奉献给茶饮爱好者，还有着巨大的发展空间。

唐总告诉我们，舜帝茶庄将带动舜皇山周边农户采茶、制茶、旅游，实现年产值 2 亿元，可吸纳 1000 多名农村剩余劳动力就业。

黄龙镇里竹村 2 组村民邓石清夫妻，利用本地优势采摘野生茶，半个月时间就创收了 2 万多元，挖竹笋收入 1 万多元。夫妻俩还在舜帝茶庄上班，一家子年收入有 12 万多元，已经脱贫迈入小康。

绿色是舜皇山的本色，野茶是舜皇山的家珍。行走于湘桂古道，看到漫山遍野的野生茶叶，我为大自然的博大和资源丰富感到惊奇，更为唐总一片乡情，充分利用舜皇山野生茶叶资源造福人类而赞叹。

舜皇山是一座神奇的山，舜皇山的野生茶叶将源源不断走出大山，为人类健康提供优质的养料。

舜皇山野生茶叶

青钱柳

多年前，我去山中朋友家做客。朋友泡了一杯浓茶，几片树叶漂在水中，汤色红润，极为养眼。喝下去后，一股淡淡的甜味始终萦绕在舌尖、在口中，清香持久，回味悠长。

我喝过很多的茶，但喝这种茶还是第一次，就问朋友这是什么茶，朋友告诉我，这是青钱柳，在屋后的高山中采摘的，不仅好喝，对降糖降脂降压也有明显的疗效。

从此，我记住了这种叫青钱柳的茶。

青钱柳，又名金钱柳、摇钱树等，为胡桃科青钱柳属植物。它是第四纪冰川幸存下来的珍稀树种，现仅存于中国。它被誉为植物界的大熊猫，医学界的第三棵树。

人们知道，医学界的第一棵树——柳树，因之产生了阿司匹林，消炎杀菌、抗血栓，展开了人类健康史的第一次变革；医学界的第二棵树——红豆杉，因之产生了紫衫醇，防治癌症和肿瘤，被医学界视为20世纪最伟大的医学发现；继心脑血管疾病、癌症、肿瘤之后，高血糖现已成为主要的人类杀手，这时，人们发现了医学界的第三棵树——青钱柳，并将其芽叶制作成青钱柳茶。

青钱柳在我国南方多省均有发现，多零星分布，尤以湖南为多。它们常生长在海拔 500 ~ 2500 米的山地湿润的森林中。喜光，幼苗稍耐阴；要求深厚、喜风化岩湿润土质；耐旱，萌芽力强，生长中速。

青钱柳属落叶速生乔木，树木高大挺拔，枝叶美丽多姿，其果实像一串串的铜钱，从头年10月至第二年5月挂在树上，迎风摇曳，别具一格，颇具观赏性，所以，民间又称它们为金钱柳。

青钱柳叶所含的多糖等有机物及硒等微量元素，能增强人体免疫力，抗氧化、防衰老，特别是能有效降低甘油三酯和胆固醇，具有神奇的降血压、降血糖、降血脂的功能。

青钱柳复合茶还含有大量的铁、锌、硒、铬、锗、镁、钙等无机营养成分，另含有锰、铁、铜、铬、锌、硒、钒、锗等微量元素，与糖代谢和胰岛素作用密切相关的元素镍、铬、钒、硒的含量较高，能够协助胰岛素发挥降血糖作用，并能改善糖耐量。

青钱柳茶用途广泛，适合40岁以上的体胖人群、有糖尿病家族史人群、曾经血糖过高的人群；30岁以上的妊娠妇女，曾经分娩巨大婴儿者；高血糖伴有血压、血脂异常人群；高尿酸、高血粘、高胰岛素中有其中两个的人群；常年不参加体力劳动人群；体弱多病、免疫力低下人群等。

在湖南，至今还保存有许多的青钱柳古树，它们大都分布在湘西南、湘西等高山密林和原始次生林中。

2016年夏天，我来到了绥宁县黄桑国家级自然保护区的上堡古国，在古寨门口就见到了一株青钱柳。

那是一株需要两三人合抱的大树，树干粗壮，高大挺拔，约有20米高。该树枝繁叶茂，像撑起的一把巨大的伞一样。树冠上长满茂密的叶子，那就是可以加工青钱柳茶的树叶。树叶丛中，还长出一种颜色略嫩、像一串串铜钱似的东西，在微风中摇动着，那就是青钱柳的果子，真是太神奇了。

下得山来，听林业部门的朋友介绍，与绥宁相邻的城步县白毛坪乡坳岭村有很多青钱柳古树，其中长溪水有一株青钱柳高达30米，胸径达1.24米，胸围3.92米，经中南林业科技大学林业勘察设计院、湖南省森林勘察设计院专家判定，其树龄为1176～1786年，是目前湖南发现的最大的一棵青钱柳古树，可以说是青钱柳之王。

白毛坪乡坳岭村平均海拔1000多米，共6个村民小组500多人，拥有森林面积 8 万多亩，其中原始次森林面积约 5 万余亩。在这些原始次森林中，5～10 棵一群的青钱柳古树群落有 200 多处。

在故乡新宁县舜皇山国家级自然保护区内，也生长着许多的成片成林的青钱柳，新宁县舜帝茶业有限公司利用天然的青钱柳开发的"帝子灵芽"青钱柳红茶，被列为湖南省 2018 年 100 个重大科技创新项目、2018 年湖南省茶叶"千亿产业十大创新产品"，蜚声遐迩，畅销海内外。

上堡古国大门口的青钱柳古树

鸡爪树

　　国庆节期间我到雪峰山旅游，来到一个叫雁鹅界的古村寨。在一家农户的门前，我突然发现一株鸡爪树，像遇见老朋友一样，竟激动不已。

　　那是一株比较大的鸡爪树，粗壮的枝干撑起很大的树冠，茂密的树叶在阳光下有点反光。那树叶丛中，露出一爪爪、一串串红褐色的果子来，迎风摇曳着。那就是鸡爪，是我们小时候最喜欢的一种果子。

　　鸡爪是我们故乡的称呼，它的学名叫拐枣，各个地方叫法不一样。因为果实形态似万字符"卍"，故也称万寿果。

　　为什么我对鸡爪树感到如此亲切呢？原因是幼时我家屋后就有一株。我们寨子靠山的地段有一个斜坡，那里就兀立着一株野生的鸡爪树，它的下面是一片绿色的草坪，是我们孩子上山放牛、砍柴必须经过的地方，也是我们歇息、玩游戏的地方。

　　那是一株十分高大的树，高 20 多米。树干比水桶还要粗，树冠撑起就像一把巨大的伞。每到春夏，我们在下面歇凉、避雨。而到了冬天，我们则可以在树下吃它结下的果实——鸡爪。顽皮的孩子早已爬到树上摘去了，爬不上树的孩子则可以守在树下，微风过处，那树上经常会掉下一些成熟的果子。那果子开始有点酸涩，经霜过后，慢慢变甜，直到甜得腻人。在那个饭都吃不饱的时代，这种野生的果子，实在是上苍对我们的一种赏赐。

可惜好景不长，后来生产队修建仓库，把它砍掉了。它的主干，成了我们生产队新仓库的梁柱。它的果实，成了我们永久的记忆。每当回忆起来，口里还涌起一种酸酸的味道。

鸡爪树是一种高大的落叶乔木，最高可以长到二三十米。它们是一种非常"贱"的树，适应环境能力强，抗旱、耐寒，又耐较瘠薄的土壤。一般情况下，它们是自然生长的，只要你不去砍伐或破坏它，它们就能长成大树。它们喜欢阳光，多生长在海拔 1000 米以下的沟谷、溪边、路旁或较潮湿的山坡丘陵，农家庭院旁也常有栽培。

它们似乎比其他树木长得快，不出几年，个头便超过其他树木了。一般五六年便能结果，所结果实，除了能吃，还能酿酒，可以入药，其用途是很多的。

大学毕业后，我来到湘西工作，这种鸡爪树就见得更多了，还听说过果子狸吃鸡爪的故事，很是有趣。

湘西一带山高谷深，树木茂盛，以前多野兽出没。每到霜降过后，湘西山里的鸡爪成熟了，经霜后，变得特别甜，山中的果子狸最爱吃。每到晚上，果子狸成群结队，爬到鸡爪树上去饱尝鸡爪。

这鸡爪结在树上，那树高矮不一，树越大，挂的果子越多。这东西是好吃，但吃多了，进入肚子里后会发酵。发酵后，动物们像喝多了酒一样，慢慢地会醉。而小动物们根本不知道，只顾贪吃。到了半夜，这些果子狸有些醉了，渐渐地在树上站立不稳，滚下树来。有些摔倒在松软的树叶上，不会受伤，但一时醒不了。待天亮时，山风一吹，清醒过来，再跑回去。有些摔到树下的石头上，就可能摔死或摔伤，动不了，就成了山民们桌上的美味佳肴。因此，每年霜降过后，村前村后的山民们每天清晨都会到这种鸡爪树下看看，或许有一定收获。后来，果子狸渐渐少了，山民们也再难有这种"守株待兔"的机会了。

这故事听起来有点像天方夜谭，而在湘西的山中，就是几十年前发生过的，仿佛就在昨天发生的一样。

鸡爪有很高的营养价值。据科研部门分析测定，其肉质果梗中含蔗糖

24％、葡萄糖9.5％、果糖7.92％。此外，还含有丰富的有机酸、苹果酸钾等无机盐类，含有多种维生素和18种人体必需的氨基酸，还含铁、磷、钙、铜、锰、锌等营养微量元素和一些生物碱，因而是一种很具有开发价值的野生果类资源。

鸡爪还具有较高的医用价值，可治疗多种疾病。其果梗、果实、种子、叶及根均可入药，中药称其果实为枳椇子。其药用最早见于《唐本草》。李时珍《本草纲目》说它"味甘、性平、无毒，有止渴除烦，去膈上热，润五脏，利大小便，功同蜂蜜"。其枝、叶，"止呕逆，解酒毒，辟虫毒"。

鸡爪果梗能酿制酒，性热，有活血、散瘀、去湿、平喘等功效。民间常用鸡爪酒泡药或直接用于医治风湿麻木和跌打损伤等症。在中医上，其种子、木质入药，有清热、利尿、解酒毒之功效。

更为神奇的是，果子狸和人吃多了鸡爪会醉倒，但鸡爪树结的籽、树叶却有很好的解酒功效。湘西人喝酒醉了，常常用它们泡水来解酒，往往能起到很好的效果。

这就是大自然的奇妙之处。

挂满鸡爪的鸡爪树

春笋·冬笋

大自然给人类的恩赐太多了，我觉得竹笋便是其中之一。

竹笋分春笋和冬笋，也有个别竹子是不按季节生长笋子的。

每年春天，春雨淅淅沥沥，那竹林里便弥漫着一股氤氲之气，春笋便在这种气氛中破土而出。它们披着棕褐色的壳，从土地里面钻出来，争先恐后似的，不断地长高。它们占领竹林的各处空地，像集结似的，各有所据，负势竞上，于是，就有了"雨后春笋"这个成语。其后，它们慢慢脱去外衣，露出一个个竹节来，几个月后，就变成高挑苗条的竹姑娘了。

春笋的生长，主要是为了长成竹子的。竹林里，几乎每年都要砍伐竹子，将老一点的竹子砍掉，让新竹笋长出来，从而完成新陈代谢，让竹林永葆青春。

因为春笋的味道有点生涩，因此，楠竹、毛竹等大一点竹子的春笋是很少有人吃的，只有那些小竹的笋子，常常成为人们餐桌上的美食。

到了冬天，竹林的土地中会生长一种冬笋，那是大自然馈赠给人们的礼物。

为什么说是大自然的馈赠呢？因为这冬笋是不能长成竹

子的，人们不去采挖，它们就会在地里烂掉，完全浪费掉了。它们的出现，就是为了让人们去采挖的。

冬笋生长在土里，要有经验的人像挖宝藏一样去挖掘，才能挖到。它们长在竹鞭上，笋壳把它们层层包裹着，形状有点像黄牛的角一样，一头壮实饱满，一头很尖。将它们挖出来，剥去外面的壳，便是白玉似的笋肉了。稍作加工，便可以炒或炖出各种美味佳肴来。

因为冬笋并没有长到地面上来，人们凭肉眼是看不见的，所以要找到它们，把它们挖掘出来，是有学问的。

有经验的山民进入竹林，一般要选2~3年生竹子，这种竹子正处于生命的旺季，容易生长冬笋。在我的故乡，砍伐竹子有"砍四留三不留七"的民谣。意思是说，三年以下的竹子可以留下来，四年以上的竹子都要砍掉，尤其是七年以上的老竹子，是没有什么使用价值的，只会吸收土壤里的养分，所以一定要砍掉，让它们发新竹子。挖冬笋也一样，那种多年生竹子是很少长冬笋的，只有两三年生的竹子，竹杆青亮亮的，青枝绿叶，葱茏茂盛，正是产冬笋的时候。

其次，他们可以根据竹子的长势来确定冬笋的生长方向。竹尖向哪个方位下垂，一般在那下面开挖，往往能挖出冬笋来。

同时，他们会找到竹鞭的走向，沿着竹鞭挖，常常有不错的收获。

我的一个亲戚，便是挖冬笋的高手。

在我故乡的后山，有一个叫高山园的地方，四面环山，中间包围着一个盆地，我的一个堂姑父就住在这里。这里四周山上都是密密麻麻的竹林，看上去层层叠叠，郁郁葱葱。每年的冬天，堂姑父就靠挖冬笋增加不少收入。

我刚考上大学的那年春节，母亲说："那些亲戚们遇到我们，都很高兴，对你考上大学表示祝贺。春节了，你去给他们拜个年，也算是一种答谢。"于是，我跟着家族的长辈，前去拜年。

山里人相当纯朴，待人十分热忱。我到堂姑家拜年，受到了很高的礼遇。特别是堂姑父，表现得特别客气，拉着我的手，看来看去，问寒问暖，说是秀才进了寒门，真是家门的大幸。吃饱喝足后，姑父姑妈要给我送一大包炒米糕、小米粑粑等，我知道他们家的难处，不愿接受，借故跑了。第二天中午，姑父亲自下山，送来礼物，还提来许多他亲自上山挖的冬笋。我很感动，说："姑父您也太客气了。"姑父说："我们家亲戚中好不容易出个大学生，秀才上门给我拜年，请都请不来的。山里没有什么好东西，就是些土特产品，一定得收下……"我已经无法拒绝了。这就是山里人，像大山一样厚实的山里人。

后来父母告诉我，姑父冬季每天上山，要挖上百斤冬笋，经常挑到城里去卖，路过我们家时，经常会取出几根，放到我们家里，让我们家炒菜吃。还说姑父是整个高山园挖冬笋最厉害的，往往一锄头下去，就能挖到冬笋……

挖冬笋并不影响竹子的繁殖。山里人都是里手，只要不挖伤、挖断竹鞭，就不会影响竹子的正常生长。而且，在挖冬笋的过程中，为竹林松土，可以防止土地板结，甚至可以促进春笋的多发和生长。此外，还可以增加经济收入，满足消费者的需求，可谓一举数得。

冬笋素有"金衣白玉，蔬中一绝"的美誉。和春笋、夏笋相比，冬笋品质最佳，营养最高。它含有丰富的胡萝卜素、维生素 B_1 和 B_2、维生素 C 等营养成分。其所含的蛋白质中，至少有 $16 \sim 18$ 种不同的氨基酸。食用冬笋能帮助消化和排泄，起到减肥、预防大肠癌的作用。它还对冠心病、高血压、糖尿病等有一定的食疗作用。

每年的春节前后，正是吃冬笋的好时节。冬笋既可以生炒，又可炖汤，质嫩味鲜，清脆爽口，绝对是一种美食。

冬笋吃法也有很多，荤素皆宜。由于含天冬酰胺，配合各种肉类烹饪，会更鲜美。一般来讲，笋尖嫩，爽口清脆，适合与肉同炒；笋衣薄，柔软滑口，适宜与肉同蒸；笋片味甘肉厚，适合与肉炖食。

再生稻米

春节回到乡下，去朋友家拜年。吃饭时，他家的米饭格外香，吃起来软绵绵的，爽口爽心。

我问："这是什么米，味道这么好？"

朋友告诉我说，这是再生稻米。

再生稻米？我感到很惊讶。

朋友说是的。就是杂交稻收割过后，从禾蔸里长出新的禾苗，也不用去管它们，一两个月后，这些再生稻便能抽穗，结成稻谷。不过产量不高，每亩约产一百多斤。以前老百姓认为这些再生稻果粒不饱满，拿去喂鸡鸭等畜禽。或者放任不管，任小鸟鸡鸭去啄食。后来有人一想，这种再生稻既不施化肥，更不用农药，完全是自然生长的，人们食用不是更好么？于是，大家开始食用。现在，再生稻米不仅可以自己食用，还是过年过节或招待客人的上等食品，市场上的卖价，是一般杂交稻米的一倍以上，还供不应求。

这让我想起40多年前的一桩往事。

公社派技术员到我们生产队蹲点，在试验田里，种了一丘日本品种水稻。那稻子与我国的水稻不一样，颜色是紫色的，禾苗长起来，一片紫黑，远看像是被虫子肆虐过，或是被火烧过一样。那稻子产量也不高，才几百斤。收割后，不用像我们种水稻一样翻耕，再插晚稻，而是让它们的禾蔸重新长苗，生长再生稻，叫做第二季。也许是水土不服，或者是管理问题，那所谓的第二季并没有什么收获，后来便不再种了。只是在我的大脑中，因此留下了再生稻这个词汇。

事隔几十年之后，终于有了再生稻，而且引起了老百姓的普遍重视，有了好的价格，可以说是始料不及，是现代农业发展的一个奇迹。

朋友告诉我，这种再生稻虽然很好，但其生长是有条件的。

一是季节要早。以前大部分农村种两季，俗称"双季稻"。现在农村年轻人都出去打工赚钱，只剩下老人在家种田，劳动力少了，一般种一季。这一季要同以前种早稻时间一样，收获过后，才有再生稻。如果像以前种一季水稻一样，季节迟了，那再生稻遇到天气寒冷，便不能扬花、抽穗，光长得好看，没什么收成。

二是收割起来费劳力，颇麻烦。再生稻根据优胜劣汰的规律，不是每根禾兜都能发芽，能发芽长大的很少。每株只有 4~5 株禾苗能抽穗，长成稻子。而且长成稻穗的时间比较短，颗粒少，所以收获起来很难。按故乡约定俗成的规矩，请收割机收割，收割机主人不收工钱，但要分成所收粮食的三分之一。如果面积太少，不便于收割机收割，则要人工到稻田中，用手一线一线去勒。一个手脚快的人，一天也就能收二三十斤。大多数情况下，人们将那些长短不一的稻穗割回家来，放在晒谷坪里晒干，用棍子将那些稻谷打下来。除此之外，还要防止各种小鸟的啄食，防止屋前屋后鸡鸭等家禽的偷吃等。所以说，好的东西是来之不易的。

我看了那再生稻加工成的稻米，那米颗粒小，只有常规杂交稻的一半或三分之二大小。米并不太白，也并不好看，但煮成的米饭却是雪白的，香气扑鼻。吃起来，更是满口生香，让人回味。而且它们不用任何化肥、农药，完全是原生态自然生长，所以它们的价值是不言而喻的。它们受人追捧，也是很自然的。

我们平时常听人讲，一些人为了赚钱，多用化肥、农药，制造毒食品什么的。其实，那只是极个别人或者是一些丧尽天良的奸商干的，普通老百姓哪有那么复杂？不论是化肥也好，农药也好，都是需要成本的，不到万不得已，老百姓是不会轻易使用化肥、农药的。就普通老百姓而言，他们也想种出好的粮食，能卖个好的价钱。自己吃上健康食品，让大家也同时吃上健康的食品，这便是他们的"初心"。只是畸形的市场，有时严重挫伤了他们的心，或者是扭曲了个别人的灵魂。有良心的人是应该有道德底线的。

再生稻米畅销现象也正好说明，老百姓是崇尚生产生态环保食品的。而现在的市场也开始回归理性，越是安全的食品越有生命力，越有市场竞争力。

新年的第一道青菜

　　故乡过年时好吃的菜实在太多，多是大鱼大肉什么的。我最垂青的，却是一道青菜。

　　故乡春节，大年初一早餐，除了鸡鸭鱼肉，还必须上一道青菜，叫鸡血煮青菜。这一碗普通的青菜，往往成为桌上最抢手的菜。

　　鸡血是家中刚宰杀鸡时专门留下的新鲜鸡血。我们那里的风俗是"二十七，杀阉鸡"。杀鸡时，在一个瓷碗里放点清水，撒点盐，然后将鸡血接着，用筷子拌匀。那鸡血很快会凝固，可以保存好几天。青菜就是普通的青叶子蔬菜，平时是用来晒干做腌菜的。

　　然后用清水煮，不放一滴油，甚至很少放盐。

　　端上桌时，那青菜是青绿色的，就是被开水烫过一下的颜色。鸡血是暗红色的，也就是鸡血刚煮熟的颜色。那汤是清亮的，清亮中泛着青菜的绿色，就像水煮菠菜一样的颜色。那菜上桌时还是热气腾腾的，在它上面还萦绕着一股白色烟雾状的蒸汽。

　　我们早已经忍不住伸出筷子了。

　　这时，父亲就招呼我们吃，一边吃一边说："鸡血青菜，吃了清泰，大家多吃一点，四季清泰。"

　　我那时并不懂事，就问父亲什么叫清泰，父亲说，清，就是清爽、清白。泰就是平安、健康。人一辈子，就是要活得清泰。

父亲只读过旧时的初中，却能用浅显的语言，说出人生的道理。

其实，从营养搭配的角度来说，过年多吃大鱼大肉，油水过多，营养过剩，这时吃一点青菜，可以解油荤，润肠胃，助消化，人吃了也觉得清爽。因此，那平时很不起眼的青菜，往往是过年时桌上最受欢迎的菜。

看来，老祖宗留下的民俗里，不仅常有科学的成分，也有哲理的意蕴。

鸡血煮青菜

崀山血浆鸭

　　几位老乡聚会，吃着家乡风味的血浆鸭，喝着家乡带来的米酒，讲几句只有家乡人才能听懂的乡村俚语，仿佛又回到了故乡崀山一样，乡情浓郁，其乐无穷。

　　血浆鸭是故乡一带特有的一种吃法，流传于湖南的邵阳、永州，广西的桂林一带，不过在永州叫"血鸭"，在桂林叫"醋血鸭"，其制作方法大体相同，而又各具特色。也许是故乡情结吧，我总觉得，故乡崀山的血浆鸭最正宗，味道也最好。

　　故乡之所以叫"血浆鸭"，是指在制作过程中，先将鸭子炒熟，最后用鸭血去拌和、爆炒、上色、调味，从而达到色香味俱全。其中最重要的环节是用鸭血去"浆"，这个"浆"是作动词解释的，故称"血浆鸭"。其制作原理大体如下：

　　首先，选择鸭子。这是比较讲究的，要选择本地鸭，自然放养的。一般长个三五个月即可，这种嫩鸭我们叫"子鸭"，肉鲜嫩，骨头松软，炒出来味道最好。而那种喂养时间较长的"老鸭"，是不适合做血浆鸭的。

　　其次，留好鸭血。宰杀鸭子时，先备一个菜碗，在里面装上二两左右坛子里舀出来的酸水。注意，最好是酸水，实在没有，用醋代替也行，不过味道略差一些。然后，将鸭血滴在碗里。因为有酸水和醋，这鸭血不会凝固。再在血里放上切好的姜丝、蒜末、新鲜花椒等，适当加一点酱油，拌匀，形成血浆，放在旁边备用。

第三，炒鸭子。将油煎沸后，先将鸭头、鸭掌、鸭翅等骨头多的部件放进锅里爆炒一阵，再将其余部位放进锅里爆炒，将其炒到大致熟时，如果没有新鲜花椒，则将一些老花椒拍碎，放进去一起炒。然后，放切好的新鲜辣椒，和鸭子一起炒熟，再适量放盐。这时鸭子已经很香了。最后一道工序是将配好佐料的鸭血倒进锅里，和鸭子一起炒，叫"浆血"。这须掌握火候，炒老了没那么鲜嫩，刚到火候时就将鸭子装进碗里，上桌，这就是"血浆鸭"了。

因为是鸭血浆炒的，看上去有点黑乎乎的，但吃起来特别香脆，味道鲜美。一些外地的客人开始吃时，还有点不敢下筷子。吃过之后，便赞不绝口，大快朵颐。

在故乡，以前端午、中秋过节，或家人过生日时，都要吃血浆鸭。因为家中人口多，平时没什么油水，一只鸭子往往不够吃，于是在炒鸭子时，放进一些南瓜丁、茄子丁、芋头梗丁之类，一样的好吃。特别是炒鸭子的辣椒，是最好的下饭菜。炒过鸭子的油锅子，还可以将饭放进去炒一下，沾点油水，最好吃了，不过那一般是孩子的待遇。

平时家里来客，也常用这种血浆鸭招待。尤其是在那困难的岁月，吃肉难，因为买不起，吃鸭子倒容易一些，都是自家养的，每家都养了那么一二十只，随时都可以捉来招待客人。

这招待客人也看对象，在那极"左"年代，我们村来了一个工作队，队长思想极"左"，全搞瞎指挥那一套，老百姓敢怒而不敢言。这工作队长平时有个嗜好，最喜欢吃鸭屁股，他所住人家于是在炒血浆鸭时做了手脚，待鸭子炒得快熟时，再将鸭屁股放进去，然后浆血，看上去，都是一样的熟了，待工作队长一吃，里面都是生的，吃不下，又甩不得，哑巴吃黄连，有苦讲不出口，这才发现老百姓也不是那么好欺负的，从此便有所省悟。

崀山人不仅爱吃血浆鸭，一般也都会炒血浆鸭。那些远离家乡的游子，每年都要炒几餐吃。偶尔遇到老乡，必将其热情地邀到家中，以血浆鸭招待，几杯酒下肚，乡情绵绵，胜过了生日过节。

近年来，崀山旅游越来越红火，在城郊和景区办起了许多农家乐，都以血浆鸭为招牌菜，那些外地游客吃了，毕生难忘。

也有许多故乡人到外地办餐馆的，主推血浆鸭，生意也出奇地好。

好吃的东西总是会有人来品尝的。愿崀山的血浆鸭也同崀山的旅游一样，光顾的人越来越多，生意越做越好。

辣椒峰远眺

一碗蕨粑粉

每一次回到故乡新宁，我都要到县城三角坪去吃一碗蕨粑粉，常常高兴而来，满意而归。

蕨粑粉是故乡特有的一种美食。顾名思义，它是用蕨粑加工的一种粉条。主要是凉拌，放上各种佐料，吃起来是那种家乡特有的味道，爽心爽口，简直美极了。

蕨是一种高山野生植物，常年生长于高山陡岭中不长树木的地方。每年开春时，长出的新苗成握拳状，这就是蕨菜。长大后，其枝叶成篷状，漫山遍野，把土地遮盖得严严实实。其根部就是蕨根，比筷子略粗一点，表皮呈黑色，捣碎后，里面为白色的浆，沉淀后为蕨粉，也称蕨粑，是一种很好的粮食。可煎成粑粑，也可加工成粉条。在故乡，人们常常把它们加工成蕨粑粉，在街头叫卖。困难时期，大人们、孩子们往往以能吃上一碗蕨粑粉为荣幸。

故乡的蕨粑粉由来已久，据说 1949 年前就有了。那时属于私人经营，店子就开在老东门的小巷子里。1949 年后，实行公私合营，店子依然保存。20 世纪 70 年代，我们进城看龙船，有条件的都要去吃一碗。5 分钱一碗，碗很小，粉也很少，但大家吃得津津有味，吃完后嘴角用手一抹，一副心满意足的神情。

不仅孩子们如此，一个老部长吃蕨粑粉的故事也在小县城流传着。

1962 年秋，原国家高教部副部长、老一辈无产阶级革命家刘子载先生，回到阔别 30 多年的故乡。刘子载先生是新宁人，幼时家贫，但学习刻苦。1921 年秋，他考入湖南第一师范学校，在此认识毛泽东、李维汉等共产党人，很受毛泽东的器重。在他们的影响下，他参加革命，留学苏俄。这次探亲即将结束，他在临离开故乡时，提出想吃一碗故乡的蕨粑粉。县领导一想，东门小巷店小人多，人来人往的，怕不安全，便叫来下属，准备派人去将加工好的蕨粑粉端进政府招待所来吃。刘子载先生却说，吃蕨粑粉就是要到小店子吃，才有那种气氛。结果县领导陪同他到县城东门的小店子里吃了一顿，他吃完后，大声叫好。

改革开放后，蕨粑粉店搬迁了多次，几起几落，最终落户到三角坪口子上。说是三角坪，其实是一个十字路口，东接白公渡大桥，南通东门老街，西连北门老街，北通解放大道，是一个十分繁华的地方。更重要的原因是，这里离东门老店不到一百米，人们容易找到。不知道的，一问也能找到。该店已经开了若干年，生意一直红火，中午去迟了，往往吃不到。

新宁人还有经商的传统。前些年，我还在湘西工作时，几位吉首大学的新宁籍学生搞勤工俭学，合伙开了一家小餐饮店，专卖崀山风味的蕨粑粉，居然十分热销。我带朋友去吃过多次，朋友们都说好吃。后来几位学生读研的读研，就业的就业，便没有再开下去。虽说是昙花一现，但也说明蕨粑粉的好吃，不仅新宁人喜欢，外地人同样喜欢。

我爱蕨粑粉，喜欢那种特有的家乡味道。

两道土菜

上次回故乡，在宾馆吃了一道锅灰猪肝，我感到很诧异：这是家乡的一道土菜，怎么进了餐馆？朋友说，这道土菜不仅进了餐馆，而且上了央视四套《走遍中国》，已经成为一道全国名菜。

锅灰炒猪肝，是故乡一道特殊的菜。我们小时候，即使家里再困难，每年都要吃几顿，因为它除了能补充人的营养外，还有明目等药用功效，所以家家户户都吃，尤其要让读书的孩子们吃。

这菜最早起源于新宁的一些农村地区。在以前物质匮乏的年代，村民们长期从事繁重的体力劳动，又营养不良，容易患上眼疾。年纪大的容易患上青光眼、白内障，孩子们容易患近视眼，特别是黄昏鸡进笼子时看书，还会患上"鸡棚眼"。为了预防眼疾，清火明目，大家就炒这个菜吃。久而久之，形成传统。

其实，锅灰学名"百草霜"，是一味中药，有清热解毒的作用。明代李时珍的《本草纲目》中就有记载："百草霜乃烟气结成，其味辛，气温无毒。"具有较高的药用价值。在宋代，人们就曾使用百草霜治疗疾病。

那时候，农村都是烧柴火煮饭炒菜的，时间一长，锅子外面就会结上一层黑色的锅灰，这锅灰就是百草霜。炒猪肝时，先从锅子外面刮下一层锅灰，放置在菜碗中。注意，这锅灰是高温下形成的，无菌无毒，无须清洗。然后将猪肝切成薄片，用油爆炒，等差不多熟的时候，加入葱花、辣椒等佐料。炒得喷香时，将菜碗里的锅灰倒入，一起炒一会，然后收锅，这样炒出来的猪肝外焦里嫩，香气扑鼻。

这个猪肝拌上锅灰，看起来黑糊糊的，吃起来跟普通猪肝还真不一样，润滑鲜嫩，口感非常独特，别有一番滋味。那时候为了节约，炒过锅灰猪肝的锅子里还有一点油和锅灰，大人们装一点饭放入锅中，卤上那点油和锅灰让孩子们吃，味道好极了，俗称"烺锅饭"。相信只要吃过的人是无法忘记的。

在故乡，还有一道用猪肝加工的菜，也很有名气，那就是火麻草蒸猪肝。

火麻草也称蝎子草，为一年生草本植物。因为其秆和叶子上有一种看不见的刺，刺到人的皮肤上生痛，像被火烧了一样，故称火麻草，故乡人们也称其为"火麻风"或"藿鸡婆"。

这是一种野生的草，长于田间地头，外表看去有点像麻，但比麻矮小。其秆和叶子上有一种大螯毛，人的皮肤一接触，会起疙瘩、起泡，让人疼痛难忍，坐卧不宁。但半小时后，疼痛感和泡泡会自然消失。

据说抗日战争时期，日寇入侵故乡一带，因吃多了猪肉拉肚子，茅房蹲不下，一个个到野外拉屎。仓促之间，忘记带纸，便扯房前屋后的火麻草来擦屁股。哪知道火麻草有刺，不仅手被刺得生痛，那屁股更是被刺得火辣辣的，像被针刺刀割一样，痛得鬼子杀猪般嚎叫。其狼狈之状，可想而知。

不过这火麻草也是一种良药，能祛风除湿，利湿消肿，主治风湿关节痛、跌打损伤、水肿等。故乡人则用它来蒸猪肝吃。

因为火麻草有刺，不能用手去采摘，乡下人自有办法，那就是用铁夹和剪刀。先用铁夹将火麻草夹住，再用剪刀去将叶子剪下来，放进筛子里。同时，还要剪下一些枝干，同叶子一起洗干净，拿回家。蒸猪肝时，先将猪肝切成片，放进碗中，放水放盐，再将火麻草放进去，一起蒸。蒸好后，那菜清香扑鼻，汤里还漂着几点油星，实在诱人。

吃的时候，不仅猪肝好吃，那火麻草的叶子也可以吃下去，粗粗的，有一股自然的芳香，好吃。那秆子也可以咬碎，吐渣。那汤更是清香，好喝。常常被吃得一点不剩。

　　我们自小吃这个长大，一家人没有任何风湿疼痛，不知道是不是与吃火麻草蒸猪肝有关，如果能通过科学验证，把这道菜在全国推广，可以解除很多人的病痛，真是善莫大焉。

老土砖屋

鱼桂叶，串起一缕乡情

老同学清明回乡扫墓，返回海南前，不忘记从我家门前摘一篓鱼桂叶带回去。我说："没有鱼桂叶吃不下饭呀？"他说："没有鱼桂叶炒菜，还真缺一道味。"

这鱼桂叶是故乡一种树叶，叶子特别香，炒菜时放几片味道最好，凡是崀山人，都喜欢吃。所以它不仅是一种生活的调味品，也是一种凝聚乡情、稀释乡愁的家乡味道。

鱼桂叶也称月桂叶，是樟科常绿树甜月桂的叶，也是一种颇受人们喜爱的香料。主要用于炒菜、做汤等，也可用于腌渍或浸渍食品。在故乡，人们炒菜，常用鱼桂叶。将老一点的树叶摘下来，晾干，用线将一片片叶子串起来，挂在厨房里。炒菜时，取几片，洗干净，放进锅子。炒出的菜，香飘屋外，很远都能闻到，吃起来更是美滋滋。

在故乡，有几道菜是必放鱼桂叶的：一个是加工鱼，放上几片，那鱼格外的香，鱼汤特别鲜嫩味美；二是煎豆腐，放几片鱼桂叶，别具一番风味；三是做汤菜，像做酸汤、腌菜汤等，放上几片，清香扑鼻，特别好喝；四是做粉蒸肉，故乡称米粉肉。把大米同鱼桂叶一起放在锅子中炒得喷香，然后磨成粉，再加工成粉蒸肉。放进锅子中蒸熟，揭开锅盖，香气满屋。吃起来，更是爽口爽心，可以说是世界上最美味的粉蒸肉……

　　鱼桂叶这么好，可是以前产量却很少。不是每个村寨都有，有时一两个村寨才那么一株，需要的人多，往往供不应求。那时候是大集体，栽在公家地里，怕人砍掉当柴火烧了。栽在自留地里，那树长大后占地方，会破坏其他蔬菜，所以栽得很少。记得小时候，我们家需要鱼桂叶，父亲叫我去长圳头一个亲戚家里去摘。亲戚家有一株很大的鱼桂叶树，他儿子刚好是我的同学。放学后，我便与同学蹦蹦跳跳去了。跟大人一讲，他自然满口答应，叫他儿子陪我一块去摘。亲戚还拿柴刀去砍下一枝，让我连枝带叶一块扛回去，这样可以用一两年。有时城里的亲戚需要，还到我们家来取。还有远方的亲戚，回到故乡，必然要带许多鱼桂叶回去，便可以经常回味家乡的味道……

　　后来，包产到户了，许多人家开始在自己地里栽鱼桂叶树。哥哥就在家门前的菜园里栽了一株，现在已经长到钵子粗了，有三层楼高，枝繁叶茂，每年都有许多亲戚朋友来采摘。

　　还有许多在外面工作的崀山人，只要有条件，必将故乡的鱼桂叶树苗带到外地，栽培下来，以便常年能吃到新鲜的鱼桂叶。在我们湖南广电的大院里，就有一株鱼桂叶树，那是八十多岁的刘钝老先生亲自栽种的。刘先生是原两江总督刘坤一的后裔，出生于南京，幼时在故乡崀山生活过很长一段时间。后来从军，退役后回到湖南工作，曾任湖南广播电视艺术团团长。在外奔走了几十年，乡情难忘，他最喜欢故乡的鱼桂叶。每次亲戚来看他，别的他都不要，只要亲戚带上鱼桂叶就行。后来交通方便了，他要亲戚专门带来一株崀山的鱼桂叶树苗，栽在院子的花园中，至今已有茶杯粗了，郁郁葱葱。老人家经常站在阳台上，望着这鱼桂叶树出神……

　　据我所知，还有许多崀山人在外面发展比较好的，在外地买了别墅，有了自家的小院，在给小院规划栽树时，首选的就是要栽一株故乡的鱼桂叶树。

　　鱼桂叶，飘散的不仅是一股家乡味道，更串起一缕难以割断的乡情。

血　粑

　　每到春节，邵阳人回老家过年，返回时，必定要带许多血粑。带回去招待客人，送给朋友，或者自家人吃。凡是吃过的，无不啧啧称赞："这是什么东西？太好吃了。"

　　这就是血粑。因为是用猪血和豆腐捏成圆圆的粑粑状，又叫"血豆腐"。还怕外地人听不懂，又取名"猪血丸子"。这是邵阳的一种特产，也是邵阳人冬天必须加工和过年必须吃的一种食物。

　　很难追寻到血粑的历史，大概是历史上某个时期，聪明勤奋的邵阳人不经意之间发明的。因为好吃，又便于保存，所以成为户户加工、人人爱吃的东西，继而推衍开来，成为邵阳和周边地方的名优土特产。

　　血粑的加工我小时候参与过，其实很简单。先制成一锅一锅的豆腐，滤干水分。趁人家杀猪时接一盆猪血，我们那里又称"猪红"。注意，猪血里千万不能放盐，否则会凝固。等豆腐水分压干差不多时，倒进猪血，撒上盐，然后在盆子中用手搅拌。那猪血就像是黏合剂，和盐、豆腐一结合，就能把豆腐很好地黏合起来，不至于散开。直至拌匀，然后再捏成一个个圆圆的大丸子，这就是血粑的雏形了。这时，血粑颜色是淡红的。把它们一个个放进一种竹编的四季筛中，在柴火上稍微烤干，等天晴时搬到太阳底下晒，再放到火炕上去熏，直到熏成黑油油的一团，这就是好的血粑了。

这种血粑分为两类：一种是里面不放肉的，称为普通血粑；一种是里面放肉的，叫肉血粑。普通血粑可以切成丝，用辣椒炒好后，最好下饭，尤其是吃面，是最好的码子了。肉血粑可以蒸着或炒着吃，尤其是和腊肉合蒸，是乡间的一种美味，也是最好的下酒菜。

为什么血粑在邵阳流行呢？主要是因为它不仅好吃，也便于保管。在以前没有冰箱的时代，血粑可以保存几个月甚至一年。现在有电冰箱了，保存时间更长。以前邵阳人回家过年，也没有什么打发，就带几个血粑，那血粑可以吃上几个月。人们一边吃着家乡的美味，一边怀念或感恩着家乡的亲人，是一种无与伦比的超级享受。

据说曾经有邵阳人在国外留学，返校时袋子里背着几个血粑。以前海关还没有安检设施，全凭人工检测。过海关时，安检人员一见血粑，如临大敌，以为那一个个黑油油的东西是土制炸弹。后经学生反复解释，用刀子切开检查，用嘴品尝，才算过关。

就是这种其貌不扬的东西，成为邵阳人串起一缕缕乡情、走南闯北打拼的原动力之一。其实邵阳人也和血粑这东西一样，看起来极朴实，极普通，可一经接触，就会发现他们的不一样。那就是特别实在，特别经久，也特别有能耐。时间越长，越能品出他们的不平凡来。

邵阳的血粑也有加工成节日礼品的，有朋友给我带过，我也吃过，味道都没有自己家里做的好吃。也许是成批加工的原因，或者火候不到。我觉得，这种土特产，还是土办法加工为好，才真正的土色土香，原汁原味。

血粑，又名猪血丸子，邵阳著名特产

笋子粑

故乡多竹，漫山遍野都是竹子，大的有楠竹、毛竹，小的有水竹、斑竹、皮竹、桂竹等。

有竹就有笋子，每到春天，这些竹笋从地里破土而出，一天一天长高，很快长成竹子，这便是新竹。

山上的竹子多了，笋子也就多了。那种小竹笋是没多大用途的，不需要长太多的竹子。因此，人们常常上山，把那竹笋拔出来，剥开笋壳炒菜吃，倒是一种美味佳肴。

故乡还有一种叫"笋子粑"的吃法，在其他地方从未见过，可谓独创。

笋子粑的做法大约是这样的：

先上山中采那些小竹笋，采回后剥皮，去掉下面一截老的、不能食用的，然后烧开水煮一会，让其大致煮熟，然后放簸箕或筛子中摊开晾干。

同时，用锅子煮沸一点糯米饭，煮熟后冷却。

另一方面，准备一些大蒜苗、香葱之类的香料，洗干净晾干。

这时，要将农村那种碓子洗干净，然后将上面准备的笋子、糯米饭、香料和盐等一块放进碓子里的槽中，用力去舂，把它们全部捣碎，成为粑粑状。

这舂碓是有讲究的，除了用脚去踏碓的人，必须还要一个人用木棒在槽中去翻，不然很难捣匀。

春成粑粑状后，从碓槽中取出来，把它们做成一个个小粑粑，摊平，再放到阳光下晒干，这就是笋子粑了。

每次吃时，取出几个笋子粑，用油一炸，就可以吃了，味道喷香，是最好的下饭菜。

乡下人做笋子粑时，一般里面放盐较多，所以往往一个小笋子粑可以下一碗饭。尤其是以前常常外出劳动，中午不回家，需要带干粮吃，这笋子粑就是最好的菜了。

现在看来，这笋子粑属于纯野菜，原材料生态、环保，是典型的绿色植物，所以不失为一种好菜。

只是现在条件好了，这种笋子粑也很少有人做了。

穇子粑

上次回故乡，我又吃到了故乡的穇子粑，勾起我一些童年的回忆。

穇子粑是故乡的一种特殊植物果实加工而成的粑粑。原材料"穇子"，是一种稀有的农作物，我不知道它的学名。参加工作多年来，我去了很多地方，很少见过这种植物，我怀疑这是故乡湖南山区独有的、古代农耕时代遗传下来的一种植物。

这种"穇子"有点像小米一样，以前是靠刀耕火种的，也就是在山坡上砍火畲，一把火烧过，然后撒上种子，让其发芽生根，自然生长，到秋天结成果实，收获回家。

穇子幼时生长起来，有点像野草一样，一蔸一蔸的，叶子狭长，茎有很多分支。长大后又分成许多主干，主干上发叉结实，其叉有点像电影《上甘岭》中通讯工具报话机的天线一样，约分四支，在阳光下挺立着，在风中摇曳着。

穇子收割后，要放到晒谷坪或晒簟中晒干，再用禾杠或棒槌将果实打下来。这果实呈椭圆形，是带壳的，还不能食用，要放到碓里面去舂，将皮壳舂下来，这便是穇子米粒。这穇子米是不能直接煮食的，因为太粗，属于真正的粗粮，要把它磨成粉，和上糯米粉或面粉做成粑粑吃。

尽管这样，这穇子粑还是太粗，一般富贵人家是不愿吃的，只有缺粮食的人家用来充饥。因此，故乡留下了"没上过高山，不知道平地；没吃过稗子，不知道粗细""稗子粑拉拉舌，荞麦粑墨墨黑，糯米粑最白，就是冇得"等俗语和童谣。

说起这稗子粑，故乡还有一段辛酸的传说。据说在以前饥荒岁月，有一农村妇女在山坡上砍火畲种稗子，不小心从坡上滚下来，摔死了。其后，那山坡上就有一只鸟，每天徘徊在那里，嘴里叫唤着"不吃稗子粑，不吃稗子粑……"

我出生于20世纪的60年代，那时候，天天喊"农业学大寨""大干快上"，农民一年到头折腾得要命，可吃饭还是成问题。我家有大小五个孩子，正是长身体的时候，吃饭更成问题。父母勤劳，在山边长满荆棘的地方开点荒地。先把荆棘柴草砍倒，让它们晒干，然后点一把火，把它们燃成灰烬，那草木灰是最好的肥料。接着撒点稗子到烧过的土地上，一阵春雨过后，就发芽生长了。到了秋天，便能收获几升稗子来。到了冬天，偶尔弄一餐稗子粑吃，孩子们就像过年一样。那稗子粑虽说粗，每年倒也能帮助我们度过饥荒，所以对稗子粑的情感，是那时建立起来的。历经几十年，我仍念念不忘。

现在，故乡城里的几家酒店竟然推出了"稗子粑"这一道食品来，真是推陈出新。据说一经推出，就颇受欢迎，每次客人吃完一份后，都要求再加一份。一方面，可以满足本地人的一种怀旧心理；另一方面，可以让外地客人尝个新鲜，这个在其他地方是很难吃到的。此外，这东西不仅味道浓香，还营养丰富，可以降血脂血压、软化心血管、延缓衰老等，功效可多了。

那普通得不能再普通的稗子粑竟这么受青睐，真是始料不及啊。

其实，在我们的生活中，有些再普通不过的东西，往往都是好东西。

桐叶粑与苦荞粑

在故乡，还有两种粑粑是孩子们印象深刻的，那就是桐叶粑与苦荞粑。

桐叶粑是一种麦子做的粑粑，是用桐子叶包裹着蒸熟的，所以称为桐子叶粑粑，也称桐子粑。

这桐子树也称桐籽树，是一种乔木，树不是很高大，但树叶阔大，大的有羽毛球拍那么大，小的也有乒乓球拍那么大，用来包粑粑不仅方便，而且有一股特殊的芳香，所以这粑粑是最好吃的。这桐子树还可以结果，结下的果实很圆，有点像青苹果，但又有点像桃子一样尖。到它们成熟时，摘下来，沤烂，剖开，晒干，然后籽儿可以榨油，这就是著名的桐油。在化学油漆发明之前，它们是最好的油漆，尤其是以前的木船，都要靠桐油来保护，因此，1949 年前在湖南湘西湘南一带还形成了桐油产业，有些做得很大。

每年的春季，南方的小麦成熟了，这时，也正是南方青黄不接的时节。这麦子主要是种在旱地里的，它一出来，给农民带来的不仅是欣喜，更多的是给孩子们带来口福，这便是桐子粑粑。

南方人一般以吃米饭为主，不太习惯吃麦子和面，许多人家便将麦子加工成粑粑。加工时，既可以做成纯麦子的，也可以添加一些糯米。先用水将麦子和米浸泡几个小时，再和水一起放在石磨上去磨。为什么不磨干的而和水去磨呢？因为磨干的太粗，和水磨细一些，磨出来的粑粑好吃一些。磨好后，沉淀一会，然后把水倒掉，下面一层就是粑粑了。再将它们揉糯一点，或者放点糖，捏成一个个粑粑形状，用洗干净的桐子叶包起来，放到甑子或锅子里去蒸。约半个小时，满屋芳香，这粑粑就熟了。

桐子叶粑粑不仅闻起来香喷喷，吃起来也美滋滋，尤其是在那困难岁月，可以说好吃极了，因而给我留下难忘的记忆。

再说苦荞粑。那时候地里也种荞麦，种在山里的土壤里。荞麦分甜荞和苦荞两种。甜荞其实并不甜，它是相对苦荞来说的。苦荞确实很苦，就是在饥荒年代，孩子们也不太喜欢吃。

那时候严重缺粮，不吃也得吃呀。父母们于是想办法，把苦荞磨成粉，掺一点糯米粉，也把它们加工成粑粑。

苦荞有一层厚厚的壳，有点呈不规则的三角形，壳很硬，磨出来的粉也比较粗。一般磨成粉后，要用专用的粉筛筛一遍，将壳和粗粉筛出来，去掉壳，将粗粉再磨一遍。然后和做桐叶粑粑一样，做成粑粑吃。条件好一点的人家还可以炒成"油炒粑"。即将粑粑揉成汤圆大小，蒸熟后，放进用油和糖熬好的锅子中炒一遍，让它们裹上一层糖。这样吃起来是甜的，就把苦味避开了。

斗转星移，现在苦荞倒是好东西了，被誉为"五谷之王"，"三降"（降血压，降血糖，降血脂）食品，有着卓越的营养保健价值和非凡的食疗功效：能预防、治疗心血管疾病；降血脂、血压、血糖；增强免疫力；还有抑菌杀菌、防止脑细胞老化、抗癌功效；此外，还有通便排毒的功效，民间又称其为"净肠草"。

这样看来，以前农村那些土得掉渣的东西，现在常常成了好东西。

蒿菜粑与燕子粑

在故乡的田间地头生长着一种野菜，我们当地把它叫做"冷菜"。

其实这种冷菜学名叫"青蒿"，也称"冷蒿""蒿菜"，是一种很有药用价值的野生植物。

发现它的药用价值，最早也许是因为它的止血功能。

小时候，不知道是营养缺乏还是其他原因，我们乡下孩子常常流鼻血。有时在田野放牛打猪草，或者上山砍柴，一下子鼻子一热，鼻血就流了出来。一般孩子流鼻血，在家中，大人打一盆冷水，用手蘸着水，拍拍孩子的后脖子，慢慢血便止住了。在野外，一时间不一定能找到冷水，大人们就扯两根冷菜叶，用手稍微揉一下，塞进孩子流血的鼻孔，说来也怪，那血很快就止住了，真是奇迹。

后来知道它的更大价值，是在湘西。20 世纪 90 年代，湘西吉首招商引资兴办了一家专门提炼青蒿素的医药企业，使用的原料就是这种青蒿。它是一年生草本植物，为菊科艾属植物黄花蒿，其药用价值很高。青蒿素主治疟疾、结核病潮热，治中暑、皮肤瘙痒、荨麻疹、脂溢性皮炎和灭蚊等，是非洲一带治疗疟疾必不可少的药物。

湘西一带野生青蒿本来就多，漫山遍野，比比皆是。厂子兴办起来后，将这些青蒿都收购起来，提炼青蒿素。还发动老百姓大量种植，价格好时，最多十几元一斤，老百姓为此增加了不少收入。

其实这种蒿菜在湘西还有更好的用途，那就是加工蒿菜粑。每到春天，湘西一带青蒿发出嫩叶来，一片青绿。老百姓把它们采摘回家，用碓或者石槽捣烂，再和糯米粉加水一起揉捏，做成一个个绿色的粑粑。放进蒸笼中一蒸熟，便成一个个绿油油的蒿菜粑了，味道十分好，是孩子们最喜欢吃的食物，也是送给亲戚朋友的好礼物。现在凤凰、吉首街头或者旅游景区都在卖的蒿菜粑，就是这个。

蒿菜粑之所以好，一是它的味道好，凡吃过的人都知道；二是它绿色环保，没有任何添加剂，纯粹的原汁原味；三是好保管，便于携带。它还能唤起人们的记忆，勾起人们对童年的美好怀想。那种亲手采摘蒿菜、加工蒿菜粑的过程是令人回味无穷的。

在故乡，人们很少吃这种蒿菜粑，而是喜欢吃一种叫"燕子粑"的。这燕子粑的主要原料燕子花也是一种植物，学名叫"鼠曲草"，又名佛耳草、清明菜，也属于蒿菜的一种，有药用功能，主治祛痰、止咳、平喘、祛风湿等。因为是每年燕子归来时开的花，故乡人给它取了一个美丽的名字——"燕子花"。

它是一种开花的植物，长在地里，苗呈白色，细看上面有一层绒绒的白毛，开一种黄色的小花，很好看。常常是成片成片的，花开在地里，十分鲜艳夺目。小时候我们也采它们做过猪草。做粑粑时，只采摘苗的顶尖部分，将花蕾和几片嫩叶采下来，放进筛子或篮子里，提回家，洗净，晾干，放进碓子里去舂烂，现在也可以用机器加工了。然后和糯米粉或者磨好的沉粑一起揉捏，做成一个个粑粑，这就是燕子花粑粑了。

这种粑粑与蒿菜粑味道几乎一样，甚至很难区分出来。因为都是野菜加工的，而野菜的味道也几乎一样。要说他们的区别，我看就是颜色上的一点偏差：蒿菜粑颜色要绿一些，而燕子花粑粑的绿颜色稍淡一点。至于它们的营养成分，只有等有关专家去研究分析了。

不管是蒿菜粑还是燕子粑，都是一种地方特产，是地方产品的一个符号，甚至代表着本土的一种文化。随着旅游产业的兴起，这种粑粑越来越被外界所接受，它们的市场也越来越大了。

炒米糕

从小我们就爱吃炒米糕。

炒米糕也称"炒米糖""泡子糖"，是一种用糯米、花生、芝麻和红薯糖、麦芽糖混合加工而成的糖。因为这种糖原材料都是自家产的，所以成本很低，家家户户都可以做。在那困难的年代，它成为孩子们过年最爱的抢手货。

这炒米糖加工方法简单，然而，要做得好吃，仍需费一番心思和工夫的。

首先要从加工糯米开始。

先将糯米用水浸泡，用甑子蒸熟。这种甑子是木制的，呈桶状，下宽上窄，底下有木格，木格有眼，用于透气。在锅子里放大半锅水，然后将甑子洗干净，架上去，在甑子底部的木格上铺垫一层白色的纱布，再将浸泡过的糯米灌进去，烧上旺火，将生米蒸成熟饭。这种用甑子蒸的糯米饭喷香喷香的，不会糊，蒸熟后一粒一粒的，晶莹剔透，便于以后晒干去炒。

糯米蒸熟后要将它们铲出来，在簸箕里放凉，天气好时还要搬到太阳下去晒干，干后还要将它们捏成一粒一粒的，这种米叫做"阴米"，便于以后炒熟。

炒阴米一般要用沙子。先将干净沙子炒热，再将部分阴米倒进去一起炒，火不能太旺，不然会炒焦。炒着炒着，这阴米就胀大了，成雪白色，很快就熟了。光熟了还不行，要用米筛将沙子筛掉，留下雪白的炒米，这就是炒米花了。同样，花生、芝麻也要炒香，放在旁边备用。

加工炒米糖时，最好用红薯糖或者麦芽糖。这种糖成本低，黏性很好，能把炒米花、花生、芝麻等粘合成一块一块的糖。农村红薯多，不值钱；麦芽糖虽好，但是主粮，一般很少用。这红薯糖本来是稀的，要放进锅子熬浓一些，直到能拉成丝，叫做"挂排"。这时，再将炒米花、花生、芝麻等放进锅子，一起搅拌，和匀，加温，然后铲出来放进长方形的茶盘模型中。这时要用大竹筒将它们碾压，滚紧，让它们冷却一会，然后用刀子来切，切成一块块，这就是炒米糖了。当然，用于招待客人，还要用纸包装好，看上去很漂亮。

别看这简单的炒米糖，在困难时期有时很难吃到。因为那时连饭都没吃的，谁家还有心思去做炒米糖呢？所以孩子们都很期待。

后来人们经济条件好了，一般不用沙子炒，直接用油发，这样吃起来松脆一些，但是不好保管，时间一长，就变味。

改革开放以后，农村条件好了，做这种炒米糖的越来越多，有些甚至专门做成芝麻糖，味道更香更好了。

刚参加工作时，每年春节回家，我们都要从家中带一些炒米糖到办公室，让同事们吃。那时湘西很少这种糖，同事们吃了都说好。还有一些老乡，年纪大了，很少回故乡过春节，带上一些炒米糖给他们拜年，他们最高兴不过了。嘴里吃着炒米糖，聊着家乡的趣事，那是他们最幸福快乐的时候。

橙片糖

三姨八十岁时，我前去祝寿，陪她聊了一会。谈及故乡，问她最喜欢故乡的什么东西，我以后给她带来，她说，最喜欢故乡的橙片糖。

三姨年轻时拖儿带女离开故乡，来到湘西，一晃就是五十年。因为坐不得汽车，一上车就晕天黑地，再也没有回去过。但对故乡的一种小特产久久不能忘怀，可见这橙片糖并非一种普通的东西。

于是，每次回故乡探亲时，我都要买一包橙片糖带回湘西，送给老人。老人吃着糖，对家乡的爱恋之情溢于言表。

橙片糖是故乡特有的一种东西，其他地方我至今很少见过。顾名思义，它是用橙片加工成的一种糖，其制作原理大体如下：

一种是将橙子的皮剥下来后，用清水浸泡。另一种是将还没有完全成熟的橙子摘下，削皮，切成四瓣或多片，用清水浸泡。要将里面的苦水泡出来。需要注意的是，每泡几个小时要将橙片里的水挤出来，再换清水浸泡，如此几次，橙片中的苦味涩味全没有了，再将它们挤干，晾放一边。

接着，用锅子熬糖。将家中自制的麦芽糖或红薯糖放在锅子中熬，要把握好火候，将糖熬到用锅铲舀起淋下来能起丝时才好，俗称"挂排"。这时，再将晾干的橙片放进锅子里一起熬，将糖煮进橙片中，直至将糖熬得差不多干时，才铲出来，放在案板上冷却晾干，然后再烘干或晒干，这就是橙片糖了。此后，根据需要，将一些大块糖切成小块，装袋打包，这就算加工完成了。

这种橙片糖，没有任何添加物，全是自然生态的东西。吃起来，既有糖的甜味，又有麦芽糖、红薯糖特有的香味，以及橙片的清香味，真是味美可口，因而很受人们的喜爱。尤其是在以前困难年代，其制作成本低廉，加工方法简单，一般人家都会制作，因而相当普遍。

远离家乡的游子喜爱这种橙片糖，是因为那不仅是一种糖，而是在吃糖的过程中，体验一种乡思、乡情。

崀山优质脐橙，名闻遐迩

老街的年糕粑

走在故乡县城的老街，突然听到"年糕粑……年糕粑……"的声音，我停住脚步，侧耳细听着。这时，一个老人挑着一副担子晃悠悠地走过来，扁担和担子摩擦发出"吱呀、吱呀"的声音。是卖年糕粑的？久违了，好熟悉的香味！

记得小时候，虽然家里很穷，但每次跟大人进城，都要想办法买一个年糕粑吃。那时候年糕粑在县城东门正街的饮食店卖，价格便宜，一毛钱一个，然而也相当于两个鸡蛋的价钱了。吃上一个年糕粑，甚至成为我们回家向同伴们炫耀的资本。

一晃四十年过去了，故乡还有这种卖年糕粑的，看起来真是十分的亲切。

我招呼挑担的老板，老板便选了一个比较宽敞的地方停下，我和朋友各买了一个吃起来。这是才烤出来的，两面焦黄，闻起来特香，尤其里面的芝麻馅子，真是好吃极了。这时，又有几个人围上来购买，老板索性取出几条小板凳，让我们坐下来，我们便攀谈起来。

老板告诉我们，他叫蒋重斌，金石镇锦绣社区升平街人，自幼在金石镇长大。父亲是"擀面"的，其实就是加工面条的。他自小便和面打交道，高中毕业后招工进了集体办的饮食店，主要做白案，学会了各种米面小吃的加工方法。1992 年，集体饮食店办不下去了，他那时已有两个孩子，家庭负担很重，便自己出来谋生活。最早是做包子、烤饼，在金石中学门口摆摊，生意不错。后来学校实行了封闭式管理，不准孩子们在校门外买吃的，便断了他的财路，他只得改行。经过比较选择，他决定卖年糕粑。

老板一边和我们聊天，一边不停地用铁钳翻着年糕粑，一阵阵香气在周围弥漫开来，不时引来一些购买者。他们吃着粑粑，一个个满意地离开了。我们继续交谈。

为什么选择卖年糕粑？他告诉我们，一方面这个东西是挑担买卖，不需要门面，可以节约成本。另一方面，年糕粑是本县特产，有销路，虽然是小打小闹，但还是有钱赚，比较稳定。不过卖这东西就是辛苦，每天半夜三更就要起床进行加工，早上七点就要挑担叫卖，直到中午，卖完了才能休息。"你们看我这么显老，就是劳累成的。"他告诉我们，他今年其实只有 58 岁，但胡子都花白了，孩子们都叫他老爷爷了。

老板是个直率而善谈的人，接着，他很自豪地告诉我们，虽然干这个很累，但他乐在其中。因为卖年糕粑，加上老婆卖面，他们已"盘"出两个大学生。老大湖南农业大学毕业，现在安徽工作。老二安徽师范大学毕业，现在河北就业。两个孩子都在外面有了体面的工作，所以再辛苦也值得。

我问他做这个是不是要交管理费和税，他说："以前每月交六块钱工商管理费、十块钱税，后来他们说我是下岗工人，小本生意盘两个孩子上大学不容易，就免交一切费用了。"

他说，现在县城里只有他一个人卖年糕粑了，准备过两年满六十岁，能领到养老金就歇手不干了。儿子们都有自己的事业，不愿意再干这个，只怕这门手艺要失传了。说着便不无遗憾地叹息起来。

我趁机问他年糕粑的历史和加工方法，他说，这个年糕粑的历史只怕有好几百年了，以前是过年前后卖的，所以叫年糕粑。但它和外地的年糕不一样，年糕是一种糕点，这是一种粑粑。它和糍粑也不一样，糍粑是全糯米的，加工之后，可以泡在水中，吃上几个月。年糕粑是现做现卖的，里面包馅子，既有糕点的特征，也有粑粑的味道，吃了不上火，所以比较受欢迎。以前叫卖时，一边走，一边唱：年糕年糕，福寿年高。有祝福的意思，因此吃的人很多。过了春节，同样有市场，所以就有了这一职业。

接着，他很坦诚地告诉我们加工方法：把三分之二的糯米和三分之一的粘米放进木桶中浸泡约8个小时，然后用石磨磨成米浆，现在可以用机器磨了。磨好后，用布袋将米浆吊起来，把水滤干。第二天早上，将滤干水的粑粑放在柴火灶上蒸熟，再放进石槽中去擂或者揉，让粑粑变糯变黏，捏成一个个圆坨坨，然后撒点碱粉，用手压扁，再放糖馅，包起来，这就成年糕粑的大致模样了，烤熟即可食用。

这年糕粑的馅子，以前是用芝麻和白砂糖做的，将芝麻炒得喷香，擂成粉末，再加糖，拌匀，这种馅子随粑粑烤熟后特香，很远都能闻到。现在因为芝麻太贵，有些加黄豆粉了，但制作工艺是一样的。

他说，以前他家还有一个做年糕的木模子，将压扁的粑粑放进模子里，中间放糖馅，将另一面翻过来，用模子一压，粑粑的两面印上双喜图案，很漂亮，可惜"文革"中被搜走烧毁了。

年糕粑做好后，要用木炭火烤熟才能吃。他担子的一头下面，用铁盆装上了一盆炭火，上面镶上一块铝板，铝板上钻有一些小孔，便于传热。将做好的年糕粑放在上面摊开，不停地翻动，十几二十分钟便烤熟烤香了。如此烤了卖，卖了再烤，每天要卖一两百个。

接着他指着担子说，这是一个老爷爷转让给他的。老爷爷原来也是卖年糕粑的，后来年纪大了，挑不动了，就将担子转让给他，只象征性地收了他10元钱，意思是让他将这副担子传下去。现在年轻人都不愿学，不知道还能不能传下去了，他无可奈何地说。

是啊，现在市面上各种小食品花样繁多，风味不一。传统的年糕粑没有漂亮的包装，没有炫目的广告，但它那朴实无华的模样，让人心生亲切。那飘过童年的香甜，在岁月的掌心里代代传递着。

我说："现在崀山的旅游越来越旺了，你这是本乡本土的特产，游客肯定会喜欢的，你这手艺完全可以发扬光大呀。"他说："大家都这么说，但做起了还是不容易的，走一步看一步吧。"

这时，老板的年糕粑已经卖完了，他清理好一张一张零散的钞票，收拾摊子，和我们告别。然后挑起担子，消失在老街的尽头……

凉　粉

今年的夏日，特别的热，持续的高温将城市烘烤得像火炉一样，让人喘不过气来。

利用年假，我回故乡休息了一段时间。

故乡位于湘西南的大山里，夏天气温一般比城市低 3～5 度，自然要好过一些。但在今年，同样酷热难当。

晚饭后，我与朋友相约到夫夷江边散步，想体验江畔的微风、流水带来的凉爽。然而，行走一段之后也是一身热汗淋漓。

这时，已走到湘水大桥边。桥头摆了许多摊子，有人正在叫嚷着卖凉粉。

凉粉？我顿时一惊。已经好几年没吃过故乡的凉粉了，一听到"凉粉"二字，像条件反射一样，心底里便是一阵清凉舒爽。

朋友见我对凉粉感兴趣，便邀我到路边摊子上坐下来，请我吃凉粉。

恭敬不如从命，我们选择一个地方，坐了下来。

不一会，老板娘动作麻利地端上来两碗凉粉。

这是新宁人纯手工制作的凉粉，就存放在路边的冰桶里。客人来了，老板娘用专用的瓢舀出来，放进一次性碗里。然后，用木刀片划成一块块，再倒进一点食醋，在上面撒一点白糖和芝麻，这就是本地人爱吃的凉粉了。

我接过凉粉，用调羹在里面稍微拌匀一下，便张口吃起来。

啊，一股凉爽进入喉咙，浸入心脾，顿时感到凉爽多了。

也许是口渴了，也许是受不住这种冰凉的凉粉的诱惑，我狼吞虎咽起来，很快，就把一碗凉粉吃完了。

朋友眼尖，叫老板再来一碗，我也没有推辞。

真是太好吃了，还是那种甜甜的家乡味道，还是小时候那种久违的感觉。

故乡是有做凉粉的传统的。

记得小时候，老家的门前有一口老井，老井上面有三株老树。不知老树的学名叫什么，我们那地方叫四季青，一年四季，枝繁叶茂，爬满藤蔓，显得古老而苍翠。

那树的树龄有几百年了，是我们附近年岁最大的树。高高地耸立在水井上面，很远都能看到。别人问我们院子在哪里，我们只需说，就在水头那三棵大树底下，人家一听就明白了。

那古树上爬着的藤蔓都有我们手臂粗了，叶子不大，但青青的、厚厚的，像打了蜡一样。这藤上会结一种果子，我们那叫凉粉瓜。等待那果子成熟，摘下来，剖开，里面长满了紫红色的凉粉籽。用铁调羹将里面的果籽掏出来，放进簸箕里晒干，就是可以加工凉粉的凉粉籽了。

每到盛夏时节，农村搞"双枪"，天热得不行，我们便叫嚷着想吃凉粉，母亲便取出凉粉籽，叫大姐带我们去"揪"凉粉。

故乡人把制作凉粉称为"揪"，就是用纱布将凉粉籽包裹着，放在水中浸泡后使劲去拧，或者搓揉。用一个"揪"字来概括，倒是很形象生动。

"揪"凉粉是必须有好水的，就是水要达到一定的凉度，那凉粉才会凝固，所以乡下人看一口井水好不好的标准就是看能不能"揪"出凉粉来。而我们家门口这口井正是能"揪"出凉粉的好水，不仅我们院子的人在这里"揪"凉粉，连城里有些卖凉粉的也经常挑到这里来加工。

大姐提着一个水桶，里面放了水瓢、纱布、毛巾等工具，我们则跟在后面，既为了看热闹，也想亲自见证一下凉粉的制作过程。

　　大姐是我们兄弟姐妹中的老大，穷人的孩子早当家，大姐做事总是风风火火、干净利落的。到了水井边，她很快从井里提出一桶水来，将纱布、毛巾等清洗干净。接着，又提出一桶干净的水来，取出晒干的果籽，放入清洗过的纱布里，将纱布口扭紧，浸入凉水中。然后，用手反复揉搓纱布里的凉粉籽，挤出里面黏滑的汁液。这样，一直反复浸水、揉搓、挤汁，直到纱布里的凉粉籽挤出的汁液不黏滑为止。

　　曾经听大人们说过，"揪"凉粉时旁人是不能随便说话的，否则那凉粉不会凝固。所以我们尽管兴奋不已，但还是屏声静气，不敢喧哗。只看到大姐用一双手使劲地搓揉。待到搓揉完毕，大姐将干净毛巾覆盖在水桶上面，等待着凉粉凝固。

　　又听老人说过，凉粉凝固时，也是不能让人看见的。要是让人看见了，它们很快会"醒"，所以得用毛巾覆盖着。这样，我们就在水井边静静地等着，好在水井上面有大树的阴凉，有习习凉风。我们心里也有所期盼，等待着奇迹出现。

　　约过了二十分钟，姐姐轻轻揭开毛巾，那凉粉已经凝固了，浸在水中，无色透明，若不仔细察看，根本就看不见。于是我们满心欢喜，赶快提着水桶回家去。

　　我自然是跑在最前面的，去给母亲报信。母亲听说凉粉成功了，也掩饰不住兴奋，轻轻地打开橱柜，从最里面取出一小罐白糖，又取出自家酿制的白醋，准备着给我们划凉粉吃。

　　很快，我们吃上了可口的凉粉，心里别提多高兴了。可以说，那是孩提时最美好的享受、最幸福的时光。

　　然而，这种好日子并不长，到了 20 世纪 70 年代初，我们村后山一片葱绿的山林全部被砍光了，开成了所谓的"大寨田"。水井的水量明显减少了，只有原来的一半。井上的老树开始变黄了，好像营养不良似的。更有甚者，那结凉粉果的古藤不再结凉粉果了，只结下一种我们叫"水桶瓜"的果实。

　　据老人说，结凉粉果的藤一旦遇到意外情况，就会变种，结成"水桶瓜"。一旦变种后，要在藤上连砍三刀，才会变回来。我们那时还小，就缠着大人，要他们用刀子去砍。他们也确实去砍了，但并没有变回来。每年结果的季节，我们天天盼，希望结出凉粉果来。但等到它们成熟了，还是那种"水桶瓜"。这种果比凉粉果要小一些，显得白嫩一些，剖开后，里面是没有籽的，只能作为我们打仗用的炮弹。

那时候生活物资十分匮乏，饭都吃不饱，附近哪里还找得到凉粉籽？自此以后，在漫长的十年里，我再没有吃过故乡的凉粉。

再次吃到凉粉，是在我考上大学以后。说来奇怪，就在我考上大学那年，我们屋前水井里的水又满了，清亮亮的，哗哗流淌。

第二年暑假，我回到故乡。大姐当时在果品公司工作，有机会买到凉粉籽。见我回来，专门邀我们兄弟姐妹回到我们水井里"揪"凉粉。大家自然饱吃一顿，皆大欢喜。

后来，村子里的有心人专门引种了一株凉粉藤，栽在水井的树下。如今，那凉粉藤又有拇指粗了，每年都结下果实，村里的老百姓每到夏天，又有凉粉吃了。

任思绪这么遨游，老板娘一声吆喝，第二碗凉粉又端上来了。

常言道心静自然凉，身子静下来，暑热也就慢慢退去。有了一碗凉粉打底，我只觉得浑身已经凉爽很多了。

此时，夫夷江的清流在河谷哗哗作响。江面上，凉风习习。月亮从金紫岭爬上来，照着黑黝黝的山峦，照着夫夷江两岸，一座山城，显得宁静而安详。我们在路灯下吃着凉粉，别有一番情趣。

这是其他地方难以体验的情趣，此情此景此凉粉，将是永远值得留恋的。

吾

乡

神秘文化

Shenmi Wenhua

吾

土

范天贡墓

范天贡墓位于邵阳市隆回县城东雨山乡洪庄村眠牛山。这里距县城约 10 公里，距 320 国道约 100 米，有水泥路通到墓前。

范天贡（1238—1308），邵阳范氏始祖，字椒仁。范天贡系宋代名臣范仲淹第八代嗣孙，原籍福州罗源。南宋度宗咸淳九年（1264），由福州罗源县常熟乡来邵阳任县令。他为政清廉，兴利除弊，在任数年，百废俱兴，深受百姓拥戴。因爱邵阳山水，遂定居这里。公元 1308 年卒于任，享年 71 岁，"葬邵西塔泥墟眠牛形，亥山巳向"（邵阳《范氏族谱》）。

该地形似一头牛躺在田野之中，四周群山环抱，山环水绕。墓葬所在地似于牛屁股位置。墓室原为竖穴式溶洞，木棺悬在洞中，棺上再用石板筑成空穴，穴上封土。其妻林氏，原葬高田铺仙鹅形，皇庆二年（1313）迁于这里夫妇合葬。清道光十九年（1839），续修墓葬，外加石块封砌。石砌茔台呈八角形，伞盖顶，高 2.6 米，直径 8 米。

茔台前嵌有青石墓碑两块，大小一致，均高 0.79 米，宽 1.7 米。其中一块为"范天贡墓志铭"，为清道光十九年立，碑文楷书阴刻，今字迹多已模糊。

墓正前方的石柱上镌刻着一副对联：

由闽令邵廉让宗风传后裔；
自元迄今爱乐典范启宏图。

1991 年 12 月，该墓公布为隆回县级文物保护单位。2011 年，公布为邵阳市级文物保护单位。

墓前有一条小溪，自左流向右后侧。溪上有一条古桥，青石拱砌，爬满藤蔓，为一座古桥。该桥叫槐珠桥，为范氏后裔所建。

小溪的下游不远处还有一座古塔，名奎峰塔。塔高 20 米，塔基用青石砌筑，塔身砖砌，五级八面，楼阁式，中空，层开四拱门。塔内原有登梯盘旋而上，今毁。第一层石拱门额楷书阴刻"奎峰"二字。1982 年公布为隆回县级文物保护单位。

族谱载，道光十九年（1839），第三次复修范天贡墓时，有"于西建文峰，以补其阙"的记述，故此塔应建于道光年间。

范天贡的后代不仅人丁兴旺，而且人才辈出。现湖南隆回、新宁、邵东、娄底、双峰、桃江、望城、宁乡范氏，多为他的后裔，贵州、云南、重庆、四川范氏，也多是他的后裔，总计人口超过 10 万人。每年清明，返乡扫墓者成群结队，络绎不绝，蔚为壮观。

2016 年，其后裔筹资 150 多万元对该墓进行修复，墓前新立了高大的花岗石牌楼，两旁新建了石亭廊，新修了公路、停车坪，整个墓葬看上去气势恢宏，为乡村一景。

范天贡墓

魏源故居

翻过许多蜿蜒曲折的山路，终于来到魏源的故乡。重重山峦环抱着一个盆地，盆地中是一片整齐的良田，魏源故居就坐落于居中的一块稍高的沙洲上。

这个地方叫金潭，大地名叫司门前，明洪武五年（1372），这里设立了"隆回巡检司"，而这地方恰好在它的门前，故有其名。旧时这里属于邵阳县管辖，1947年，因邵阳县是中国第一大县，划出一部分置隆回县，所以现在属于隆回了。

故居是一栋砖木结构的老式建筑。名曰沙洲，实则是一块台状的宅地，因其地形狭长如船，所以又叫"船形上"。四周为开阔的田垄，清澈的金水河原来从门前流过，后涨水改道从院后穿过。垅中有狮、象两座大山，分别立于金水河两岸。屋后矗立群山峻岭中的笔架山，是由三座大山的山尖并排而成的一个大笔架，正好与故居读书楼遥遥相对。

我站在故居门前四望，四围山峦重叠，一山高过一山。我想象不出，魏源是如何透过这重重大山看世界的。一个读书人，在清朝那种闭关锁国的局势下，能成为睁眼看世界的人，实属不易。除了个人的天赋和勤奋外，只能归功于眼前这块土地的地灵人杰。

魏源，清代著名启蒙思想家、政治家、文学家。名远达，字默深，又字墨生、汉士，号良图。被誉为"近代睁眼看世界第一人"。

清乾隆五十九年三月二十四日（1794 年 4 月 23 日），一个幼小的生命在这里诞生了，这就是魏源。传说其母亲头天晚上做了一个奇怪的梦，一位身着古代衣帽的神人把一只巨大的笔和一束金黄色的花交给她，笑容可掬地说："这就是你的儿子，可要善待他呀！"说完就不见了。

魏源自幼聪明好学，过目不忘。7 岁从塾师刘之纲、魏辅邦读经学史，常常苦读至深夜。父母看他太刻苦，每晚规定熄灯时间。他伺候二老熟睡，又爬起来点灯苦读。9 岁赴邵阳县城应童子试，考官指着画有"太极图"的茶杯，出"杯中含太极"的上联，嘱他作对。魏源从怀中摸出两个麦饼，对曰"腹内孕乾坤"。考官大为惊异，视之为奇才。

嘉庆十二年（1807）），少年魏源离开了苦读多年的家塾，怀着对未来的美好憧憬，来到了邵阳县城的爱莲书院求学。这是著名文学家周敦颐讲学和种莲的地方，据说他的传世名篇《爱莲说》就是在这里完成的。后来，他又就读于长沙岳麓书院，与同是这里毕业的湖湘才子陶澍、贺长龄有了接触，并建立友谊。

嘉庆十五年（1810），他 15 岁，考取秀才。29 岁，考中举人。以后考进士，多次落榜，直到 51 岁才考中。由于进不了官场，他在相当长的时间内充当地方督抚的幕僚，从事学术著述，并兼做盐商。道光五年（1825），受江苏布政使贺长龄之聘，辑《皇朝经世文编》120 卷；道光七年，又转入江苏巡抚陶澍幕府，办漕运、水利诸事。成为当时著名的海运、河工、盐政、币制四大改革的专家。

道光二十四年（1844），魏源再次参加礼部会试，中进士，以知州用，分发江苏，任东台、兴化知县。期间改革盐政，筑堤治水。他与林则徐是至交，依据林则徐所辑的西方史地资料《四州志》，参以历代史志、明以来岛志等编成《海国图志》50 卷。后经修订、增补，到咸丰二年（1852）成为百卷本。它囊括了世界地理、历史、政治、经济、宗教、历法、文化、物产等各个方面，对强国御侮、匡正时弊、振兴国脉之路作了深度探索。提出"以夷攻夷""以夷款夷"和"师夷之长技以制夷"的观点，主张学习西方的先进技术，富国强兵。《海国图志》对中国近代史上的洋务运动、戊戌变法具有极大的促进作用，并对日本明治维新起了积极的启蒙作用，被誉为影响世界历史进程的辉煌巨著。

《海国图志》刊行后，于1851—1854年陆续传到日本，当即引起日本朝野人士的高度重视，他们纷纷翻译刊印，争相传阅，认为该书对他们了解世界各国情况、学习西方先进科学技术、加强海防建设有很大的启示和帮助，甚至推崇它为"海防宝鉴""天下武夫必读之书"。可是，该书在国内的遭遇却截然相反，虽然有人专门把它推荐给清廷，可是清朝最高统治者竟无动于衷，把它束之高阁，导致中国没有摆脱落后挨打的命运。

咸丰元年（1851），魏源授高邮知州，公余整理著述。咸丰三年（1853）完成了《元史新编》。晚年，他潜心学佛，法名承贯，辑有《净土四经》。咸丰七年三月初一日（1857年3月26日）卒于杭州东园僧舍，终年63岁，葬杭州南屏山方家峪。

魏源是一个进步的思想家、史学家和坚决反对外国侵略的爱国学者。他积极要求清政府进行改革，在鸦片战争前后提出了一些改革水利、漕运、盐政的方案和措施，要求革除弊端以利于国计民生，认为"变古愈尽，便民愈甚"。这些主张不仅在当时具有进步意义，对于后来的维新运动起了积极的推动作用。

现存的魏源故居是一座两栋正房和一栋厢房的木结构四合院，坐西南，朝东北，院前有木结构槽门，四周有土砖围墙。面阔约43米，进深约54米，总占地面积约2300平方米。槽门位于正房的左前方，系过亭式木构架房子。从槽门进入院内，是个晒坪，面阔约22米，进深约16米，栽种树木花草，花香四季。

魏源故居，后山是一座笔架山

江忠源传奇

清朝末年，在湘军的产生和发展中，江忠源绝对是一个顶天立地的人物，有湘军鼻祖、"湘军第一将"之称。

江忠源，字常孺，号岷樵，湖南新宁人。出生于清嘉庆十七年（1812）。据说其手臂特长，可以垂手至膝。生得气宇轩昂，少年任侠好义，放荡不羁，但很讲信义。

道光十七年（1837），丁酉科拔贡生，后中该科乡举。往北京参加会试时，曾三次护送老师和同学的灵柩回原籍，虽耽误了大考也在所不惜。

在京城，江忠源经好友郭嵩焘介绍往见曾国藩。江忠源"任侠自喜，不事绳检"，声如洪钟，慷慨激昂。曾国藩和他谈些市井琐屑的事情，酣笑移时，江忠源辞出，高声朗朗，作揖后便头也不回地走了。曾国藩目送之，回头对郭嵩焘等人说："吾生平未见如此人。当立名天下，然终以节烈死。"（《清史稿·江忠源传》）当时天下承平日久，在座闻之者都很惊疑。从此曾江二人相交甚好，成了无话不说的朋友。

有一天，江忠源告诉曾国藩说："故乡新宁有青莲教匪，天下将大乱了。我在家的时候，已经把亲友丁壮都组织起来了，一旦有事，可以防御。"这就是江忠源练勇的开始，他是清末第一个秀才带兵的人。

道光二十七年（1847），新宁黄卜峒青莲教首领雷再浩聚众起义。江忠源刚好在家，他率领乡人，协助县令把农民起义镇压下去了。因功授知县，拣发浙江秀水。

道光二十九年（1849），江忠源正在浙江任上，天地会党人李沅发又在新宁举事。曾国藩写信劝他弃官保家。不久，江忠源丁忧回籍，参与镇压李沅发起义。

1851年，太平军起义，进攻桂林。赛尚阿奉命督师征剿，奏调江忠源赴营差委。江募集乡兵五百人，叫做"楚勇"，也称"楚军"。开赴桂林，打了一大胜仗。但赛尚阿不采用他的谋略，绿营处处掣肘，他就告病回家了。

第二年，太平军由永安溃围，又攻桂林，他增募一千人，叫好友刘长佑带队，前来增援。又连打胜仗，受副都统乌兰泰器重，升为知府。在全州蓑衣渡一役，以区区一千七百余人的弱小兵力，独当一面，抗拒近两万人马的太平天国大军，几乎使太平天国全军覆灭，南王冯云山战死。

太平军围攻长沙，他从郴州驰援，逼营督战，长沙城得以保全，太平军引而北去。这时江的"楚军"已扩大到两千人，是一支特别能战斗的队伍。

咸丰三年（1853），江因功授湖北按察使。不久，又调赴江南大营，帮助军务。转战江西、安徽。不到九个月，升任安徽巡抚。

1854年12月，江忠源在庐州保卫战中殉难，年仅42岁。"文宗震悼，赠总督，予骑都尉兼云骑尉世职，入祀昭忠祠，谥忠烈"（《清史稿·江忠源传》）。

江忠源能征善战，威名赫赫，据说与他的出生地和祖坟风水有关。

他出生于金石镇一个叫飞虎的山村。在一座大山的环抱中，一个村落散布在山脚，江忠源就诞生于这个村落的一座小房子里。他的几个弟弟和堂弟，后来都做过清朝的大小官吏，上过《清史稿》的8人，几乎都出生在这里。村前是一片农田，视野开阔。越过农田，是几座岸山，左前青龙位是一座狮子山，似一只大狮子，伏地昂首，守卫着村庄。右前是一座虎形山，似一只老虎跪拜在村前，拱卫着这方水土。村前有一条小溪流过，还有一口古井，常年水流不歇。山水有情，使这个地方地灵人杰，出了江忠源等一批湘军将领。

　　江忠源之死，则被传得更神。传说江忠源的家乡父老饭后会聚一堂，抽烟聊天，有老人问："岷樵打到哪里了？"有人回答："已经到安徽的庐州了。"老人一听，连说："拐了拐了，大将犯地名，钢（江）入炉（庐）中一身溶，岷樵只怕是有去无回啊！"只过了几天，前方报来消息，江忠源已战死，家乡父老叹息不止。

　　"江"姓在湖南一带读 gang，谐音"钢"，故有大将犯地名一说，虽说牵强，但也巧合。

　　江忠源死在安徽巡抚任上，当时他率领疲惫之师 3000 人固守安徽的临时首府庐州。太平军集合了十万大军围攻。没想到庐州知府胡元炜暗中向太平天国投降，搞了个里应外合，江忠源自知难以解围，情急之下要拔剑自刎。左右保护他，一部将背着他逃走，他奋力挣脱，且战且走，转战到水闸桥地方，身受伤七处，趁人不备，投古塘而死。硝烟散去，其弟忠浚派人寻觅其尸体。八日后，部卒周昌觅得，从水中打捞出来，面色如生人。

杨溪江氏宗祠

总督刘长佑墓

2015 年，新宁县文物部门投入近 200 万元资金，对湘军名将刘长佑墓进行全面修缮，基本恢复了其原来的面貌。

刘长佑（1818—1887），新宁县人，系晚清重臣，湘军重要统帅。随江忠源镇压太平天国起家，先后担任两广总督、直隶总督和云贵总督。病逝后，葬于新宁县白沙镇泉田村木集塘西侧。原敕建的"刘长佑墓"由墓室、祭台、翁仲、墓庐四部分组成，建制宏大，工艺精美，占地达 1000 平方米。可惜在"文化大革命"中遭到毁灭性的破坏，墓室的基本形制已不复存在，仅有两个祭台和部分青石条铺成的拜道遗存。

刘长佑墓地所在地原名鹜集塘，因一口约十亩见方的池塘而得名。鹜的原意是鸭子，鸭子众多，趋之若鹜，聚集一塘，故名鹜集塘。当地老百姓为图简便，写成务集塘、木集塘，有些甚至写成木鸡塘，真是以讹传讹。

该山塘位于几座山的周围，东西北三面是山，东南方向有一个缺口，下面是成片农田，所以筑坝修建了一口山塘蓄水灌田。

刘长佑的墓地位于山塘的正上方，也就是鹜集塘院子的中心。地势后高前低，正后面和左右分别有马鞍山、龙头山、鱼望岭紧紧围绕。特别是龙头山，一条长长的山脉逶迤而来，到此歇伏下来，像是张开龙口吸水，前面视野十分开阔。墓前20米处就是鹜集塘。里面波光粼粼，村舍倒映如画，数只鸭子游弋在水面，悠闲自得。

为了让该墓葬更得山水之灵气，在墓葬修建时，特意在塘的两边各修建一个水井，用青石围砌，里面井水清澈，像一对龙的眼睛。至今两个水井尚存。

刘长佑性格谦和自卑，志趣高逸脱俗，是晚清非常优秀的高官之一。他一身清廉，乐善好施。遣散楚勇时，他把钱财分给他们安家，善名远播。他一生仅娶原配李氏，不纳妾，不冶游，不贪色，积德行善。1935年，湖南省选定湖南古今乡贤，他被选为30位贤人之一。

刘长佑的后人众多，人才辈出，多从事教育、科研。最有名的原武汉大学"五老八中"的"五老"之首、武汉大学文学院院长、代校长刘永济先生，湖南大学老教授刘永湘先生是他的孙子。他的曾孙辈中，有武汉大学物理系教授刘福庆，国家自然资源部岩溶研究所原副所长、研究员刘东生，吉首大学原中文系主任、教授刘敦纲，新宁县农业局高级农艺师刘萱庆等。

刘长佑墓

总督刘坤一祖母墓

　　崀山镇石田村是清末湘军名将、朝廷重臣刘坤一的故居所在地。在石田村的骆驼峰后面，有一个叫凤形山的地方，葬有刘坤一祖母墓。

　　穿过石田田塘，沿着溪水上行约数百米，左边有一个山冲，里面绿树葱茏，屋舍俨然，是一个非常宁静的山村。小山村新修了一条公路，可以直通凤形山下。

　　到了山下，拐过一个弯，可看到一座小木屋，公路就到此为止了。拐弯处左边有一条山路，直通凤形山。沿着山路往上爬，两边茂林修竹，杂草丛生。行走约百米，可见一个山塘，因年久失修，塘里已经没有积水，里面长满茂盛的草和植物。站在高处，可见整个山的轮廓。整个山势有如一只凤凰，头部向上，展开一双翅膀，做展翅欲飞状，刘坤一祖母墓葬于居中的凤凰背部接近尾巴的位置。

　　站在刘坤一祖母墓前，一眼望去，前面无数山峦，连绵起伏，层层叠叠，对主山呈环抱包围之势。左边青龙山山势高峻，右边白虎山略显矮小，右前一座山头似一只雄狮起舞，向主山朝拜。远处山脉，似游龙，似奔马，似笔架，栩栩如生，尽入眼底。

　　因为该墓在"大跃进"和"文革"中被人为损坏，后又被盗多次，墓碑残缺不全，所以无法去查实墓主生卒年月和其他相关资料，但据目前掌握的资料，刘坤一父亲以教书为职业，家境一般。共有四个儿子，分别为坤一、培一、瑞一、傅一。自从他们祖母下葬后，家里慢慢开始发迹，最后，刘坤一做了两广总督、两江总督、南洋通商大臣，位极人臣，其弟弟们也不错。

刘坤一，字岘庄，生于清道光十年（1830），以诸生起家军旅。咸丰五年（1855）受刘长祐之邀，率乡团与太平军作战。后随刘长祐参加湘军，援战江西，因作战勇敢，屡立大功，被破格提升为直隶知州。此后曾转战于湖南、广西等地，历任临江知府、广西按察使、广西布政使、江西巡抚。

光绪元年（1875），刘坤一升任两广总督，后两度出任两江总督，成为一名封疆大吏。他也是清朝末期著名的改革者和变法者，为晚清朝廷中比较进步的大臣。

1902 年，刘坤一去世，终年 72 岁。他被封为"太子太保"，谥"忠诚"，追封为一等男爵。他的养子刘能纪被授为四品京堂，孙子们也都被授予官职。

刘培一（1833—1890），曾随江忠源和刘坤一镇压太平天国，积功授候补知府，后无意于官场，回老家管理家业，热心公益事业，因病逝，终年 57 岁。

刘瑞一，幼时极聪明，有"神童"之称。十多岁中秀才，后就学于岳麓书院，屡试不第，28 岁时病逝。

刘傅一，情况不详。

刘坤一没有儿女，弟弟刘培一有三个儿子，分别为能继、能缉、能纪。弟弟刘瑞一也没有儿女，老四刘傅一有一子名刘能约。按照家族的传统，刘培一的老三刘能纪过继给刘坤一，老二刘能缉过继给刘瑞一。这样，每个兄弟都有了单传。虽没有败绝，但后代并没有出大人物。

寻找总督魏光焘墓

一个周末，我与朋友相约去新邵，计划去寻找魏光焘墓。

驱车到新邵县城时，已经下午 5 点多，这才开始打听去魏光焘墓的路线。

魏光焘（1837—1915），别名魏午庄，晚号湖山老人。隆回县司门前镇金潭人。他是魏源的族孙，两人故居仅相距 1.5 公里。早年入湘军，隶属曾国荃部，能征善战，累有升迁。后随左宗棠西征，负责平凉、庆阳两府的善后工作。他鼎力做好后勤保障，成为左宗棠的重要助手，左宗棠特作《会宁县平政桥碑记》以示赞赏。光绪七年（1881），升甘肃按察使。

光绪十年（1884）冬，调补新疆布政使。他是中国新疆地区建省后的第一任布政使、第二任巡抚。他精于理财，勤于治事，军务报销，安排有序。新疆与邻国接壤很广，与俄国、英国等国际事务，交涉案件甚多。而随着政局的逐渐稳定，他深感教育的落后、人才的缺乏。1891 年，他一手创立新疆博达书院，并担任第一任校长，为新疆近代教育开创了先河。

光绪二十年（1894）中日甲午战争爆发后，他受命募兵北上，援辽抗日。当时，他正在老家丁母忧。接旨后，强起墨经从戎，仓促成军。他统率昔日湘军旧部三千余人组成武威军，日夜兼程北上，赶赴辽东抗日。

1895 年 3 月，敌军进犯牛庄，他以 3000 兵力抵抗日军 1 万多精锐之众，展开激战。他往来督战，竟至三易坐骑，血染征袍。此次战役虽然失败，但它予敌以重创，连日军也不得不赞叹："其能久与日军交锋者为武威军，奋死决战，力守至昼夜，实清军中所罕睹也。"

战后历任陕西巡抚、陕甘总督、云贵总督、两江总督、南洋大臣及总理各国事务大臣。1905 年罢官，回到家乡，在邵阳城东郊建湖山别墅，1915 年 3 月去世，享年 79 岁。他曾出资刊印魏源的《海国图志》及其他多种著作。本人亦有《勘定新疆记》（8 卷）、《湖山老人自述》等著作传世。

原来听朋友说，该墓是在县委党校附近。到了党校，问老百姓魏光焘墓址，老百姓只知道魏制台，而不知道魏光焘。因为清朝官场中，通称总督为"制军""制台"，所以称"制台"也准确。我顺着他们的称呼，问在什么地方，他们热心指点："在后面的高山上，快到山顶了。"他们一看时间："快下午 6 点了，你一个人去，不怕吗？明天去吧。"我说不怕的。于是他们为我指路："沿着一条大路上山，快到山顶，就能找到。"

我沿着一条机耕道快步行走着。很快到了山下，有一个鱼塘。鱼塘水蓝莹莹的，上面漂满白色的花粉。周围没有一个人，偶尔几声蛙鸣，显得阴森森的。我无暇顾及，穿过塘堤，很快找到上山的路。

山路两边绿树参天，把一条一米多宽的路遮盖得严严的，真正成为一条林荫小道。山林里有时几声鸟叫，胆小的人真的不敢行走。我快步攀登着，一会儿后背的衣服便湿透了。

很快翻上山腰，远远看见一座高大的坟墓，我想，那就是了。待我走过去一看，虽然墓碑高大，形制可观，但看碑文才知道，是前些年才葬的新坟。

我又走回来，沿着小路，继续攀登。

唐人贾岛有诗："只在此山中，云深不知处。"到了这里，真的不知道东西南北，更不知道墓在何方。根据经验，我想：这边不是主山，坟墓应该在左边的密林里。于是我找到一条山路，穿进密林。密林里黑黝黝的，遍布树木，什么也看不到。走了约 100 多米，又遇到一大片被烧的山林，视野开阔了，却没有发现墓葬。只得又往回走。

时间在一分一秒过去，难道今天找不到了？我不相信。接着沿着老路继续往上走。约行走 100 米，看到一处石块砌的基座，我心里一阵兴奋，大概这就是了。再走过去，看到一条高高的石拱门。再看右前，有一座碑。一看，原来是新邵县立的文物保护碑，上面标有"魏光焘之墓"，我放心了，终于找到了。

天时已晚，我赶紧勘察。

从大门走进去，里面长满树木和杂草，只有地面上，还有青石砌的墓台。再看墓台上面，没有墓碑、墓冢、神道碑、墓志铭，什么也没有。倒是地面上，到处都有盗墓的盗洞和被挖掘的痕迹。墓台的里面靠山位置，则是墓围。

这里位于一座小山头的下方，后面还有更高的山。地势高耸，视野开阔。前面是一个很大的平台，虽然长满了树木，但透过树木，可以看到很远。远山层层叠叠，一览无余。正下面是村庄，阡陌交通，溪沟纵横。

据保护碑介绍，魏光焘逝世于 1915 年，其墓葬却是 1925 年建成的，占地 30 多亩，前有华表、墓庐，内有墓碑、墓台、石狮，外有墓围，气势宏伟。可惜除墓台和青石大门挺立外，其他都不存了。

趁着天色未晚，我赶忙拍摄一些照片。

下得山来，在山塘下方，看到一位老人在挖菜地，我同他攀谈起来。从中了解到，魏光焘所葬山头叫魏家山。原来是魏光焘生前选中这地方之后花钱买下来的，故名。

老人介绍说，此处山形为鲶鱼形，下面那山头圆圆的，像鲶鱼脑袋，作下山喝水状。墓葬位于鲶鱼的腰部。我觉得如此解释，有点勉强。既然是鲶鱼形，下面必须有大江大河才对。这里虽有小溪田园，但水量并不丰富，难以滋养那么大一条鲶鱼，是为缺陷。再者，如果是鲶鱼形，就必须葬在下面鲶鱼嘴的位置。其墓葬在山顶，上下不见水，与鲶鱼有什么关系？

经过反复察看，我觉得整个山形更似一尊睡佛。后山顶部浑圆，为睡佛的头。两边山脉延伸，似睡佛的手。下面为睡佛的大肚子。墓葬所在，位于大佛的胸口位置。

我问老农该坟墓是什么时候被毁坏的，老人说，最早是1958年，将坟墓的那些大碑、墓道的青石板全部拆下来，修建了水渠等。"文革"中，造反派来挖墓，将魏光焘的尸体挖出来，尚没有腐烂，面色如生，最后曝尸荒野。20世纪80年代，盗墓风刮过，又有许多人去盗墓，挖得一片狼藉。

怎么不见守墓人的房子？老人说，有的，位于墓葬下方树林中。原来有一正两横的房子，有守墓人陈、邓姓两家，十多年前房子拆了，搬下来了。

再看该山，两边山林均被清明扫墓者不小心烧毁，只有墓葬所在地和下面部分没有被烧，显得郁郁葱葱。当地老百姓说，这山几乎年年被烧，只有魏光焘墓葬一带烧不起来。

天很快黑下来，我们只得驱车返回。

八角寨龙头香

崀山将军墓

在新宁崀山风景区紫霞峒景区，有一著名景观将军墓。墓主是刘华轩将军，新宁人，曾任广西提督、贵州提督、江南水陆提督等。他的一生充满传奇色彩，所以他又被称为"传奇将军"。

刘华轩，又名刘光才，生于道光二十年（1840），新宁白马田人。白马田是一块风水宝地，有"九狮二象拜田塘"的说法。据说刘华轩有三大：一是嘴巴大，能塞进自己的拳头；二是声音大，声如洪钟，喊声震天；三是饭量大，每餐能吃2斤米饭。他出身非常贫苦，少年以捉泥鳅卖为生。新宁有一首歌谣，专门唱他的："月亮出来亮台台，哪个比得刘光才？十七八岁捉泥鳅，二十七八当提台。"提台就是提督。

清咸丰七年，也就是1857年，刘华轩进城卖猪，遇到一伙人聚众赌博，他经不起诱惑，也去参赌，结果把卖猪的钱输得一干二净。他不敢回家，只好流落街头。刚好"楚勇"回家乡征兵，他就报名投军。

当时他只有17岁，个子不高，先被安排当火头军，就是烧火煮饭。在跟随刘长佑、江忠义到江西作战时，部队受命守城。有天晚上，他吃多了肥肉，半夜拉肚子，打着火把，经过炮台，直奔茅房。路上他不小心摔了一跤，手中的火把碰巧点燃了大炮的引信，"轰隆隆"一阵炮响，把他吓得魂飞魄散。没想到，当夜太平军大军围城，准备偷袭，遭此炮击，以为城内已有戒备，连忙撤退，该城因而得到保全。紧接着，部队集合，找寻点炮之人，原来是伙夫刘华轩，当即予以嘉奖，他连升三级。他后来当了提督，授光禄大夫建威将军，成为湘军中年纪最小的将军。直到1911年秋，他70岁时，告老还乡。

刘华轩是一位有名的爱国将领。1900年，八国联军攻陷天津、北京，慈禧太后挟光绪帝逃至陕西。八国联军企图进犯山西，时任大同镇统制的刘华轩率所部忠毅军奉命镇守。法国军队多次向刘华轩部队发起进攻，都被忠毅军顽强击退。后来法军联合德军两面夹击，刘华轩沉着应战，指挥若定，将士们为保家卫国，英勇抵抗，共打死打伤法、德侵略军1800多名，从而再次粉碎了八国联军西进的阴谋。

刘华轩1918年去世，开始葬在他老家白马田祖坟山上，1926年8月迁葬到这里。

将军墓占地200平方米，为丹霞石、青石结构。墓葬呈半圆形，有两重墓台，全部由丹霞石建造。第一重周围设石雕镇墓兽和武士俑多具，由青石雕刻而成；第二重前后竖碑，后碑为方形台柱旗碑，高4米，顶为精雕四面兽额，正面刻有"刘华轩之墓"五个大字，碑后刻有"清授光禄大夫建威将军刘公事略"，概述刘华轩生平事迹。墓围石柱石碑精雕细刻，精致绝伦，石羊、石马、石人栩栩如生。墓前设大青石镶花供桌神台一个。该墓几次被毁坏，后被修复。

墓地四周群山环抱，苍松翠竹，古木参天，一派肃穆庄严的景象。墓地下方100余米处，有守墓人住的小屋，以及他们曾经耕种过的几十亩田土。

刘华轩墓

蔡锷故居与祖墓

　　洞口县山门镇金鸡田村蔡家山，有一个叫蛇形山的地方，这里有蔡锷祖母颜氏、蔡锷父母和叔父墓葬，在当地很有名气。20 世纪 80 年代，该墓葬多次被盗，其侦破过程，颇有传奇色彩，在多家报纸转载过。

　　蔡锷（1882—1916），原名艮寅，字松坡，是我国近代著名的民主革命家和杰出的军事家。因为领导和打响了反袁护国战争，丰功伟绩彪炳青史。

　　蔡锷一家原籍邵阳县，现为邵阳市大祥区蔡锷乡蔡锷村。有一种说法：19 世纪后期，家住宝庆郊外的蔡母颜氏携子正陵、正阶两兄弟为躲避清兵追捕，在熟人介绍下，辗转来到山门。据说，两兄弟当时在宝庆府卖菜，清兵买菜却不付钱，两兄弟反抗，正阶用扁担揍打清兵，故有出逃之说。

　　蔡锷父辈一家迁居到山门镇后，借住在一个叫"武安宫"的地方。现在，这里已改称"蔡锷公馆"，成了纪念蔡锷的地方。

　　武安宫位于现洞口县山门镇回龙街，地处黄泥江北岸、秀云山西麓。这是一栋砖木结构的大房子，前后三进，各面阔五间，进深二间，占地面积 1300 平方米。正面精雕细刻，古色古香，气势宏伟。该宫始建于清康熙二十一年（1682），原为宝庆帮会的活动地。当时这里已形成一个小集镇，蔡锷的父亲蔡正陵是一个裁缝，全家人就寄居在这里，为当地人缝衣服，依靠勤劳和节俭，渐渐发家起来，并到附近购买了部分田地。

几年后，蔡正陵娶本地女子王氏为妻。1882年，王氏产下一子，这就是蔡锷。据说蔡锷出生前，其父做梦，梦见山坡上突然一只老虎从松林里窜出来，一会儿，其妻便生下蔡锷。所以当时他们称儿子为虎儿，名艮寅，字松坡。

因为居住在山门镇，蔡锷祖母和父母去世后，都安葬于蛇形山。

该墓葬左边，葬的是蔡锷的祖母颜氏，生卒年不详，但从青石墓碑的风化程度看，应该在19世纪中叶。蔡锷父母墓位于右边。蔡锷父亲蔡正陵，生于道光二十七年（1847），殁于光绪二十七年（1901），享年54岁。蔡母王太夫人，生于咸丰八年（1859），民国二十四年（1935）病逝于长沙天鹅塘私宅，享年76岁。遵其遗嘱归葬于此。

洞口县山门镇蔡锷公馆，是蔡锷成长的地方

探寻袁吉六墓

有幸出差到新化，我便四处打听袁吉六先生墓地所在。

袁吉六（1868—1932），字仲谦，又称"袁大胡子"，是毛泽东在湖南第一师范读书时的国文老师，也是毛泽东最为尊敬的师长之一。

袁吉六祖籍为湖南新化县，后来先祖迁到湘西保靖县葫芦镇，主要以教书授徒为职业，至袁吉六时已是第六代了。因袁家在附近较有影响，他们居住的地方被称为"袁家坪"。袁吉六的父亲袁家绩，是光绪甲午科秀才。

1868 年，即清同治七年农历四月初十，袁吉六出生于袁家坪。其母亲早逝，他幼年随父攻读经史，研习诗文。1897 年，中丁酉科举人。之后一生不入仕途，致力于教育事业。

1912 年，他携家眷迁回祖籍新化。1913 年春，被聘为湖南省立第四师范学校国文教员。同年春，毛泽东以第一名的成绩考入该校，被编入袁吉六所教的预科一班。1914 年，第四师范合并到湖南省第一师范，袁吉六又是毛泽东所在的本科一部第八班的国文教员，直到 1918 年暑假毛泽东毕业，袁吉六教毛泽东国文达 5 年半之久。

袁吉六酷爱古文，博览群书，国学修养非常深厚，而且还写得一手好字。他在施教中，发现毛泽东立有救国救民的大志，且学业超人，因此对他特别器重。毛泽东初入学期间，模仿的是梁启超的文风，操的是新闻记者的手笔。袁吉六发现后为其作了认真的纠正，并要他以唐朝著名散文家韩愈为楷模。毛泽东尊师从教，开始转变文风，钻研韩愈的文章，学会了古文体。他在《自传》中说："予之得窥古文涯缥者，袁胡之教为多。"还有一次他与同学周世钊（1949年后任湖南省副省长）交谈时说："我能写古文，颇得力于袁吉六先生。"

袁先生十分爱惜自己的藏书，从不轻易借出去，但他却乐意借给毛泽东阅读。1949年，袁先生的儿子袁诚在新化家里翻阅父亲的旧书时，偶然发现毛泽东往年借书的条子，还夹在书里面。

袁吉六教学认真，对学生要求极严，但很关爱学生。1915年上学期，第一师范的学生反对当局增收学杂费，发生了驱逐校长张干的罢课运动。在这次斗争中，毛泽东起草了一份反对张干的传单。事后，张干要挂牌开除毛泽东的学籍，袁吉六极力反对，并说："挽天下于危难者，必斯人也。"后来，在杨昌济、徐特立等老师的坚持下，张干才把开除学籍之事作罢。这一事件在前些年播出的电视剧《恰同学少年》中，有形象的反映。

后来，袁先生又在湖南高等学校等讲授古典文学，他讲解精辟，治学有方，深受师生的爱戴，桃李满天下。

1916年夏，谭延闿任湖南省长兼督军，请袁先生出任省府机要秘文，袁先生以年迈体弱相辞。后来，谭延闿出任国民政府行政院长，再次邀请袁任国史馆总编修，也被袁先生推辞。

1928年，袁先生辞归故里。1932年农历四月初二逝世，享年65岁，安葬于新化县罗洪乡孟公村蛇首山。

1951年，罗洪乡划归相邻的邵阳市隆回县，所以袁先生墓今位于隆回县罗洪乡的孟公村。

为了找到袁先生墓地，我多方询问，然后沿着地图的标识，驱车去寻访。

从新化洋溪、槎溪一路南行，过半山水库，在大山中绕行。因为沪昆高铁的修建、许多载重大车的碾压，水泥道路被压成一块一块，行路十分艰难。进入隆回境内，行驶一段，向左便上了去罗洪的乡道。虽然道路崎岖，但路况好多了。一路翻山越岭，山中树木葱茏，鸟语花香，时有梯田层层，竹篱茅舍。约行驶5公里，到了罗洪村地界，路上有标志，向左5公里即到孟公村。

这是一条村道，宽约3.5米，比刚才的路要窄得多，但有水泥路面，较好行驶。继续翻山越岭，沿途山清水秀，生态良好。

很快到了孟公村，向村民一打听，大都知道袁吉六墓，还在山里面。村民们热情地告诉我，在前面有几个岔路口，都向左行驶。我们翻上一道高坡，视野渐渐开阔，各种梯田、农舍尽收眼底。再向左约行200米，便看到一个山冲里一座高大的墓碑、几幢老百姓的新房子。

袁吉六墓所在地叫蛇首山，顾名思义，位于蛇形山的头部。只见后山主脉像蛇一样，向下蜿蜒曲折游走，到了下面，突起一个山包，然后伸出一段，再在前形成一个小山包，状似蛇头，故名蛇首山。开始看来，有点像乌龟形状，但仔细一看，从整个山脉的走势看，应为蛇形，袁六吉墓刚好葬在蛇的正头上。

该墓原来没有前面那座墓表，那是20世纪90年代新建的。在袁吉六谢世后的1937年元月，毛泽东亲笔题写了"袁吉六先生之墓"，据查这是毛泽东生平题写的最早一块墓碑。1949年后，湖南省人民政府拨款为其重修了坟墓，将毛泽东的题字刻于湘白玉石碑上。

1980年，袁的后人维修袁吉六墓，在原墓碑两边加了一副楹联，袁的大儿子袁愈栖在旁边加了一段文字：

1965年春，周世钊先生参加三届人大会议，返乡后亲交毛主席赐先母款四百元，并言在京时与章士钊、郭沫若、王季范诸先生赴主席家宴，席间话及先父生平及王季范旧作"袁胡教学有何奇，横扫千军笔一枝"。章老慨而言曰"此老通古今文史"，郭老续曰"斯人教天下英才"。主席莞尔而谦曰：英才过誉，但切袁胡一生耳。今刻章郭两老联于墓侧，吾父九泉有灵，亦必引为一乐也。男愈栖识于癸亥年。

现墓表为石塔，高 5.2 米。塔基之上筑如意式台阶三级，台基之上为塔身，以湘白玉石砌筑，四方柱体。塔正面嵌大理石碑，刻毛泽东题字"袁吉六先生之墓"。座基正面和左侧嵌保护标志及说明碑，右侧嵌先生诗《过凤滩》《桃源舟次》。

2003 年，袁吉六墓被公布为邵阳市文物保护单位。2011 年，升级为湖南省文物保护单位。

袁吉六墓碑，碑上文字系毛泽东亲笔题写

崀山丧葬习俗

故乡的丧葬习俗和其他地方大体相近，但又有不同。特别是在一些细节上，很有自己的特色。其主要程序和习俗有：

一是送终。死者落气前，家人要在身边，给老人喂三口饭，可以是硬饭、稀饭，但不能不喂，不喂的话，据说死者下辈子会成饿死鬼。注意，千万不能喂水，因为这样，据说会把家中财气冲光，家族从此将衰落。死者落气时，要放鞭炮，化纸钱，儿孙跪在床前，呼喊老人，表示送老人上路，打发盘缠，也称"化落气纸"。

二是装殓。死者断气后，不能再放在床上，要把席子或竹簟铺在床前地上，赶快为死者沐浴更衣。然后，按家中神位坐向，移尸堂前，叫"小装殓"。死者身着寿衣，里外三新，鞋帽齐全，口中含金丝银丝，头盖纸钱，身盖被单，脚下点茶油灯，供亲友拜奠。

三是报丧。小殓过后，孝子要上门向亲友报丧。见到亲友时，孝子要下跪，称为"下礼"。如果只父母一方去世，就单腿下跪。如果父母已去世一方，这次另一方去世，就要双腿下跪。下礼过后，亲友口中说"起得快，发得快"，赶快将孝子扶起来，询问情况，顺便安慰几句，然后前往吊唁。

四是入棺。主要亲友到齐，就装殓入棺，俗称"大殓"。棺木又称"板"、老材、寿材、千年屋等，一般为生前备好。入棺时，儿女未到，只入棺，不封口，等待儿女回来后，观瞻遗容，作最后遗体告别。

五是开吊。入棺后，棺材置于堂前，一般停三天左右，每停一天叫"一朝"，三天就是"三朝"。白天孝子们披麻戴孝，守于灵旁，有吊唁者前来向老人灵柩鞠躬，孝子也要对吊唁者鞠躬。如果客人对老人灵柩跪拜，孝子要回拜。晚上要请道士师傅作法，唱"耗歌"。"耗"是"噩耗"的意思，"耗歌"也就是"孝歌"，唱死者生前的勤劳艰苦优良品德、亲人的怀念等。

六是封棺。一般出葬前一天晚上选择吉时进行封棺。按照乡俗，封棺前要由主事者写出告示，张贴于屋前，与死者同属相的人必须回避，不能参加。因为乡里传说，封棺时会把同属相的人的影子和灵魂封进棺材，这人不久也将死去，所以必须回避。封棺时，孝子孝孙等亲人都要到场，与死者进行最后的告别。亲人们哭泣时，千万不要把眼泪滴进棺材里，据说那样也是很不吉利的。

七是出殡。封棺后，放鞭炮，将棺材移到屋外，停柩于村口一宽阔地方，以便于下一步抬棺。

八是安葬。俗称"出门"，亲友多来送葬。将棺材用棕绳捆绑，套上"龙杠"。所谓"龙杠"，就是抬丧用的木杠，一根在上面的称为"独杠"，两边各一根的称为"双杠"。棺材上盖棺罩，农村多盖被单。8 人抬棺，分班换人。花圈、祭帐在前，孝眷紧挨灵柩，一般头孙执引路幡，满崽端灵牌，大儿端遗像，在棺前跪拜，退着慢行。孝子孝孙都要跪拜。后面是其他送葬人员及鼓乐队，一路鞭炮不断，鼓乐齐鸣，队伍慢慢移动，俗称"游棺""行棺"。一直送到墓地，叫"登山"。接着，将棺材放入墓穴，叫"落坑"。由风水先生用罗盘定好棺位，呼龙化契，然后撒米。撒米时，孝子孝孙都要跪在地上掀起衣襟，风水先生喊："要财还是要米？"大家回答："财也要，米也要。"风水先生接着将米撒来，孝子孝孙将米接住。这米叫"罗基米"，据说这米是福佑子孙的，大家下山后要煮饭吃掉。然后，开始掩土垒坟，直到将坟垒好，大家才下山。返回时，大家要摘一片青叶插在头上或身上，意为"四季清泰"，不做噩梦。

至此，整个丧葬基本结束。

"偷葬" 与丧葬禁忌

在故乡，有一种"偷葬"的习俗。

所谓"偷葬"，就是偷偷安葬，悄悄安葬。具体步骤大致如下：

老人去世后，不张扬，仅仅让至亲好友们知道，也不举行大的祭祀仪式，不敲锣打鼓，不吹拉弹唱，不燃放鞭炮，选定一个吉日良辰，将老人行棺抬到山中，悄悄下葬。棺材落井后，暂时不用泥土覆盖，而是在上面用晒簟搭一个棚子遮盖。也不化地契，不惊动土地老爷，等于暂时寄放在那里。等第二年立春过后，山头开了，再将棺材用泥土覆盖，同时，请巫师作法祭祀，焚化地契，才算正式下葬。

在故乡，民间还有冷尸不进屋的说法。就是在外地去世的人，尸体冷却了，不能抬进正屋的神龛下办丧事，否则不仅会家族败落，甚至家破人亡，有"冷尸进屋人死绝""冷退六十年"的说法。所以一般情况下，家人在外面不幸死去，只在屋外扎一灵堂，放进棺材，进行祭祀，然后抬到山中埋葬，绝不能抬进家中。也有在外地装殓好，直接抬到故乡山中安葬的。

关于冷尸进屋，我们那里流传一个故事：金石镇水头村的林家组，原来有一大户人家，有田地数百亩。据说，有天晚上，其家中九头水牛跑出牛栏，到外面偷吃庄稼。结果，吃的都是自家的作物，根本没跑进别人的田里，可见他家的田地之宽广。

其家中母亲待人刻薄，尤其是对儿媳妇不好。有一天，儿媳妇受到欺负，想不通，上吊自尽了。其娘家也是个大家族，嫁出去的女儿被逼自尽，娘家人大为光火。他们组织了一大批人闹上门来，要将死者埋葬在其家堂屋中央。这家人因为平时在当地极少行善，所以也没有人出来帮他们说话，最后真的将死者葬在堂屋中。自此以后，这家元气大伤，家业逐渐败落，最后竟然迁走，不知所终。

还有一个真实的故事：金石镇某村有一个人，是个卡车司机，前些年赚了一些钱。当时组里要卖生产队的老仓库，有几个人想买。他凭着一点小聪明，事先给组长一点好处，用很少的钱就将仓库买下来。后来，他将仓库拆除，在原址上修建了一座大房子。后来他大儿子吸毒，花了很多钱。不久他和老婆一起出去运货，卡车翻车，老婆被压死。因为他平时和老婆娘家关系不好，岳母娘家认为是他故意把老婆害死的，来了一大帮人，将他老婆的尸体强行抬进屋，这也犯了民间冷尸不能进屋的大忌，结果不久他大儿子触电身亡，二儿子开车撞死几个人，在监狱里面关了好几年。乡里老人说，这就是冷尸进屋的结果。

崀山之"山"，天下一绝

跪 礼

在故乡，有一种礼节，我们姑且把它称为跪礼。

据老一辈人说，牛生下来，本身是跪着的，要跪着拜东南西北四个角，然后才能成活下来，不然是无法长大的。

人出生后，有些场合也是需要跪拜的，比如说拜年，以前是要拜的，特别是孩子们给长辈拜年，是必须拜的，后来才慢慢简化了。

农家孩子生病，在吃药不见效的情况下，长辈会带他们去拜菩萨，也是需要跪拜的。

孩子不听话，读书逃学，或者打架闯祸，家长必把孩子叫到神龛前，叫孩子跪着，对着祖宗的灵位接受处罚和教育。有些甚至头顶一盆水，双手捧着，不能让水倒掉，持续一两个小时。当然，这是最严重的惩罚了。

故乡在许多民俗活动中，也是需要跪拜的，尤其是家中有老人去世，孝子孝孙去给亲朋好友报信，见到亲人或者熟人，都必须跪拜的，称为"下礼"，其实就是一种跪礼。

这个下礼，一般不分男女老少，除了对方是孩子外，都可以下礼，哪怕对方年纪小些，或者辈分低些。按家乡的说法是，老人家去世了，孝子孝孙是代表老人去下礼的，目的是请人来帮忙。所以不论你年长年幼、官职大小，该下礼的就要下礼。如果这个时候还讲究什么身份，不肯下礼，那么帮忙的人是不会来的。

这下礼也是很讲究的，如果家中老人已经去世一个，还有一个健在，一般是单腿下跪。如果两个老人已经去世一个，这次又去世一个，就要双腿下跪。不过移风易俗，现在也没有那么讲究了。

人家下礼的时候，客人要赶快把下礼之人扶起来，口中要说"起得快，发得快"，这也是一种礼节。

人们在办丧事的时候，只要下了礼，以前的爱恨情仇什么的，都可以不计。这时表现的，是难得的宽容。是的，别人家中老人去世了，属于"大事"，算是最悲伤、最需要帮助的时候，还有什么可以计较的呢？

这种跪礼还表现在办丧事的很多方面。

亲朋好友上门来了，要给老人烧香，我们叫"上香"。如果死者是长辈，那么来人要到灵前下跪，磕三个头。孝子孝孙为了表示答谢，也要站在灵旁，对着客人，同时磕头，这叫"回礼"。

在为死者做法事的过程中，孝子孝孙都要跪在灵前，长跪不起，听法师念经什么的。有些念完经，还要绕着棺材不停地走，俗称"绕三棺"。那是比较复杂的礼仪，现在很少了。

死者出殡，抬着棺材向墓地行棺时，孝子孝孙要在前面下跪，叫做"拜路"。若在大路上，每隔几十步，孝子孝孙要回过身来，跪下拜路，口中叫着："某某，某某，您老人家跟我们走啊。"到了山路拐弯抹角的地方，也要"拜路"，还要招呼着"老人家要慢点走，一路小心啊"之类，一直把老人家送上山头。

老人安葬后，从当日傍晚起，要连续点三晚的灯。一般是孝子去，拿着香火、蜡烛、纸钱，跪在坟前，点燃纸钱、蜡烛，磕头作揖，口中念着："某某，我给您点灯了，您老人家跟着我们回去呀。"然后返回，一路念着，不能回头，直至回到家中。

总的来说，跪礼是一种民俗，一种礼节，孩子们从呱呱落地起，就接受跪礼这种礼节教育。

师公的传说

在故乡，有一种专门与死人、与"鬼"打交道的特殊的职业，人们把从事这种职业的人称为"师公"。有一句俗话"又做师公又做鬼"，便是专门讲他们的，和我们平常讲的"放鬼捉鬼"意思是一样的。

师公之所以神奇，是因为他专门与"鬼"打交道。首先他们能见到鬼，传说他们善于"化身"，即将自己化身为一棵树、一根草或某个动物，使鬼看不见他，而他却能把鬼看得清清楚楚，然后通过法术把鬼捉住，或者制服。

师公不仅能让自己化身，而且能让同行的人化身。我们村的一个叫寿大爷的人，年轻时是个光棍，最爱凑热闹，常看师公是如何捉鬼的，还经常给师公帮点忙，打点下手，因此与师公关系很好。

有一次，某师公半夜要到一个地方去镇鬼除妖，喊他作伴，他也乐意去。途中要经过一座山，山中葬了许多坟，大多是吊死的、摔死的，乡里统称为"伤亡鬼"。"伤亡鬼"因为死得冤枉，大都闹鬼，人们对此讲得活灵活现。过这山时，师公叮嘱寿大爷，他要将两人化身，不论遇到什么，都不能发出声来，否则有麻烦。寿大爷答应了。然后师公念了咒语，将两人化身成路边的树，鬼自然看不到他们了，他们却可以清楚地看到鬼。路过坟地时，寿大爷说他看到了各种各样的鬼，有吊死的，舌头伸得好长；有摔死的，浑身是血；还有其他的鬼。尽管他平时胆大，这次却心里怕得慌，吓得发抖，可仍不敢发出声来，战战兢兢地过了这个山，以后则再也不敢跟师公走夜路了。

乡里死了人，以前都要请师公来做法事，在为死者封棺前，师公会去野外的平地做一个"滚鼓"的仪式。即到外面烧香化纸，然后拿一面小鼓滚去。据说滚鼓的时候师公可以看到许多鬼来抢纸钱，其中就有附近活着的人。而传说这种人灵魂已被鬼魂摄去，将不久于人世了。师公就是知道，也不能说出来，否则泄露了天机，是会折寿或遭天庭惩罚的。有关系要好的人问师公："谁来抢钱了？"师公自然不肯说，问多了，便说："参加抢纸钱的活人中，他们的手指甲里面是黑的，因为有纸灰，你们自己去找吧。"然后再也不肯透露了。

为死者盖棺时，还有一道程序，即要告诉在现场的所有人，死者的属相是什么，现场同属相的人都要回避，离得远远的，否则盖棺时会将他们的影子封进去。如果封进去了，这人也将在不久后死去。我们村有个叫小华的年轻男子，也是个爱凑热闹的人，同村死了人进行封棺，他分明与死者同属相，喊了几次却不肯离开，站在旁边看热闹，结果不久后果然死了，有人便说他是封棺时被封走了灵魂而死的。当然，这也许只是巧合而已。

师公捉鬼，还会"封罐"，即将鬼捉了，放进一个坛子里，然后用法术把坛子封起来，埋到荒郊野外，这鬼便再不闹事了。邻村有个我们叫表姐的，大我七八岁，自小便懂事听话，是家中的乖乖女。十八岁时，有一天挑石灰，劳累了一天，晚上睡下去，第二天早上便没有醒来。活生生的人，就这么死了，一时阴魂不散，家里便经常闹鬼。每到晚上，家中人就能看到她的影子，一时坐在桌子边，一时在床上。家中人烧香化纸，赶也赶不走，一时闹得一家人坐卧不宁。最后没办法，请来了师公做法事。烧上香，不停地化纸，敲锣打鼓，师公口中念念有词，像唱歌一样，将鬼请进坛子里，然后封罐，半夜埋到荒郊野外去了，以后家中便平安无事了。这是我亲耳听村中人说的，是否为他人编造，则不得而知了。

我上大学的时候，有年寒假，住在城里亲戚家里。这是由一个旧仓库改建的房子，有点阴森森的。晚上，一家人烤火看电视。表姐靠在桌上，似乎睡着了。突然，她抬起头哭起来，说："我两个小孩太可怜了。"接着边哭边胡言乱语。这分明是胡话，当时她自己还是一个孩子，哪来两个小孩呢？亲戚见识广，从厨房取把菜刀，一刀砍在桌上，大喝一声："你说什么？你是哪里的？"这时，表姐忽然醒了，眼睛茫茫四顾，说："我干什么了？"旁人也没提醒她。过了一会，她又靠着睡着了。睡了一会，又开始说胡话。家人赶快叫人去请师公。师公一来，烧了纸钱，做了一阵法，人便没事了。其后，师公说，这是"鬼上身"，表姐阳气不旺，所以遇到鬼。这鬼是城外焦家垅的，喝农药死的，家中有两个孩子，老公另娶，孩子无人照料，所以说她两个孩子可怜。接着，师公又画了一道"符"，贴在大门上，以后家中再没有发生这事。看来师公还是蛮厉害的了。

有人说学师公的人是没有后代的。

我有一个老师，小时候多病，到上学年龄了，可他生病，无法上学。家人请人算命，说他有异慧，适宜去学阴阳八卦之类的东西，拜过师父，慢慢就会好了。家人便送他去跟师公学习。他聪明伶俐，学得很快，深得师傅的喜欢。

几年后，眼看可介卦出师了，师傅为他举办隆重的仪式。师傅做了很久的准备，烧香化纸，念念有词，请师傅什么的。到中途时，师傅问他："你后面有人么？"他看到师傅站在他后面，想也没想，就回答："有。"于是这介卦不成功。又跟着学了半年，再举行介卦仪式，师傅再问他："你后面有人么？"他仍然回答："有。"于是这介卦又不成，师傅说他尘缘未断，把他退回去了。

师傅问他的意思是，如果回答"没有"，就意味着他以后无后，即没有后人，就可以介卦成功，以后会成为一个大师。可他总回答"有"，说明尘缘未断，学不下去了。

令人惊奇的是，他跟着师公学习几年，身体完全好了。后来发蒙读书，成绩很好。一路读上去，直到读完博士，在高校当了教授，成为文化学方面的专家。这是始料不及的。

也有人说，有些人因为没有孩子，没有牵挂，才去学师公。到底怎样呢？也无法去探究了。

"水浸鬼"的传说

水是自然界的血液，水能给予人生命，也能吞没人的生命。

在故乡，传说人在水里溺死后，会变成鬼，这就是"水鬼"，我们那地方又叫"水浸鬼"。这鬼是会找替身的，找到替身后，他下辈子才能变成人，否则是不能变人的。所以有些地方头一年溺死一个人后，第二年又会溺死一个，以至于每年都会死一个，老百姓说，这是鬼在找替身了。

这鬼是怎样找替身的呢？这就是传说中的"鬼拖脚"，就是说，人下水后，便让鬼拖住脚，再挣扎也上不了岸，直到溺死为止。生活中，有些人办事不顺，就骂人："鬼拖脚了。"便是由此引申而来。

据说河中讨生活的船家，吃鱼是不能让碗中的鱼翻身的，鱼翻身与翻船都属于"翻"，这是船家最忌讳的。还说船家见有人掉入河中，一般是不会去主动救人的，因为一旦出手相救，使"水鬼"找不到替身，"水鬼"便会缠住船家，要船家当替身。当然，这是无稽之谈，但水上人都信这个。

传说人溺水死了，过几天后必浮起来，因为男女重心不一样，女的都是仰躺在水面的，而男人则是俯卧在水面上的。

我在湘西工作时，曾听到这样一个故事：以前芙蓉镇码头曾溺死一个人。那时还没有修建凤滩电站，王村码头水流比较急。有一天过渡时，一个人掉下河去，不见了踪影。当地水性好的人反复潜水下去，也没有找到尸首，而下游也不见有尸体。大约到了第四天夜晚，有打渔人渔船靠近码头歇息，突然，从河中窜出一个东西，冲出河面一丈多高，然后"扑通"一声，落到水面。打渔人以为是一条大鱼，急忙驾船赶过去，用灯光一照，原来是一具死尸，吓得半死。怎么会这样呢？据老船家分析，人落水以后，仓促之间，只想抓一根救命稻草。那人入水，没有东西可抓，沉到水底，就将水底的石头抱住，死死箍住，不肯放手，结果就那样溺死了。所以任水性好的人怎么寻找，始终无法找到。在水底泡了几天，人身体肿大，浮力增大，手一松动，因为水底压力大，一下子反弹上来，所以能跃出一丈多高，也就不足为奇了。这是比较科学合理的解释。

20世纪70年代，湖南安江曾发生一起渡船沉船事故，船上几十个人，只有船舱外的几人逃离，船舱内的人无一幸免，都被溺死。后来将船打捞上来才发现，船舱里的人，你拉住我的脚，我拉住你的手，互相牵扯着，谁都无法脱身，所以都被溺死了。而人在要逃命的时候，真的像抓住救命稻草一样，死死地抓住能抓到手的东西，绝不会放手，所以竟然溺死了几十个人，酿成惨剧。

凡是在水中救过人的都知道，当有人溺水时，千万不能近身去救，最好递竹竿或绳子、衣物让溺水者抓住，然后一边游一边将溺水者带上岸来。如果近身去救，那溺水者慌乱之间，会一把将你抱住，使救人者也无法游动，最后双双淹死。

在故乡黄龙镇的夫夷江河道上，我曾见石壁上有一个大石洞，洞口中间还横着一棵大树，感觉奇怪，就问当地老人。老人说，那个石壁叫做神仙岩，位于拐弯的地方。它的上下方都是河滩，绝壁下有深潭和溶洞，水流湍急，船只过往，不是撞在岩壁上船破人亡，就是进入旋涡，转进溶洞而淹死。那岩壁上的洞口，从上游看来，犹如虎口，虎口是要吃人的，古往今来，不知有多少人丧身虎口。这样的老虎赶不跑，也无法让它闭嘴，唯一的办法就是让它闭不拢嘴。于是当地人冒着生命危险，费了九牛二虎之力，将一棵大树吊上去，撑住了虎口，使虎口无法张合，吃不了人。从此，下面的河道里，过往船只平安无事，这就是那根木棒的来历。

驱骇与收骇

　　乡下带孩子，会经常出现孩子发烧、哭闹现象，带去看医生，打针、吃药都不见效，甚至还会一吃药就呕吐，乡里称为不受药。这时，有老人说，一定是孩子受"骇"了，要驱骇、收骇才行。

　　骇就是惊吓的意思，孩子在屋前屋后，或者在外面，常常无意中受到惊吓，乡里人称为骇到了、受骇了，一般症状是发烧不退、吃不下饭、哭闹不止。如果打针吃药不行，就要找人去驱骇，或称收骇。驱骇是把"骇"驱走的意思，收骇也是把"骇"收走的意思，按新宁话，这个"收"还与"肃"同音，也有肃清的意思。把"骇"收走了，孩子的病自然好了。

　　这驱骇有好几种方法，内容不一样，但据说都很灵验。

　　一是最简单的收骇。孩子突然受到外来的惊吓，惊恐不安，神志不清，茶饭不思，一般就近请一师傅"收骇"。这类师傅以前每个村寨都有，都是在生活中老一辈人传授的，但不是人人都有缘学会。据说学会的人，只要上厕所时想起师傅教他收骇的情景，就是对师傅的大不敬，就不灵验了。所以说要有缘人才能学会。

　　孩子受惊吓后，父母或爷爷奶奶晚上将孩子抱到师傅家中，请师傅收骇。师傅左手抓住孩子的手，一般分男左女右,展开,师傅用右手食指在孩子小手板上面画符,口中念念有词。几分钟后,师傅说:"好了,跟爸爸妈妈(带孩子来的人)回去睡一觉就好了。"如此连续三个晚上收骇,孩子的病就好了。

这师傅收骇,其实也就是念一段咒语:"收天骇,收地骇,收牛骇,收马骇,收猪骇,收狗骇,收雷骇,收风骇。"这里,几乎将自然界的惊吓全部念进去了,自然,这些骇都被收走了。

乡村有句俗话说:"人吓人,无药引。"孩子幼小,最怕的是被人吓,有时大人扮鬼去吓孩子,孩子被吓往往比被其他动物惊吓还要严重。这种惊吓,据说是没有药可治的,非要收骇不可。

二是收米骇。病人的家属带着病人来求巫师,同时带来一升米,倒出部分放在碗里,抹平,再用病人穿过的青色衣服包扎起来。接着焚香化纸,巫师右手拿着包好的米碗,对着病人额前,按顺时针方向转三圈,一边转一边念:"我弟子请您师傅,请您的神,请您说话句句灵。句句做好,保佑病人好太平。"

念完后,慢慢将青衣揭开,看看米面上出现什么形状,据说可以据此分辨出病人受什么惊吓所致。如受摔跤、狮虎猪牛等动物惊吓、人的惊吓等。之后将收米骇的米送给巫师一碗,其余由病人带回家,一家人煮着吃,不得给外人吃。包过米的青衣服要穿三天,在自己枕头边放四天,其后病就好了。

三是喊魂收骇。深更半夜,孩子睡着以后,由孩子的长辈到阳台或者屋外烧香化纸后,对着天空轻轻叫喊:"天母娘娘,地母娘娘:我家某某在屋前屋后骇了,请您老人家保佑他(她)元神归位,魂魄归身。我家某某跟我回来了,回来了吗?"家中有人答应:"回来了。"一问一答,连续三次。然后大人进屋关门,走到孩子床前,轻轻嘱咐孩子安睡。连续喊三个晚上,就行了。

四是开灶门骇。孩子受惊吓后厌食,不太吃东西,骨瘦如柴,严重营养不良。这就需要请师傅开灶门骇。

烧香化纸之后,巫师用手指从铁锅子底下摸一些锅灰,在病人额上划一个"十"字,一边划一边念:"灶公灶婆,讨个黑药,保佑小孩,不兜啰嗦。"据说这样一弄之后,孩子就会感觉饿得慌,食量大增,很快就如常人了。

捞魂与绚胎

孩子的成长往往伴随着各种艰辛。以前农村没有实行计划生育，大多家庭儿女成群，一大窝。因为缺医少药，孩子的一些病痛，很少去找医生看，全按乡下人自己的办法，往往通过一些迷信活动，就那么敷衍过去了。

孩子生病了，爱哭闹，往往半夜不肯睡。按现在的医学道理来分析，孩子感冒发烧，或疼痛，当然睡不好，自然要哭闹，打退烧消炎针就行了。而当时的办法是，用黄纸写上几句话："天王王，地王王，我家有个哭心王，过路君子念一念，一觉睡到大天光。"让大一点的孩子趁天黑无人时到村口热闹的地方到处张贴，让人们去念，说念的人多了，孩子的病就好了。所以那时村寨都有这种东西，也不知是否是这几句话起作用，过不了几天，孩子的病也就好了。

有些孩子的病重些，十天半月甚至更长时间没有好。这时，家中老人便要信迷信，请师傅来解决。师傅也没别的法子，简单作法后，就要人家请石匠打一块小的石碑，叫"挡箭牌"，上面刻"长命富贵"，中间刻"箭来碑挡，弓开弦断。左通××，右通××，"又刻立碑孩子的姓名、刻碑年月。然后把石碑立于道路分岔处，作为一种指路碑，据说这样，孩子的病就好了。

孩子小时，最容易受惊吓。受到惊吓后，孩子晚上睡觉时，有时猛然抖动，半夜不安眠，哭闹。而且吃药呕吐，不受药。乡下人说，这是吓着了，要找人"收骇"。

有些孩子受惊吓重些，说是"吓跑了魂魄"，就需要"喊魂"或"捞魂"。"喊魂"在前面已经介绍过。如果孩子是在水边受惊吓的，还要带孩子到江边或井边去"捞魂"。时间是晚上，大人们带着孩子来到河边，用筲箕对着河面撮三下，念的话语差不多，念完后接着问："某某跟我回家了吗?"孩子跟在后面回答："回来了!"一问一答，一直叫到家中，走到孩子床前。从河边回家前，还要从河中取三颗蚕豆大的鹅卵石带着，回到家放在孩子的枕头下，说这样孩子晚上就好睡了。如此也要经过三天，孩子的魂魄就算捞回来了。

有些孩子生了病，成天没精打采的，吃不得，睡不好，显得神志恍惚。家长请老人来看，老人翻开孩子的眼皮，看看孩子的瞳仁，说不好，是"走胎"了。

所谓"走胎"，是天地轮回的一种迷信说法，说人死了要"投胎"，然后下辈子变什么什么的。孩子"走胎"了，就是已经投胎到别处了，过几个月就要出生了。而在那边出生前，这边必然要死去。所以孩子父母一听，急了，要赶紧"绹胎"，即把孩子已投的胎通过法术绹住，不让走胎。这是要请师傅的。举行了"绹胎"仪式后，按男左女右，要将孩子的胳膊、手腕、脚腕各用一根线"绹"着，也就是捆着，说是将孩子身子捆住，就不会再"走胎"了。如此要经过三个月，孩子身上捆的白线早变成黑的了，孩子的病也早就好了。

现在看来，这些活动其实是一种唯心的迷信，但在那个缺医少药的年代，算是对父母、对孩子的一种慰藉，真是可怜天下父母心。

落火阳与烧房子

在故乡，有一个落火阳的传说。

某某地方烧了房子，事后总是传出落火阳的说法。说法往往是这样的：在某地烧房子一两个月前，有人看到一团火焰或一个火球从天空飞落下来，落到某个方位。于是就说，那地方不太平，只怕会起火烧屋之类。其后几个月，果然那里烧了房子。那落下的火球，民间俗称"落火阳"。

乡下将这种说法传得更为神奇。说这种火球，其实就是天庭派下来的火神，专门派到人间来烧房子的。为什么要烧房子呢？就是某人上辈子可能犯下了什么不敬的事，或者作了恶，这辈子注定要烧房子，以示惩戒。据说某地落下火阳以后，家中老人十分警惕，把灶前打扫得干干净净，以免引起火来。水缸里也储满水，用于灭火。平时烧火做饭，十分谨慎小心。所以几个月过去了，没有发生火灾。有一天晚上，老人忽然听见厨房里有动静，跑进去一看，一个白胡子老者正在灶前吹火，希望通过小小的火子将房子引燃起来。老人当今跪下说："您老人家高抬贵手，千万不要烧我家房子。"那白胡子老者说："我是奉天庭命令来的，不完成任务没办法回去交差。"老人当即说："我家修房子不容易，要不您就烧一两间杂房，千万不要烧毁了主房。"后来据说，他家就烧了两间牛栏杂房了事。

我约 12 岁时，曾亲眼见到乡下烧房子的事。我那时还在乡中学读书，一个星期天，刚好放假休息。我们家屋后约两百米远一个叫"金家塝"的小山冲，居住着李姓几户人家，大约是上午时分，突然发生火灾。那时住的是砖木结构房子，一燃起来，火势迅猛。村里人看到房子烧起来后，放下农活，都提着水桶赶来灭火。然而当地就一个小水井，里面不过四五担水，农田里水也不多。小河里有水，但距离远，真是远水救不了近火。乡下人还是有经验，见扑灭不了火，就将房子之间的东西拆开来，防止火烧到邻家。另一方面，拼命从燃烧着的家中抢东西出来。眼看那房子烧得差不多了，突然，我看见，一个火球从南边飞到北边，将另一座房子烧起来。而且火势很快蔓延，将几栋房子都烧起来。所有人只得从里面抢东西。约莫半个多小时，那几栋房子被全部烧完。

事后我听说，早在两个月前，就有人看见火阳落在这个方位，所以引出了火灾。后来查实，是该屋里一个年轻媳妇烘烤向日葵杆子，不小心引起的火灾。原来我们那地方，以前很少用手电，也用不起手电，晚上去看电影或者看戏，都用向日葵杆扎成火把用于照明。这媳妇是最爱看戏的，所以将向日葵杆浸泡后，放到灶前去烘烤，因而导致火灾。至于在房子的燃烧过程中，那个火球从南飞到北，引燃另一方房子的情况，许多人都看见。我反复思考过这个问题，至今仍然弄不明白。也许真的是天火吧。

在故乡，还有一种说法：某地人家被烧了房子，如果立即下雨或者第二天下雨，说明这家人很快会发达起来。如果很久不见下雨，则这家人一直会穷困，很难发起来。救火时，如果先抢救别的东西，最后抢救床上的铺盖，则可以抢救出一些东西来。如果一进门就抢救铺盖，那么很快大火会封住房门，再抢救不出别的东西来。这是什么原因呢？据老人说，天老爷可怜老百姓，要给被烧房子的人家留住铺盖，以便睡觉。这事经不起推敲，要是真有天老爷，又何必烧老百姓房子呢？

此外，被烧掉房子的人被认为是有灾难的人，三天之内不能到附近人家串门，不然人家不高兴，有些甚至被赶出家门来。这种行为不是很人道的，但民俗如此，也只能遵循。

既然落了火阳，就要送火阳。这就是说某地遭受火灾后，要请法师来作法事，将火阳送走，以免那地方继续发生火灾。送走火阳后，就可以保证地方太平，不再受灾。而如果不送火阳，那火神没有离开，当地其他房子都有可能再发生火灾，老百姓是不能睡安稳的。

这送火阳的仪式我曾经看到过，就是请几个法师，杀牲畜祭祀，然后焚香化纸，念经，把火阳送走。据说送的就是火神，一般仪式要搞几个小时，也有搞一天的。

前些年，我在湘西沅陵一个很偏僻的乡七甲坪采访时，刚好看见了法师们送火阳的仪式，当地称为"遣火阳"。沅陵是中国"辰州傩"文化的发源地，"辰州傩" 2006 年被申报为国家级非物质文化遗产，当地保存有许多古老的神秘文化。据说，这种遣火阳也属于巫傩文化范畴，属于"请神弄鬼"之列，吸引了很多人到这里观看和研究。

老家邵阳也好，湘西沅陵也好，现在都属于大湘西范畴，相距不是很远，所以一些民俗有相似之处，也就不足为奇了。至于他们有什么不同，则有待于民俗学家们去研究了。

三渡水牌坊